THÉATRE DE SOCIÉTÉ;

Par l'Auteur du Théâtre à l'usage des jeunes Personnes.

TOME PREMIER.

A PARIS,

Chez M. LAMBERT & F. J. BAUDOUIN, Imprim. - Libraires, rue de la Harpe, près Saint-Côme.

M. DCC. LXXXI.

Avec Approbation & Privilège du Roi.

AVERTISSEMENT.

LES trois premières Pièces de ce premier Volume ont paru, il y a plusieurs années, dans le Parnasse des Dames Françoises : on a corrigé dans cette nouvelle édition, non-seulement les fautes d'impression de la première, qui étoient sans nombre, mais aussi beaucoup d'autres qui appartenoient à l'Auteur, & que l'âge qu'elle avoit, lorsqu'elle donna ces Pièces, pouvoit seul rendre excusables.

LA MÈRE RIVALE,

COMÉDIE EN CINQ ACTES.

PERSONNAGES.

CÉLANIE.

AGLAÉ, Fille de Célanie.

MÉLITE, Cousine de Célanie.

ÉMILIE, Amie de Célanie

Le Chevalier DE VALCOURT, Amant d'Aglaé.

Le Marquis D'HERCY, Amoureux de Célanie.

HENRIETTE, Femme de Chambre.

UN LAQUAIS.

La Scène est dans un Sallon du Château de Célanie.

LA MÈRE RIVALE,

COMÉDIE.

ACTE I.

SCÈNE PREMIÈRE.

Le Théâtre représente un Sallon, dans le fond duquel on voit une grande porte de glace donnant sur une terrasse.

Le Chevalier DE VALCOURT, ÉMILIE.

(*Ils sortent l'un & l'autre de la terrasse ; Émilie est en habit de voyage, & le Chevalier n'est point encore habillé.*)

LE CHEVALIER.

Vous arrivez dans l'instant ?

ÉMILIE.

Oui, mon frère ; & comme il n'est pas encore

ſept heures, & que je ſuis très-fatiguée, mon projet étoit de me coucher en attendant le réveil de Célanie; mais puiſque je vous retrouve....

LE CHEVALIER.

D'ailleurs, vous n'attendrez pas bien long-temps; car elle ſe lève tous les jours à huit heures.

ÉMILIE.

Ah ça, mon frère, profitons du moment où nous ſommes ſeuls, pour cauſer un peu librement. Après ſix mois d'abſence, on a bien des queſtions à faire, & en vérité vos lettres n'inſtruiſent de rien. Depuis quelque temps vous avez pris un ſtyle ſi obſcur, ſi embrouillé....

LE CHEVALIER.

Et vous êtes ſi curieuſe....

ÉMILIE.

Oui, je l'avoue, ſur tout ce qui vous intéreſſe; ainſi c'eſt un défaut que ma tendreſſe doit vous faire excuſer.

LE CHEVALIER.

Mais vous ne croyez pas ce que je vous dis ?

ÉMILIE.

Ai-je tort d'être incrédule ? Je vous ai vu pendant près de cinq ans éperdument amoureux de Célanie, quoiqu'assurément vous fussiez sans aucune espérance ; ensuite vous prétendez depuis dix-huit mois que l'amitié a pris la place de la passion ; cependant vous passez votre vie chez Célanie : toute autre société vous est étrangère autant qu'ennuyeuse. Jeune, aimable, recherché, vous êtes perdu pour le monde, qui vous regrette, & que vous oubliez. Vous ne trouvez ici ni ces fêtes, ni ces plaisirs brillans qui semblent faits pour votre âge, & rien ne peut vous en arracher ; & vous êtes triste, sombre & rêveur.... & cet entretien paroît vous gêner & vous contraindre.

LE CHEVALIER.

Moi, ma sœur !.... En vérité, nullement. Je suis seulement affligé que vous refusiez de me croire. Il n'eſt que trop vrai que j'ai reſſenti pour Célanie la paſſion la plus vive & la plus tendre. Après quatre ans de ſoins, de peines & de conſtance, enfin j'ai pris mon parti. Uniquement occupée de ſa fille, de ſon éducation, de ſon établiſſement, ces devoirs ſacrés rempliſſent ſon ame, & abſorbent toute ſa ſenſibilité. Elle me l'a répété tant de fois, elle me l'a ſi bien prouvé par toute ſa conduite, qu'il ne m'eſt plus poſſible d'en douter, & je ſerois un extravagant, ſi....

ÉMILIE.

Eh, mon Dieu! ſans doute; mais l'amour raiſonne-t-il? Elle vous impoſa ſilence; elle exigea décidément le ſacrifice d'une paſſion ſi malheureuſe; il falloit du moins la cacher, ou ceſſer d'en voir l'objet; à ce prix ſon amitié vous fut promiſe; & pour conſerver le bien qui vous étoit offert, vous avez commencé par diſſimuler, & peut-être aujourd'hui êtes-vous parvenu à vous tromper vous-même: voilà ce que je crains.

LE CHEVALIER.

Eh bien ! je vous protefle que vous avez tort. Mon cœur eſt bien changé.... Ah ! ma ſœur, rien n'eſt plus vrai.

ÉMILIE.

Ce ton paſſionné n'eſt point du tout perſuaſif. Si c'eſt de cette manière que vous l'aſſurez de votre indifférence, elle n'en croira rien, je vous en avertis : & moi, je ne ſaurois me perſuader qu'il ſoit poſſible de ſe détacher d'elle, lorſqu'on a pu connoître les charmes de ſon eſprit & de ſon caractère ; cette égalité ſi parfaite, cette bonté, cette franchiſe, ſur-tout, qui la caractériſe & la diſtingue de toutes les autres femmes. Je ne parle point de la régularité & des agrémens de ſa figure : qui mieux qu'elle pouvoit ſe paſſer d'être jolie ? Mais cette ame ſi pure, ſi généreuſe, ſi ſenſible ; cette mère ſi touchante & paſſionnée, qui, depuis dix ans qu'elle eſt veuve, ſe ſépare du monde afin de ſe conſacrer entièrement à l'éducation d'une fille unique & chérie.... Eh! comment ne pas adorer tant de vertus & dont les exemples sont si rares!

LE CHEVALIER.

Mon cœur applaudit avec transport à tous les éloges que votre amitié lui donne; le sentiment que j'ai pour elle est peut-être plus doux que l'amour qui m'égaroit : il est plus digne d'elle. Je lui sacrifierois mon bonheur & ma vie : & sûr du retour que je desire, je jouis du plaisir de la voir, de l'entendre & de l'admirer sans trouble, & sans ces émotions violentes qui jadis en ont tant corrompu la douceur.

ÉMILIE.

Ah! mon frère; vous n'avez que vingt-sept ans, & vous admirez sans trouble.... Il falloit fuir avec votre admiration : il eût été plus sage d'éviter un danger....

LE CHEVALIER.

Mais, de grace, ma sœur....

ÉMILIE.

Allons, n'en parlons plus, car nous ne serions

jamais d'accord. Pour changer d'entretien, dites-moi, je vous prie, des nouvelles d'Aglaé; est-elle toujours charmante?

LE CHEVALIER.

Oui, digne de sa mère; elle en a tous les agrémens, elle en annonce toutes les vertus.

ÉMILIE.

Et toujours Célanie ne vit, ne respire que pour elle?

LE CHEVALIER.

Elles offrent l'une & l'autre le tableau le plus touchant; elles s'aiment avec une passion inexprimable; & je vous assure qu'il seroit difficile de décider quelle est celle dont le sentiment est le plus vif ou le plus tendre.

ÉMILIE.

Célanie est donc bien heureuse?

LE CHEVALIER.

Elle doit l'être en effet; cependant depuis quelque temps sa santé se dérange; je ne puis attribuer qu'à cette ſeule cauſe une légère altération que j'ai cru remarquer dans ſon humeur & dans ſon caractère.

ÉMILIE.

Il eſt vrai que ſouvent, depuis trois mois ſur-tout, j'ai trouvé dans ſes lettres un fond de mélancolie qui m'a ſurpriſe : mais, comme vous dites, ce ne peut être que ſa ſanté....

LE CHEVALIER.

Elle a beaucoup perdu de cette égalité que vous vantiez tout-à-l'heure en elle, ſans cependant que ſa douceur en ſoit diminuée; elle eſt quelquefois diſtraite & rêveuſe; elle eſt moins gaie, mais il ſemble qu'elle ait acquis un charme de plus qu'on ne peut définir; elle a je ne ſais quoi qui touche & qui attache; enfin elle plaiſoit, elle enchantoit : elle fait mieux que tout cela, elle intéreſſe.

ÉMILIE.

Vous l'admirez ſans trouble.... Apparemment

qu'elle vous intéresse tranquillement....... du moins je le veux croire.

LE CHEVALIER.

Allez-vous recommencer? .....

ÉMILIE.

Pardonnez, c'étoit une simple reflexion faite en passant. Pour terminer toutes mes questions, quelles sont les personnes qui composent ici la société?

LE CHEVALIER.

Le Marquis d'Hercy.

ÉMILIE.

J'en suis bien aise; il est votre ami, il le mérite: car il est aussi honnête qu'aimable. Après.

LE CHEVALIER.

La cousine de Célanie, Mélite.

ÉMILIE.

Oh! pour celle-là, je ne l'aime pas.

LE CHEVALIER.

Et pour quelle raison?

ÉMILIE.

Je ne ſais, mais je ſoupçonne qu'elle eſt fauſſe & envieuſe; d'ailleurs elle ne ſe conſole pas de n'être que la veuve d'un Financier, & de voir ſa couſine germaine une femme de qualité....

LE CHEVALIER.

Vous avez bien tort : je vous aſſure que c'eſt une très-bonne perſonne, qu'elle aime beaucoup Célanie, & ſur-tout Aglaé.

ÉMILIE.

Oh! oui, je crois qu'elle aime mieux ſa nièce que ſa couſine. Elle ne peut pas être jalouſe des agrémens d'un enfant de dix-ſept ans; mais de même âge que Célanie, elle voit avec un dépit extrême ſa beauté, ſes graces, & ſur-tout cette taille élégante & légère, qui lui donne l'air ſi jeune.

LE CHEVALIER.

Quelle idée! Mélite n'a jamais été jolie, & n'a aucune prétention à la figure.

ÉMILIE

ÉMILIE.

Oh, mon Dieu ! non, elle n'oſeroit ; vous me faites rire. Eſt-ce qu'il faut être belle pour ſe croire charmante ? Mais dans ce cas, on ne ſeroit jamais ridicule.

LE CHEVALIER.

Mais préciſément, c'eſt que je nie qu'elle le ſoit.

ÉMILIE.

Oui, parce qu'elle a aſſez d'art pour cacher ce qu'elle penſe.

LE CHEVALIER.

Comment l'avez-vous donc pénétrée ?

ÉMILIE.

Les hommes n'entendent rien à cela ; mais pour nous, nous jugeons ſur mille petites choſes qui vous échappent.

LE CHEVALIER.

Et vous jugez légèrement, & par conſéquent fort mal.

ÉMILIE.

Tenez, mon frère, vous avez naturellement beaucoup d'esprit & de graces; vous êtes honnête & sensible, mais vous êtes plus jeune qu'on ne l'est communément à votre âge. Concentré depuis six ans dans une passion qui vous absorbe, toutes vos réflexions, toutes vos idées sont uniquement tombées sur ce seul objet. D'ailleurs vous ne savez rien; vous n'avez aucune expérience; vous ne connoissez pas les hommes. Vous ignorez tous les différens travers dont ils sont capables; & vous êtes crédule enfin, parce que vous n'avez jamais vécu dans le grand monde.

LE CHEVALIER.

Eh! que m'importe de le connoître, lorsque mon goût me décide à le fuir à jamais?

ÉMILIE.

Cette science est toujours utile. Croyez, mon frère, que le cœur le plus droit a besoin d'un esprit éclairé.

HENRIETTE, *qui survient, à Émilie.*

Madame vient de s'éveiller, & m'envoie.....

ÉMILIE.

Je vous suis, Henriette. (*au Chevalier.*) Adieu, mon frère, nous reprendrons cet entretien une autre fois. (*Elle sort.*)

SCÈNE II.

LE CHEVALIER, *seul.*

ELLE croit me pénétrer.... Ah! qu'elle lit mal dans mon cœur! Vingt fois j'ai été au moment de lui découvrir.... Mais elle n'a rien de caché pour Célanie: cette idée m'a retenu. Il faudra bien cependant lui dévoiler un jour les nouveaux sentimens de mon ame. Cette pensée me trouble & m'inquiette: je ne sais pourquoi. O Célanie! que me répondrez-vous, quand, pour la seconde fois, je vous ferai l'arbitre du bonheur de ma vie? Dans tous les temps, c'est donc là votre destinée? Mais comment pourrai-je lui dire: ce n'est plus vous que j'aime?

Hélas ! je ne lui parlai jamais de mon amour qu'en tremblant, & je crains de lui apprendre un changement qu'elle a desiré.... Quelle bizarrerie ! On vient.... C'est Mélite ; elle seule a su découvrir mon secret, & jamais ses conseils ne me furent plus nécessaires.

SCÈNE III.

MÉLITE, LE CHEVALIER.

MÉLITE.

ÉMILIE est arrivée : vous avez eu un long entretien avec elle ; ne vous êtes-vous point trahi ?

LE CHEVALIER.

Non, Madame ; mais je vous avouerai que toute cette dissimulation commence à me devenir insupportable.

MÉLITE.

Je vous l'ai dit cent fois ; votre bonheur dépend de votre conduite & de votre discrétion.

LE CHEVALIER.

Il devroit m'en coûter moins qu'à tout autre de renfermer au fond de mon ame le sentiment qui l'occupe. J'ai passé ma vie dans cette dure & triste contrainte. Condamné au silence par l'objet de mon premier choix, cinq ans s'écoulèrent à la voir tous les jours, à l'adorer, & à me taire. Mais elle-même l'avoit prescrit; je ne pouvois parler sans lui déplaire. Puis-je, sans l'offenser aujourd'hui ! ....

MÉLITE.

Je vous le répete; avant de vous déclarer, assurez-vous du cœur de sa fille; dites : j'aime, je suis aimé, & vous ôterez tout prétexte de refus. Que savez-vous si peut-être déjà elle n'a pas d'autres vues pour son établissement ? Et d'ailleurs, après avoir aimé Célanie avec tant de passion, la seule chose qui puisse excuser à ses yeux sur-tout votre changement, seroit de lui prouver que vous êtes aimé. Cet avantage vous assure tous les autres; il autorise votre inconstance, votre amour pour Aglaé. Célanie pourra ſe dire : ſi comme elle j'euſſe été ſenſible, je ſerois encore aimée ; ſa vanité ſera ſatisfaite ; &, chériſſant ſa fille, vous eſtimant, s'intéreſſant à vous, elle conſentira avec tranſport à votre félicité commune.

LE CHEVALIER.

Ah ! Madame, ce n'eſt pas la vanité de Célanie que je redoute ; jamais femme ne fut plus éloignée de toute eſpèce de coquetterie. Mais je me rends à vos autres raiſons ; oui, je ne ſerois pas excuſable d'avoir pu changer, ſi je ne m'étois flatté du bonheur d'être aimé. Vous le ſavez, Madame ; quand vous m'arrachâtes mon ſecret, je vous avouai....

MÉLITE.

Oui, vous me dites que le penchant que vous crûtes inſpirer à ma nièce, ſans qu'elle-même s'en apperçût, fut le premier attrait qui vous entraîna vers elle ; mais enfin ſa bouche n'a point confirmé votre eſpoir, & vous pouvez vous abuſer.

LE CHEVALIER.

Ah ! son cœur ingénu s'est assez fait entendre. Dois-je solliciter un aveu qu'elle ne peut prononcer sans celui d'une mère ; & quelle mère !

MÉLITE.

Mais devez-vous, sans l'aveu positif de celle que vous aimez, employer l'autorité d'une mère pour l'obtenir ? Croyez-vous ce procédé généreux & délicat ? Au reste, quel peut être l'intérêt qui m'anime ? Assurément je ne puis en avoir d'autre que le bonheur de ma nièce ; & si vous vous refusez à mes conseils, n'en parlons plus ; cherchez d'autres moyens, & souffrez que je cesse de me mêler....

LE CHEVALIER.

Eh, Madame ! ma confiance en vous est entière. Pardonnez-moi des incertitudes inséparables de tous les mouvemens qui m'agitent ; disposez de moi, je m'abandonne à vous.

MÉLITE.

Vous devez vous en rapporter à mon expérience, & ſur-tout à ma tendre amitié. Séparons-nous; nous devons éviter d'être ſurpris enſemble: car il ne faut pas que l'on puiſſe ſe douter de notre intelligence.

LE CHEVALIER.

Adieu, Madame; ſongez que j'ai dépoſé dans vos mains le bonheur de ma vie.

SCÈNE IV.

MÉLITE *ſeule.*

EH QUOI! ſuis-je condamnée à n'entendre jamais que l'éternel éloge de Célanie! Quel eſt donc cet art qu'elle poſsède, d'enchaîner tous les eſprits, d'attirer tous les cœurs.... Que je la hais.... Oui, j'en ſuis trop ſûre, le Marquis d'Hercy l'adore.... L'ingrat! Mais eſt-il inſtruit de mes ſentimens ſecrets?.... Sentimens que la raiſon autoriſe, que l'ambition même fortifie, & qu'il ne m'eſt plus poſſible de vaincre & de cacher. Au reſte, ſi le Marquis peut offrir à ma vanité les titres & l'éclat qu'elle deſire, la fortune immenſe que je poſsède peut entre nous rétablir l'égalité. Oui, ſans l'amour qu'il a pour Célanie, le ſuccès de mes projets étoit certain.... Mais, ou je ſuis fort trompée, ou le cœur de ma rivale eſt plus agité qu'on ne penſe; cette découverte en ôtant tout eſpoir au Marquis, pourroit, je n'en doute pas, le décider en ma faveur.... Il s'agit de demaſquer Célanie. Tout juſqu'ici me réuſſit au gré de mes deſirs. Il ne faut plus.... On vient; diſſimulons.

SCÈNE V.

MÉLITE, CÉLANIE, AGLAÉ, ÉMILIE, HENRIETTE, LE MARQUIS, LE CHEVALIER. *Ils ſont tous en habits du matin.*

CÉLANIE, *en appercevant Mélite.*

AH! je la vois. Ainſi, puiſque nous voilà tous raſſemblés, nous déjeûnerons ici. Henriette, faites apporter le thé.

MÉLITE, *l'embraſſant.*

Comment êtes-vous ce matin? Je vous trouve abbattue.

CÉLANIE.

Ah! depuis quelque tems je suis si changée!...

(*Elle baisse les yeux, & paroît tomber dans une profonde rêverie. Il y a un moment de silence, pendant lequel les Acteurs la regardent.*)

MÉLITE, *bas au Marquis.*

Je ne crois pas que le déjeûner soit bien gai.

LE MARQUIS, *bas.*

Regardez-la comme elle est belle & touchante!

MÉLITE, *bas.*

Elle a perdu toute sa fraîcheur : elle est méconnoissable.

ÉMILIE, *à Aglaé, à demi-voix.*

Elle m'inquiette....

AGLAÉ, *prenant la main de Célanie, & la baisant.*

Maman....

CÉLANIE *soupire, lève les yeux, embrasse sa fille, regarde le Chevalier, soupire encore, & dit :*

Et le thé? (*à part.*) Je ne suis plus maîtresse de moi-même.

(*On apporte une table à thé. Célanie se place entre sa fille & Emilie. Le Chevalier est de l'autre côté, près d'Aglaé, & le Marquis entre Émilie & Mélite. Deux ou trois Valets de-Chambre restent dans le fond de la chambre pour servir.*)

CÉLANIE *a dit avant cet arrangement :*

Ma fille, mettez-vous là ; & vous ici , ma chère amie (*à Émilie*). *Aglaé fait le thé, & en donne. Tout le monde mange, &c.*

MÉLITE, *à Emilie.*

Madame, vous avez passé par Paris ; nous rapportez vous quelques nouvelles ?

ÉMILIE.

Vous savez sans doute qu'Hortense s'est remariée ?

MÉLITE.

Non, point du tout : nous l'ignorons. Quoi ! cette femme qui se piquoit d'adorer ses enfans, qui sembloit ne vivre que pour eux.....

CÉLANIE.

Si ce mariage ne nuit point à leur fortune, en quoi pourriez - vous la trouver blâmable ?

MÉLITE.

Quand on a des enfans, je ne puis comprendre....

CÉLANIE, *avec humeur.*

Vous êtes prompte à condamner.

LE MARQUIS.

Des enfans pourroient-ils exiger d'une mère le sacrifice de son bonheur ?

AGLAÉ.

Le sentiment contraire est si naturel & si doux !

ÉMILIE.

D'ailleurs, Hortense n'a cédé à son penchant qu'au bout de six ans....

MÉLITE.

Et voilà justement ce qui me la fait paroître plus coupable. Quoi ! pendant six ans, elle a trompé ses enfans, ses amis, son amant, & le monde ; elle se déchaînoit contre l'amour, le traitoit de foiblesse, & s'y livroit en secret ; elle prétendoit ne chérir que ses enfans, n'exister que par eux; elle recevoit à ce titre les louanges & l'admiration de tout ce qui l'entouroit, & ne les devoit qu'à sa fausseté, à sa longue dissimulation.

CÉLANIE.

Mais, Madame, si elle combattoit de bonne-foi, si elle espéroit triompher, si, peut-être, elle s'abusoit elle-même.

MÉLITE.

Je vous admire d'excuser une semblable foiblesse, vous, l'exemple & le modèle des mères, vous qui nous avez si bien prouvé....

CÉLANIE.

De grace, ne parlons point de moi, je ne mérite point de tels éloges; & quand j'en serois digne, ils ne pourroient me flatter. La vanité n'a point dirigé ma conduite, & je ne fais dépendre ma réputation & ma gloire que de l'opinion de ce que j'aime.

AGLAÉ, *riant.*

Oui, maman, vous pouvez vous remarier,

je ne m'en croirois pas moins aimée, & je ne vous en chérirois pas moins.

ÉMILIE, *à Célanie.*

Eh bien! vous voilà à votre aise.

CÉLANIE *au Chevalier, avec embarras.*

Chevalier, vous n'avez rien dit sur le mariage d'Hortense! Faites-nous donc aussi connoître votre avis.

LE CHEVALIER.

Votre opinion entraîneroit la mienne, & m'en feroit changer, si j'en avois une différente. Mais, dans cette occasion, vous n'aviez pas besoin de tout votre ascendant pour me persuader: (*en montrant Mélite.*) & je ne comprends pas que Madame ait pu soutenir sérieusement....

ÉMILIE, *en riant.*

Réellement, mon frère, vous ne mépriseriez pas une veuve qui feroit la folie de se remarier? Êtes-vous bien sincère?

LE CHEVALIER.

Je ne parle pas d'une chofe auffi fimple & auffi jufte ; mais il n'y a point de torts, point d'égaremens qu'un amour véritable ne me fît excufer.

CÉLANIE, *en fouriant.*

Cette morale n'eft pas bien pure.

LE MARQUIS.

Si la raifon la condamne, le cœur l'approuve en dépit d'elle.

MÉLITE, *à part.*

Ils ne s'entendent guère.

ÉMILIE.

Une autre nouvelle ; c'eft que Clarice eft revenue dans le monde plus belle, plus brillante que jamais.

LE CHEVALIER.

Comment ! elle eft confolée ?

ÉMILIE.

Elle a pleuré dans fa retraite, pendant deux

ans, la mort de son amant: le temps a séché ses larmes.

MÉLITE.

Je m'en suis toujours doutée; la constance est une chimère.

CÉLANIE, *vivement.*

Eh! mon Dieu, Madame; pourquoi?

MÉLITE.

Oh! parce que tout me le prouve.

ÉMILIE.

A vingt-ans pleurer éternellement un mort, n'est pas une chose fort commune; j'en conviens: mais je crois à la constance pour les objets vivans. Et vous, mon frère?....

LE CHEVALIER, *embarrassé.*

A présent, une dissertation sur la constance.

CÉLANIE, *bas, à Émilie.*

Vous l'embarrassez.

ÉMILIE, *bas, à Célanie.*

Je n'en ai point de pitié; il est trop extravagant.

LE

LE CHEVALIER, *à part.*

Il faut changer de converſation. (*haut, à Célanie.*) Madame, ferons-nous de la muſique ce ſoir ?

CÉLANIE.

Aſſurément. Je veux qu'Émilie entende Aglaé. J'eſpère qu'elle ſera ſurpriſe de ſes progrès.

ÉMILIE.

Pourquoi retarder ce plaiſir ? Si elle vouloit chanter ?

CÉLANIE, *à Aglaé.*

Eh bien ?

AGLAÉ.

Quelle chanſon préférez-vous ?

CÉLANIE.

Celle que vous aimez le mieux.

AGLAÉ.

Il y en a une que m'a donnée Monſieur le Chevalier.... J'en aime beaucoup l'air.

MÉLITE, *à part.*

Et les paroles encore davantage.

AGLAÉ.

Mais, je ne la ſais pas bien, & je tremblerai....

MÉLITE, *à part.*

Et l'Auteur auſſi.

CÉLANIE, *à Émilie.*

Sa voix eſt charmante; & regardez comme le chant l'embellit.

AGLAÉ.

Allons, je vais l'eſſayer.... (*Elle chante.*)

Aimer ſans oſer le dire,
Amour! c'eſt donc là mon ſort?
Dois-je donc juſqu'à la mort
Souffrir un ſi cruel martyre?
Tu ſais forcer tous les cœurs,
Par ta douce violence,
A déclarer leurs ardeurs,
Et tu me contrains au ſilence!
Ah! laiſſe au moins parler mes pleurs.

Aimer ſans oſer le dire,
Amour! c'eſt donc là mon ſort?

Dois-je donc jusqu'à la mort
Souffrir un si cruel martyre[1] ?

ÉMILIE.

Cela est charmant. Elle a une manière naïve & tendre qui lui donne une grace & une expression que je n'ai vues qu'à elle. L'air est fort joli. Et les paroles sont-elles de vous, mon frère ?

LE CHEVALIER.

Quelle folie ! Je n'ai jamais fait de vers.

CÉLANIE.

Allons. Il est dix heures ; voulez-vous venir faire un tour de promenade ?

ÉMILIE.

Vous me promettez donc de l'ombre ? car il fait un soleil...

CÉLANIE.

Oui, oui, venez ; je vais vous conduire à mes ouvriers.

---

1 La musique que l'Auteur a faite sur ces paroles, & qu'elle n'avoit pas donnée dans la première édition, se trouve à la fin de la pièce.

ÉMILIE.

J'y consens.

(*Tout le monde sort. Aglaé reste un peu derrière avec le Chevalier. Elle lui dit :*)

J'ai bien mal chanté.... mais je tremblois....

LE CHEVALIER.

Et pourquoi ? N'êtes-vous pas toujours sûre de charmer ?

AGLAÉ.

Ah ! sûre .... Non.

LE CHEVALIER.

Vous êtes naturellement si vraie.

AGLAÉ.

Vous avez l'air de me faire un reproche.

LE CHEVALIER.

J'en ai le droit, & vous le savez bien.

AGLAÉ.

Je vais suivre ma mère.

LE CHEVALIER.

Encore un mot.

AGLAÉ.

Non, car je ne veux pas répondre.

LE CHEVALIER.

Du moins écoutez-moi... (*Ils sortent.*)

Fin du premier Acte.

ACTE II.

SCÈNE PREMIÈRE.

(*Henriette paroît, suivie d'un Laquais qui porte un paquet. Le Marquis arrive & l'arrête.*)

HENRIETTE, LE MARQUIS.

LE MARQUIS.

HENRIETTE, où courez-vous ?

HENRIETTE, *riant.*

C'est un secret; mais cependant je veux bien vous le confier. (*au Laquais.*) La Fleur, défaites ce paquet. (*Le Laquais découvre une robe garnie de fleurs.*)

LE MARQUIS.

Ah ! cela est charmant !

HENRIETTE.

C'est une galanterie de Madame ; & vous devinez bien pour qui ?

LE MARQUIS.

Pour Aglaé, ſans doute ?

HENRIETTE.

Juſtement. Il y a cinq ou ſix jours que Mademoiſelle, par haſard, loua les robes à la Polonoiſe. Auſſi-tôt un Courier part pour Paris, & voici ce qu'il en rapporte. A ſon retour de la promenade, Mademoiſelle la trouvera dans ſa chambre, où je vais l'étaler.

LE MARQUIS.

Quels ſoins, quelle attention juſques dans les plus petites choſes !

HENRIETTE.

Oh! Monſieur, ceci n'eſt rien; ſi vous ſaviez tous les petits détails de ce genre, dont je ſuis témoin, & qu'on ignore.

LE MARQUIS.

Ma chère Henriette, votre Maîtreſſe eſt incomparable.

HENRIETTE.

Incomparable ! cela eſt vrai; & avec cela un

esprit.... Enfin tout ce que sait Mademoiselle, elle le lui doit.

LE MARQUIS.

Elle n'a point eu d'autres maîtres que sa mère ?

HENRIETTE.

Et Madame a passé sa vie à apprendre, à étudier, aimable & belle comme vous la voyez, renonçant à tout, toujours enfermée avec des Maîtres ; & tout cela pour rendre à sa fille les leçons qu'elle recevoit.

LE MARQUIS.

Voilà ce que vous avez vu ?

HENRIETTE.

Oui, Monsieur, depuis douze ans, sans qu'elle se soit démentie une minute ; mais, Madame n'aime pas à se vanter, & même elle me gronderoit si elle savoit que j'en parle ; cependant c'est plus fort que moi : je ne puis m'en taire.

LE MARQUIS.

Faut-il qu'elle ait réuni sur un seul objet toute la tendresse d'un cœur si passionné!

HENRIETTE.

Oh! elle est bien bonne amie, bien sensible. Par exemple, charitable, bienfaisante... Il n'y a personne qui l'emporte sur elle.... Mais pour ce qui s'appelle aimer..... là, entièrement..... ce n'est que Mademoiselle.... C'est comme une passion; enfin, Monsieur, imaginez-vous qu'elle en est jalouse.

LE MARQUIS.

Comment?

HENRIETTE.

Oui, si elle savoit que Mademoiselle eût de l'amitié pour quelqu'un plus que pour elle, je crois qu'elle en mourroit.... de la confiance surtout. Oh! sur cet article-là, si Mademoiselle en manquoit, elle n'entendroit pas raison.

LE MARQUIS.

Il faudroit qu'Aglaé fût bien ingrate: il n'est pas possible....

HENRIETTE.

Oh! cela ne ſera jamais : elle eſt ſi bien née. Mais je m'oublie, tout en cauſant. Voici l'heure où l'on va rentrer de la promenade, & je n'ai pas un moment à perdre.

LE MARQUIS.

Je vous remercie, ma chère Henriette, de cet entretien. Je l'ai trouvé bien intéreſſant.

HENRIETTE.

Et moi donc, Monſieur, je ſuis ſi contente, quand je parle de ma Maîtreſſe. J'entends, je crois, quelqu'un; il faut que je me ſauve. (*Elle ſort.*)

SCÈNE II.

LE MARQUIS *ſeul.*

AVEC quelle naïveté cette fille exprime ſon admiration ! Quel hommage que celui-là ! Qu'il eſt flatteur & rare ! Avec quelle avidité j'écoutois cet éloge, ſimple & ſans art !.... Mais rien n'eſt plus vrai, elle ne peut aimer qu'Aglaé.

& j'ose encore conserver quelqu'espoir !.... O Célanie, comment vous voir, comment vous connoître, sans vous adorer, sans desirer d'intéresser du moins une ame si sublime ? Je parlerai : quel qu'en soit le succès, ce moment me sera si doux ! On vient. O Ciel ! c'est Mélite. Qu'elle m'est importune, depuis que j'ai démêlé & sa basse jalousie & ses secrets sentimens! Elle avance ; contraignons-nous, s'il est possible.

SCÈNE III.

MÉLITE, LE MARQUIS.

MÉLITE.

AH, Marquis ! je suis ravie de vous retrouver ; vous vous êtes échappé de la promenade ? Convenez que l'ennui commençoit à vous gagner !

LE MARQUIS.

Moi, Madame ! Et pourquoi ?

MÉLITE.

En vérité, je n'en serois pas surprise, la

conversation n'étoit pas supportable. Cette tendresse & cette occupation de Célanie pour sa fille....

LE MARQUIS.

Ce spectacle pourroit vous ennuyer?

MÉLITE.

Assurément, j'aime Célanie de tout mon cœur. Je regarde sa fille comme la mienne; mais cette continuelle fadeur m'excède, je vous l'avoue; j'y trouve une sorte d'affectation.....

LE MARQUIS.

De l'affectation! Ah! Célanie en est bien éloignée; elle est si naturelle, si simple dans sa vertu. Je conçois qu'au milieu du monde, ce tableau, si touchant pour nous, puisse déplaire, & que l'envie cherchât les moyens de le tourner en ridicule; mais dans le sein de ses amis, Célanie ne doit rien craindre.

MÉLITE.

Ah! mon Dieu, vous me charmez. Tant mieux si j'ai mal vu. Je desirerois, dans les gens que j'aime, une telle perfection, que souvent la crainte de leur voir des torts m'en fait trouver d'imaginaires. C'est un intérêt si vif....

LE MARQUIS.

Dans ce cas, Madame, rassurez-vous, & jouissez, sans inquiétude, de l'admiration pure & sincère qu'inspire votre charmante cousine.

MÉLITE.

Convenez cependant, Marquis, que vous croyez lui connoître un défaut ?

LE MARQUIS.

Un défaut, moi ?

MÉLITE.

Oui, un défaut.... & son insensibilité, son éloignement pour l'amour.

LE MARQUIS.

Je le trouve tout simple. Qui pourroit se flatter d'être digne d'elle ?

MÉLITE.

Ainsi donc la vanité seule l'a préservée d'aimer. Cette réflexion ne la rendroit pas intéressante. Mais je n'en crois rien, & j'ai là-dessus des idées bien singulières.

LE MARQUIS.

Oseroit-on vous les demander ?

MÉLITE.

Quel droit avez-vous à ma confiance ?

LE MARQUIS.

Aucun, je l'avoue.

MÉLITE.

Vous ne le pensez pas.... Mais j'ai une question à vous faire ; y répondrez-vous ?

LE MARQUIS.

Oui, si elle n'intéresse que moi.

MÉLITE.

N'en devriez-vous pas être certain ?.... Plaindriez-vous une femme, qui, libre & possédant une fortune considérable, pouvant faire le bonheur d'un homme qu'elle aimeroit uniquement, s'en verroit dédaignée pour une rivale dont il seroit méprisé, pour une femme qui lui préfère en secret....

LE MARQUIS.

Non, Madame, non, je ne le croirai jamais: Célanie est irréprochable.

MÉLITE.

Qui vous parle d'elle, & que ſuppoſez-vous?... Mais enfin je n'ai plus qu'un mot à vous dire. Ouvrez les yeux; examinez aujourd'hui les différentes ſcènes dont vous ſerez témoin.... enſuite vous réfléchirez, & vous pourrez après.... Vous pourrez encore retrouver un cœur qui méritoit la préférence.

LE MARQUIS.

Madame.... Mon étonnement....

MÉLITE.

Je vois votre embarras.... Je ne vous demande point de réponſe dans ce moment. J'exige le ſecret ſur ce que je viens de vous dire. Vous êtes honnête, & j'y compte. J'entends quelqu'un; diſſimulez le trouble qui vous agite.

LE MARQUIS. (*à part.*)

O Ciel ! qu'a-t-elle voulu me faire entendre ?... C'eſt ſans doute un artifice.... Mais il lui ſervira peu ; aujourd'hui même Célanie connoîtra mon amour.

SCENE IV.

MÉLITE, LE MARQUIS, AGLAÉ.

AGLAÉ.

AH ! Madame ! je vous cherchois.

MÉLITE.

Comme vous voilà parée !

AGLAÉ.

C'eſt ma mère....

MÉLITE.

Je ſavois ce ſecret.

LE MARQUIS.

Que vous êtes heureuſe, Mademoiſelle, d'être aimée d'une manière ſi délicate & ſi

tendre,

tendre ! Vous méritiez sans doute la plus aimable & la plus sensible des mères.

AGLAÉ.

Ah, si je pouvois du moins exprimer tout ce que je ressens.... Je suis toujours mécontente des témoignages de ma reconnoissance. Encore tout-à-l'heure, je la quitte, & n'ai pu la lui peindre que bien foiblement à mon gré.

LE MARQUIS.

Je vais la retrouver, & lui dire un regret si juste & si touchant. Lui parler de vous, c'est lui plaire ; (*Il regarde Mélite*) & j'en saisis avec joie le plus doux & le plus sûr moyen.

SCÈNE V.

MÉLITE, AGLAÉ.

MÉLITE, *à part.*

L'INGRAT.... Allons ; du moins vengeons-nous. (*haut.*) Vous me cherchiez, Aglaé, disiez-vous ; cependant ma vue a paru vous surprendre.... Étoit-ce bien moi que vous cherchiez ?

AGLAÉ.

Eh, mon Dieu ! qu'allez-vous penser ?

MÉLITE.

Depuis plus d'un jour je lis dans votre cœur.

AGLAÉ.

Hélas !

MÉLITE.

Vous soupirez ?

AGLAÉ.

Ah, Madame !

MÉLITE.

Achevez.

AGLAÉ.

Je ne le puis, ni ne le dois.

MÉLITE.

Comment ! vous reprocheriez-vous une confiance dont je serois l'objet ?

AGLAÉ.

De la confiance !.... Ah ! je la dois toute entière à ma mère : & si je me tais avec elle....

MÉLITE.

Mais si je suis plus clairvoyante qu'elle, si je vous devine, me nierez-vous....

AGLAÉ.

Fermez les yeux, & ne me forcez point à rompre le silence.

MÉLITE.

Je veux vous servir. Croyez que mon secours ne vous sera pas inutile.... Vous en avez besoin.

AGLAÉ.

Quoi ! vous pensez que ma mère seroit contraire au bonheur de ma vie?

MÉLITE.

Il faut du temps, peut-être, & sur-tout de l'adresse.

AGLAÉ.

De l'adresse avec elle, n'est-ce pas de l'artifice? n'est-ce pas un crime?

MÉLITE.

Vous êtes jeune, & sans expérience. J'ai mes raisons pour vous parler ainsi.

AGLAÉ.

O Ciel ! vous me faites frémir. Ah, ma tante, puisqu'enfin vous m'avez arraché mon secret, connoissez donc toute mon ame. Oui, j'aime.... J'aime uniquement.... Je devois à ma mère cet aveu ; mais je ne sais quelle crainte, quelle timidité jusqu'ici m'a retenue. Vingt-fois au moment de parler, j'ai senti la parole expirer sur mes lèvres. Comblée de ses bienfaits, de sa tendresse, si jeune encore, si heureuse près d'elle, oser faire un choix, lui demander de changer une destinée qui devroit m'être si chère : voilà les cruelles réflexions qui m'ont entraînée malgré moi.... Je ne doutois pas de sa bonté ; mais je me reprochois des sentimens qu'elle-même n'avoit pas prescrits. Cependant, après tant d'incertitudes & de peines, aujourd'hui même j'étois décidée à lui tout découvrir.

MÉLITE.

Ah ! gardez-vous en bien ; elle ne consentiroit point....

AGLAÉ.

Ah Dieu ! vous me rendez plus coupable. J'ai donc risqué de faire un choix qui pouvoit lui déplaire. Ah ! s'il est vrai, dussai-je en mourir, je dois y renoncer...... Oubliez ma fatale imprudence.

MÉLITE.

Calmez-vous, mon enfant, calmez-vous.... Et, croyez-moi, vous devez être sûre de ma discrétion & de ma tendresse. Laissez-moi agir, & je vous réponds du succès.

AGLAÉ.

Mais quelle raison pourroit empêcher ma mère ?....

MÉLITE.

Je ne puis vous en dire davantage. Encore une fois, attendez tout de mes soins.

AGLAÉ.

Allons, Madame, lui tout révéler. Daignez me conduire à ses pieds.

MÉLITE.

Vous voulez donc vous perdre ? D'ailleurs,

ne connoissez-vous pas sa jalousie ? Quand elle saura que j'étois instruite avant elle.....

AGLAÉ.

Et voilà donc où vous m'avez réduite ! Il faut la tromper ou lui déplaire.... N'importe, mon choix est fait.... Vous avez lu dans mon cœur, malgré moi ; je me suis trahie involontairement, & mon regret me servira d'excuse.

MÉLITE.

Allez, Mademoiselle, poussez jusqu'au bout votre odieuse ingratitude. Perdez-vous, perdez votre amant, j'y consens. Que m'importe, & quel peut être mon intérêt dans tout ceci ?

AGLAÉ.

Hélas ! pardonnez-moi ; je suis au désespoir.

SCÈNE VI.

MÉLITE, AGLAÉ, LE CHEVALIER.

MÉLITE.

APPROCHEZ, approchez, Chevalier, venez m'aider.....

AGLAÉ.

O Ciel, Madame, pourriez-vous lui dire?....

MÉLITE.

Le soin de votre bonheur l'emporte. J'oublie un trop juste ressentiment. Chevalier, je vous charge de lui faire entendre raison; elle vous en croira mieux que moi.

LE CHEVALIER.

Ah, Madame!....

AGLAÉ.

Non, Monsieur, ne pensez jamais....

MÉLITE.

A quoi bon tous ces détours? Vous l'aimez,

vous me l'avez dit. Il mérite toute votre confiance; cessez de vous en défendre, quand je vous y autorise, & quand je vous promets d'y faire consentir votre mère. Avant de travailler pour vous, je voulois être sûre de vos cœurs...... A présent je n'ai rien à desirer; je vous recommande la discrétion; elle est malheureusement nécessaire, & je vous réponds; avec elle, du succès le plus heureux. (*Elle sort.*)

SCÈNE VII.

AGLAÉ, LE CHEVALIER.

LE CHEVALIER.

EH BIEN, Mademoiselle! vous obstinerez-vous à garder le silence? Parlez, que dois-je espérer?

AGLAÉ.

Je demeure immobile.... Quoi! ce n'étoit donc point assez de m'arracher mon secret? Elle ose vous le déclarer.

LE CHEVALIER.

Vous pouvez encore la démentir ; je n'en veux croire que vous.

AGLAÉ.

Insupportable & vain détour ! Vous avez abusé l'un & l'autre de ma simplicité, de ma franchise .... O ma mère ! vous êtes donc la seule à présent qui ne connoissiez pas mon cœur !.... Cette idée me tue.

LE CHEVALIER.

Vous déchirez mon ame.

AGLAÉ.

Vous m'avez perdue. Vous m'avez ravi tout mon bonheur, toute ma tranquillité. Ma mère ne me pardonnera jamais. Comment lui dire à présent ?.... Comment m'offrir à ses yeux ?.... De quel front recevrai-je les témoignages si chers de sa tendresse, de son estime, de sa confiance ? Que je suis malheureuse !

LE CHEVALIER.

Mais, de grace, écoutez-moi. Pouvois-je,

ſans votre aveu, ſans votre ordre même, vous demander, vous obtenir ?

AGLAÉ.

Si vous m'aimiez, il falloit, avant tout, reſpecter mes devoirs.

LE CHEVALIER.

J'ai ſuivi les conſeils de Mélite ; elle m'a donné des raiſons qui m'ont perſuadé.

AGLAÉ.

Et pourquoi la choiſir pour cette confidence? Que ne parliez-vous à ma mère? Mon bonheur n'eſt-il pas le ſien ? Avez-vous pu penſer qu'elle contraindroit mes ſentimens ?

LE CHEVALIER.

Je craignois de ne vous devoir qu'à votre obéiſſance : d'ailleurs Mélite avoit lu dans mon cœur. Et, vous l'avouerai-je, un obſtacle invincible s'oppoſoit à ma confiance pour Célanie.

AGLAÉ.

Pour ma mère ?

LE CHEVALIER.

Apprenez un ſecret que je ne dois point craindre de vous révéler. Avant cet inſtant, où l'âge & la raiſon, développant vos charmes, me ſoumirent à leur pouvoir, j'aimais un autre objet.

AGLAÉ.

Vous ?

LE CHEVALIER.

Une paſſion funeſte pendant cinq ans empoiſonna ma vie.

AGLAÉ.

Quoi ! vous n'étiez point aimé ?

LE CHEVALIER.

On m'oppoſoit un ſentiment plus violent peut-être que l'amour. Pour s'y livrer toute entière, on dédaigna mes ſoins ; on en exigea le ſacrifice.

AGLAÉ.

Tout mon cœur ſe trouble.... Quel étoit cet objet ? Achevez.

LE CHEVALIER.

Célanie....

AGLAÉ.

Et vous avez changé !

LE CHEVALIER.

Elle-même m'en imposa la loi.

AGLAÉ.

Ah ! ſans moi, ſans ſa fille, elle vous eût aimé.... Mais j'étois tout pour elle.... O Ciel ! vous ajoutez encore à mon repentir comme à ma reconnoiſſance.

LE CHEVALIER.

A préſent voyez la ſituation où je me trouve, & connoiſſez ma foibleſſe.... Je n'ai pu me réſoudre juſqu'ici à lui faire l'aveu d'un changement que je ne conçois pas moi-même, ſur-tout n'étant pas ſûr du bonheur d'être aimé. Aux yeux de l'objet qu'on eſtime, il eſt cruel de ſe démentir. J'ai craint de détruire l'opinion qu'elle a dû ſe former de moi. La timidité, l'embarras....

AGLAÉ.

Que vous la connoissez mal ! Il s'agissoit de mon bonheur : cette seule idée l'auroit frappée.

LE CHEVALIER.

De votre bonheur ! Ah, ce mot fait le mien !.... Mais j'ignorois vos sentimens....

AGLAÉ.

Dans quel affreux embarras vous me plongez !.... Quel parti dois-je prendre ?

LE CHEVALIER.

Celui de la discrétion ; il est le plus simple & le seul certain. Mélite croit que Célanie a d'autres vues pour votre établissement ; elle lui en parlera, & l'en détournera : & après cet entretien, je m'expliquerai. Vous serez consultée ; alors, osez avouer que vous me préférez, & vous faites, vous assurez la félicité de ma vie.

AGLAÉ.

Mais cependant il faudra me taire sur tout ce qui s'est passé.... Il faudra tromper ma mère....

Non, non, jamais. Je vais la chercher, & lui tout découvrir.

LE CHEVALIER.

Vous risquez de la brouiller avec Mélite, dont les intentions ont été si pures.

AGLAÉ.

Je le veux croire; mais je ne comprends rien à sa conduite; elle me choque au dernier point.

LE CHEVALIER.

Sa tendresse pour vous a dicté toutes ses démarches; vous ne pouvez pas y voir d'autres motifs; d'ailleurs vous indisposerez certainement Célanie contre moi.

AGLAÉ.

Ah! je me rends à cette raison. Mais, je vous le répete, vous avez rendu ma situation la plus cruelle, la plus embarrassante.....

LE CHEVALIER.

C'est un moment, je l'avoue, qui doit coûter à votre cœur, à votre franchise; croyez que je partage tout ce qu'il a de pénible. Cet artifice sera le dernier. Soyez-en sûre : j'éprouve si bien tous vos sentimens.

AGLAÉ.

Ma mère vous sera chère autant qu'à moi.

LE CHEVALIER.

Vous êtes l'une & l'autre également nécessaires au bonheur de ma vie.

AGLAÉ.

Que cette assurance me rend heureuse !.... Je vous en aime davantage.

LE CHEVALIER.

Vous m'aimez, vous daignez me le dire enfin, sans crainte & sans remords. Ah ! concevez-vous bien l'excès de ma félicité ?

AGLAÉ.

Hélas ! le plaisir si doux que je goûte à vous entendre, a suspendu pour un instant toutes mes réflexions ; mais quand je serai seule, & livrée à moi-même, que de reproches je....

LE CHEVALIER.

Ne ſongez qu'au deſtin qui nous attend .... ; C'eſt ici, c'eſt dans cette ſolitude heureuſe que l'amour & l'amitié me rendent ſi chère, c'eſt avec vous que s'écouleront des jours que je vous conſacre à jamais. La gloire ſeule pourra m'en arracher ; mais je vous y laiſſerai du moins dans les bras d'une mère, d'une amie.

AGLAÉ.

Quels projets ! .... Que vous ſavez bien peindre à mon cœur tout ce qui peut le toucher ! Que j'aime à vous voir des ſentimens ſi tendres, & ſur-tout cet attachement pour ma mère ! Qu'il m'eſt doux d'aimer celui qui la chérit !

LE CHEVALIER.

Ah ! mon ame vous eſt ouverte. Deux objets la rempliſſent toute entière ; ſi je perdois l'un ou l'autre, je doute que celui qui me reſteroit pût jamais me conſoler. Je vous adore, mais j'adorois Célanie ; il fallut arracher de mon cœur un trait ſi profond ; elle m'a tant coûté de larmes, elle fut ſi long-temps l'unique objet

de

de toutes mes pensées, qu'elle ne peut jamais devenir pour moi une amie ordinaire. J'ai pour elle un sentiment indéfinissable, qui n'est plus de l'amour, mais qui cependant est mille fois plus vif, plus passionné que de l'amitié..... Que vois-je? Vous pleurez?

AGLAÉ.

Ah! je ne m'en défends pas.... Vous m'attendrissez, vous m'enchantez; chaque parole que vous me dites me pénètre jusqu'au fond de l'ame, & m'attache à vous davantage. Que je vous aime!.... Oui, tous vos sentimens sont les miens.... Ma mère & vous, voilà tout ce qui m'est cher; mon bonheur dépend de vous deux; je le sacrifierois pour l'un ou l'autre, & ma vie, s'il le falloit... Quelle félicité! quel charme j'éprouve à répéter ce que vous-même venez de me dire!

LE CHEVALIER.

Ah, Dieu!... Et moi, comment pourrai-je vous exprimer?...

AGLAÉ.

J'entends du bruit: il faut nous séparer.

LE CHEVALIER.

Quoi ! déjà ?

AGLAÉ.

Ah ! de grace, éloignez-vous ; laissez-moi me remettre d'un trouble.... On vient ; partez.

LE CHEVALIER.

Je vous quitte. Mais daignez songer que vous m'avez rendu le plus heureux de tous les hommes. (*Il sort.*)

SCÈNE VIII.

AGLAÉ, *seule.*

JE tremble. Si c'étoit ma mère ; ô Ciel ! je crains sa présence. Ah ! je suis donc coupable.... Il faut me taire, je l'ai promis.... Eh quoi ! je lui cache le premier secret de ma vie ! Que dis-je ? le seul important que j'aurai jamais. Elle l'ignorera toujours.... Mais, moi, je le saurai, & je me le reprocherai éternellement.... Il l'adoroit.... Mais elle ne pouvoit aimer que moi.... Il me semble que je l'entends.... Ma fille, mon Aglaé me tient lieu de tout ; je lui sacrifie le monde, ses plaisirs, ma jeunesse. Je lui consacre ma vie.... Voilà, sans doute, ce qu'elle lui disoit.... ô Dieu !.... Et moi.... & moi.... Oh, pour le coup, quelqu'un vient. N'entends-je pas sa voix ?.... Oui, c'est elle.... O mon Dieu ! je suis prête à me trouver mal.

SCÈNE IX.

AGLAÉ, CÉLANIE.

CÉLANIE.

VENEZ-DONC dîner, ma fille ; on vous attend.... Mais, Ciel ! comme vous voilà pâle & défaite !

AGLAÉ.

Ce n'est rien, maman.... Non.... ce n'est rien.

CÉLANIE.

Mais, mon enfant, vous êtes toute tremblante ?

AGLAÉ.

J'ai eu une espèce d'étourdissement.... Il est passé..... Je suis bien.

CÉLANIE.

Vous m'inquiétez beaucoup.

AGLAÉ, *lui prenant la main.*

Que vous êtes bonne! .... Ah, maman!

CÉLANIE.

Ma fille! ... Vous ne savez pas à quel point vous m'êtes chère.

AGLAÉ.

Ah, Dieu! je ne le sais pas! quand tout me le prouve à chaque instant.

CÉLANIE.

Vous serez toujours l'objet que j'aimerai le mieux, le croirez-vous à jamais? .... Quels que soient les événemens de ma vie.

AGLAÉ.

Hélas! quand vous avez tout fait pour moi, si vous doutez de mon cœur, quelles devroient donc être mes craintes sur l'opinion que je vous desire de mes sentimens ? .... moi qui n'ai rien prouvé ....

CÉLANIE.

Ah, mon enfant ! ne trouvé-je pas tous les jours au fond de ton ame l'unique, le seul bien qui pouvoit payer mes soins & ma tendresse ? Je n'étois que ta mère, tu m'as fait ton amie; je possède toute ta confiance, que me faut-il de plus ? .... Va, tu fais plus pour mon bonheur, que je ne puis faire pour le tien.

AGLAÉ, *à part.*

Quel trait déchirant !

CÉLANIE.

Si tu savois quel charme inexprimable j'éprouve à lire dans ton cœur, ce cœur si naïf & si sensible ! .... Une chose cependant manquoit à ma félicité, il faut que je l'avoue..... La confiance entre-nous n'étoit pas & ne pouvoit être entièrement réciproque. Ton extrême jeunesse m'en imposoit la loi; mais que cette réserve m'a souvent coûté ! .... Que ma tendresse se reprochoit une prudence si pénible ! .... Enfin ta raison formée & perfectionnée rapproche la distance de nos âges, & bientôt je pourrai n'avoir plus de secrets pour toi.... De ce moment seul, je serai parfaitement heureuse.

AGLAÉ, *à part.*

Je n'y puis plus tenir.... (*Elle tombe à ses pieds.*) Ah ! c'en est trop.

CÉLANIE *la relève, & la prend entre ses bras.*

Que cette sensibilité me touche ! .... Ah, mon enfant ! ton visage est couvert de larmes.... Ah ! que tu mérites bien....

AGLAÉ, *avec force.*

Écoutez-moi, Maman, écoutez-moi.

UN MAITRE-D'HÔTEL.

Madame est servie.

CÉLANIE.

Essuie tes larmes, cher enfant; on va croire que je t'ai grondée.... Viens.... Ah ! quel doux entretien, & que je le quitte avec peine ! (*Elle l'embrasse.*)

AGLAÉ, *à part.*

J'allois tout découvrir.

CÉLANIE.

Viens, ma fille, on nous attend. Viens, ce soir nous nous retrouverons seules.

AGLAÉ *à part, en s'en allant.*

Hélas ! qu'elle est loin d'imaginer tout ce qu'elle m'a fait souffrir ! (*Elles sortent.*)

Fin du second Acte.

ACTE III.

SCÈNE PREMIÈRE.

CÉLANIE, ÉMILIE.

CÉLANIE.

OUI, j'ai un ſecret important à vous apprendre, un ſecret qui va vous remplir d'étonnement, un ſecret enfin . . . .

ÉMILIE.

Finiſſez donc; à quoi bon me prévenir de tout ce que j'éprouverai? Vous me faites mourir d'impatience.

CÉLANIE.

Vous êtes bien vive...... Mais eſt-il poſſible que vous n'ayez pas pénétré?

ÉMILIE.

Eh, mon Dieu! quel préambule! Si c'étoit une autre que vous, je croirois, en vérité, qu'il s'agit d'une confidence d'amour.

CÉLANIE.

Vous allez donc être bien surprise ?

ÉMILIE.

Voilà une jolie plaisanterie, & bien de saison, quand vous voyez mon inquiétude.

CÉLANIE.

Je ne parle que trop sérieusement.

ÉMILIE.

Comment ? Il se pourroit.... Mais non, cela n'est pas possible.

CÉLANIE.

A quel point ne dois-je pas rougir d'une foiblesse qui vous paroît si inconcevable ?

ÉMILIE.

Quoi ! vous aimeriez ?

CÉLANIE.

J'ai combattu plus d'un jour.... Mais enfin ma fille est élevée, je vais l'établir.

ÉMILIE.

Vous l'aviez prévu, je suis pétrifiée.... Mais, de grace, quel est l'objet ?

CÉLANIE.

Pouvez-vous le demander ? Vous, témoin depuis six ans....

ÉMILIE.

Mon frère !....

CÉLANIE.

Et quel autre que lui ?

ÉMILIE.

Ah ! je respire ; ah ! ma chère amie, que vous me charmez ! Mon frère ! quels seront ses transports, son ivresse !..... Mais comment avez-vous pu cacher si long-temps ?....

CÉLANIE.

Écoutez mon histoire & ma justification. Dans les premiers temps de la passion de votre frère, trop d'obstacles nous séparoient pour que j'y fusse sensible ; sa jeunesse, l'éducation de ma fille, qui demandoit tous mes soins, tout alors m'éloignoit de lui. Depuis, sa constance, les vertus & les agrémens qu'il me découvroit chaque jour, lui méritèrent mon estime & mon amitié ; mais mon cœur étoit encore paisible, & lorsque je forçai son amour au silence, quand j'achevai de lui ravir un reste d'espoir qu'il conservoit malgré moi, sa douleur me toucha, mais ne me changea point. Je ne doutai pas qu'il ne prît enfin son parti, qu'il ne s'éloignât de moi, & ne parvînt à se guérir. Quelle fut ma surprise de le voir plus assidu, plus tendre & plus empressé que jamais, sans oser se permettre ni plaintes ni reproches, heureux du seul plaisir de me voir & de me consacrer sa vie. Tant de soumission, tant de constance & de délicatesse me touchèrent enfin. Je m'abusai long-temps sur le sentiment que j'éprouvois. Je voulois n'y voir que l'effet d'une juste reconnoissance; mais bientôt l'illusion cessa. Je connus que je l'aimois autant que je m'en crois aimée. Je voulus vainement combattre un penchant si doux : il n'étoit plus temps.

ÉMILIE.

Et pourquoi le combattre ? N'êtes-vous pas trop heureuse d'aimer enfin l'objet dont vous êtes adorée, de pouvoir d'un seul mot payer tout ce qu'il a souffert?

CÉLANIE.

Avant de m'occuper de ma destinée, je voulois fixer celle de ma fille, & ne songer à moi qu'après avoir assuré son sort.

ÉMILIE.

Votre mariage n'y changera rien. La fortune de mon frère est assez considérable......

CÉLANIE.

Tous mes voeux, à cet égard, sont remplis; j'ai fait un choix pour Aglaé.

ÉMILIE.

En est-elle prévenue?

CÉLANIE.

Non; mais je vais l'en instruire, & terminer sans différer.

ÉMILIE.

Et quel est cet objet?

CÉLANIE.

C'est le Marquis d'Hercy. Sa fortune, sa

naissance & son mérite personnel, tout me fait desirer vivement cette affaire. Je ne puis douter qu'il n'aime ma fille : son assiduité, le plaisir qu'il trouve à m'en parler sans cesse, me le prouvent assez. D'ailleurs, à tous égards, ma fille est un parti fort sortable, & même avantageux pour lui : ainsi je suis très-sûre.....

ÉMILIE.

Aglaé, je n'en doute pas, vous obéira sans peine.

CÉLANIE.

Ah ! s'il falloit nous séparer, elle ne pourroit s'y résoudre ; & moi, j'en mourrois. Mais, grace au Ciel, un tel malheur n'arrivera jamais ; & la première des conditions que je veuille imposer en la donnant, c'est que nous passerons ensemble notre vie entière. De cette manière, ma fille ne verra qu'avec plaisir une union que je souhaite. Le Marquis est aimable ; il est jeune ; Aglaé est soumise & sensible : son cœur est libre, j'en suis bien certaine : car s'il eût éprouvé le plus léger mouvement de préférence, je l'aurois su par elle; sa confiance en moi est sans réserve; elle sait si bien que j'y attache le bonheur de ma vie.

ÉMILIE.

Ah! ma chère amie, que vous allez être heureuse! Quelle destinée que la vôtre! Une fille charmante & chérie, établie par vos soins de la manière la plus brillante & la plus agréable, qui deviendra votre compagne, votre société, qui vous devra ses vertus, son existence, ses succès, son bonheur; un gendre qui vous aime, qui vous connoît, qui vous admire; un amant, un époux dont vous serez adorée, qui ne vivra, qui n'existera que pour vous, dont l'amour & la reconnoissance égaleront l'excès de sa félicité.

CÉLANIE.

Quel tableau! Quelle peinture délicieuse! Elle rassemble tous les traits qui peuvent toucher mon cœur.

ÉMILIE.

Ah! je brûle de voir mon frère instruit.

CÉLANIE.

Il ne doit l'être que par moi. Décidée à parler, je hais les détours, & je veux qu'il n'apprenne que de ma bouche.....

ÉMILIE.

Juſte Ciel! quelle ſera ſa joie! il en mourra.... Mais quel moment choiſirez-vous?

CÉLANIE.

Ma fille doit venir ici; je vais lui déclarer le ſort que je lui deſtine. Quand j'aurai préparé ſon cœur, je verrai le Marquis: & cette affaire décidée....

ÉMILIE.

Ah! pourquoi différer d'apprendre à mon frère?....

CÉLANIE.

Je vous conjure de modérer votre impatience, & ſur-tout de garder un ſecret qui, ce ſoir, ou demain, ceſſera d'en être un.

ÉMILIE.

Vous y pouvez compter; mais jamais diſcrétion ne m'aura paru ſi pénible.

CÉLANIE.

On vient. Voici l'heure où j'attends Aglaé; c'est elle, sans doute.

ÉMILIE.

Je vous laisse avec elle, & je vous quitte, transportée de joie, & réellement hors de moi-même.

CÉLANIE, *l'embrassant.*

Vous parliez de tout ce qui me rend heureuse, & vous ne comptiez pas une amie telle que vous.

ÉMILIE.

J'oubliois mon bonheur pour ne m'occuper que du vôtre. Aglaé s'avance. Adieu, ma chère amie, bientôt un titre plus doux encore....

CÉLANIE.

Paix; voici ma fille.

ÉMILIE, *à part, en s'en allant.*

Allons chercher mon frère; je ne lui dirai rien, mais il faut que je le voie. (*Elle sort.*)

SCÈNE II.

CÉLANIE, AGLAÉ.

CÉLANIE.

APPROCHEZ, mon enfant, j'ai beaucoup de choses à vous dire. Profitons du moment où nous sommes seules. Asseyez-vous.

AGLAÉ, *à part.*

Je tremble. (*Elles s'asseyent l'une & l'autre.*)

CÉLANIE.

Vous êtes bien jeune, ma fille; vous n'avez que dix-sept ans; mais votre raison, & j'ose dire l'éducation que vous avez reçue, vous rendent fort supérieure à votre âge. Il est temps de songer à fixer votre sort, & je ne doute pas que votre tendresse ne s'en rapporte là-dessus aveuglément à l'excès de la mienne.

AGLAÉ.

Ah, mon Dieu! que signifie?....

CÉLANIE.

Vous devez prévoir ce qui me reste à vous dire. Bientôt, ma fille, votre sort ne dépendra plus de moi; mais vous croyez bien que je ne puis remettre des droits si chers qu'à l'objet que j'en juge le plus digne, & que mon cœur a dû m'éclairer sur le choix.

AGLAÉ.

Maman.

CÉLANIE.

Je vais vous le nommer; c'est le Marquis d'Hercy.

AGLAÉ.

O Ciel!.

CÉLANIE.

Vous pâlissez, vos yeux se remplissent de larmes. Ah, mon enfant! d'où vient ce trouble affreux? Hélas! dois-je le demander? L'idée, sans doute, que peut-être nous cesserons de vivre ensemble, agite & déchire ton ame.... Ah! ma chère amie, rassure-toi: rien jamais ne pourra nous séparer. Eh! puis-je exister sans toi?

AGLAÉ, *à part.*

Où fuir ? où me cacher ?

CÉLANIE.

Répondez-moi, ma fille ; & banniſſez de vaines inquiétudes.

AGLAÉ, *à part.*

Que lui dirai-je ? ô Dieux ! (*haut.*) Eh ! je ſuis ſi heureuſe.... Ah ! laiſſez-moi ne dépendre que de vous.

CÉLANIE.

Ce ſentiment eſt naturel, il me charme ; cependant je dois le combattre. Je céderai mes droits, mais vous pourrez me les conſerver. Ils m'en ſeront plus chers ; je les tiendrai de votre tendreſſe, & non de votre devoir. Enfin, ma fille, je ſuis décidée, & je vous demande votre parole, afin de pouvoir donner la mienne.

AGLAÉ.

Ma parole.... Non, non, jamais.

CÉLANIE.

Que dites-vous ?

AGLAÉ, *se jetant à genoux.*

Pardonnez-moi une résistance si coupable ; je meurs, si je vous déplais : mais je meurs, si j'obéis.

CÉLANIE.

O Ciel ! quelle est ma surprise ! Est-ce vous qui parlez ? Dans quel état vous êtes !

AGLAÉ.

Maman, maman, ayez pitié de moi.

CÉLANIE.

Mais, grand Dieu ! modérez-vous.... Parlez ; donnez-moi des raisons.... Parlez-donc, ma fille. Vous me désespérez.

AGLAÉ.

Oui, je vais tout vous avouer.... Un mouvement surnaturel, invincible, s'oppose....

CÉLANIE.

Vous éloigne du Marquis.... Vous le haïssez ?.... Mais pourquoi ?.... Répondez-donc.

AGLAÉ, *à part.*

Elle ne veut pas m'entendre, & je n'ai pas le courage....

CÉLANIE.

Encore une fois, ma fille, votre silence me tue.... D'où peut venir une aversion si déraisonnable? Qu'avez-vous à lui reprocher?.... Vous ne voulez donc pas répondre?

AGLAÉ.

Je n'ai point de haine: mais....

CÉLANIE.

Mais.... achevez..... En vérité, une autre à ma place concevroit d'étranges idées.... Mais je vous connois trop bien.... Ma fille, vous êtes un enfant. J'attribue, je pardonne à votre âge toute cette scène, qui, réellement m'a troublée un moment. Vous êtes trop déconcertée, trop émue pour attendre de vous une réponse à présent. Je vous la demanderai ce soir. N'en parlons plus; embrassez-moi.

AGLAÉ.

Que de bontés!

CÉLANIE.

Pauvre petite! dans quel état elle est!.... Ce

mot de mari est donc une terrible chose.... Oh! comme elle rougit.... Quelqu'un vient. (*à part.*) Dieu! c'est le Chevalier.

AGLAÉ, *à part.*

O Ciel! quel nouvel embarras!

SCÈNE III.

CÉLANIE, AGLAÉ, LE CHEVALIER.

LE CHEVALIER, *à part.*

AGLAÉ est avec elle.... Je n'ose l'aborder.

CÉLANIE, *à part.*

Que me veut-il!

LE CHEVALIER, *à part.*

Émilie m'envoie ici.... pour mon bonheur, dit-elle.... & j'y trouve Aglaé; quel présage!

CÉLANIE, *à part.*

Il paroît tremblant.... agité.... Émilie l'auroit-elle instruit? (*haut.*) Chevalier, est-ce moi que vous cherchiez?

LE CHEVALIER.

Oui, Madame.

CÉLANIE.

Eh bien! . . . .

AGLAÉ, *à part.*

Ah! juste Ciel! que veut-il dire?

LE CHEVALIER, *à Célanie.*

Ma sœur . . . .

CÉLANIE.

Vous sauriez déjà . . . .

LE CHEVALIER.

Quoi! Madame?

CÉLANIE.

Mais que vous a dit Émilie?

LE CHEVALIER.

Que vous aviez un secret important à m'apprendre. Elle n'a pas voulu s'expliquer davantage.

CÉLANIE.

C'étoit déjà vous en trop dire. Allez, ma

fille, j'irai bientôt vous retrouver. (*Elle l'embrasse, & lui dit tout bas :*) Adieu, mon enfant, songez que j'attends tout de vos réflexions.

AGLAÉ *fait quelques pas, & dit tout bas au Chevalier, pendant que Célanie rêve.*

Saisissons cet instant ; jetons-nous à ses pieds.

LE CHEVALIER, *bas à Aglaé.*

Ce seroit vous perdre.... au moment où nous pouvons tout espérer. Sortez, de grace. (*Il change de place, & Célanie se trouve entr'eux deux.*)

AGLAÉ, *à part.*

Seroit-il possible ?.... (*haut.*) Adieu, maman.

CÉLANIE, *lui prenant les mains.*

Ma fille..... Je vois la peine que vous avez à me quitter.... Mais il le faut pour un instant..... (*Elle la regarde avec attendrissement, & dit en se tournant du côté du Chevalier :*) Que je l'aime !

LE CHEVALIER.

Qu'elle en est digne, & que vous méritez bien toute sa tendresse !

CÉLANIE, *au Chevalier.*

Ah ! je la possède, soyez-en sûr. (*Aglaé saisit une des mains de Célanie, & pour cacher son trouble, en la baisant, elle reste la tête baissée, & appuyée sur cette main de manière qu'on ne voit pas son visage.*)

LE CHEVALIER, *prend l'autre main de Célanie, & se trouve à-peu-près dans la même attitude.*

CÉLANIE, *avec beaucoup d'émotion.*

Ma fille..... mon cher Chevalier..... que vos sentimens me rendent heureuse ! .... que vous m'êtes chers l'un & l'autre !

LE CHEVALIER.

Vous voyez devant vous les deux objets qui vous aiment le mieux.

CÉLANIE.

Ah ! je le sais.... Oui, je lis dans vos cœurs.

AGLAÉ.

Oui, maman, lisez.... (*Le Chevalier effrayé lui fait un signe qui l'arrête.*

LE CHEVALIER.

Mademoiselle daignera-t-elle me pardonner, si j'ose lui rappeler que Madame a bien voulu me faire espérer un moment d'entretien secret.

CÉLANIE.

Hélas! vous l'affligez.... Allez, mon enfant, allez; bientôt votre heureuse mère n'aura plus de secrets pour vous.

AGLAÉ, *à part, en s'en allant.*

C'est lui qui me force au silence. Mais que mon cœur me le reproche, & que je suis à plaindre! (*Elle sort.*)

SCÈNE IV.

CÉLANIE, LE CHEVALIER.

CÉLANIE, *après un moment de silence.*

CHEVALIER, je ne voulois vous parler que demain.

LE CHEVALIER.

Que demain!.... attendre si long-temps un secret qui vous touche.

CÉLANIE.

Vous devez être compris dans un tel ſecret. S'il m'intéreſſe, vous en êtes l'objet, ſans doute : voilà du moins ce que vous avez pu deviner.

LE CHEVALIER.

Ah, Madame ! .... achevez.

CÉLANIE.

Faut-il qu'il ſoit ſi néceſſaire que je m'explique mieux ! Depuis le temps que vous me connoiſſez, n'avez-vous pas appris à lire dans mon cœur ?

LE CHEVALIER.

De grace, Madame....

CÉLANIE.

Je m'occupe de votre ſort ; je veux le changer ; y conſentirez-vous ?

LE CHEVALIER, *à part.*

Quel eſpoir vient enivrer mon cœur ? .... Aglaé....

CÉLANIE.

Je vois votre ſurpriſe ; j'y vais mettre le

comble. Je ne suis plus cette femme insensible, ingrate, que tout autre que vous eût peut-être haïe, & sans doute oubliée.... Mes yeux se sont ouverts; l'estime & la reconnoissance m'ont conduite à des sentimens qui font aujourd'hui mon bonheur. Je vous rends l'arbitre de ma vie & de ma destinée. Je ne rougis point d'un aveu si doux & si bien mérité. Votre constance, votre amour le justifient, & je me livre avec transport à cette passion si chère qui remplit à jamais mon ame.

LE CHEVALIER.

Qu'entends-je? grands Dieux!.... Est-ce bien vous? Est-ce en effet Célanie qui vient de me parler?

CÉLANIE.

Oui, c'est moi, c'est moi qui vous aime avec un excès que vous seul pourrez comprendre.

LE CHEVALIER.

Où suis-je? ô Ciel!

CÉLANIE.

Quel égarement se peint dans vos yeux ? Où courez-vous ?

LE CHEVALIER.

Ah ! laissez fuir un malheureux qui ne se connoît plus.

CÉLANIE.

L'effroi, la terreur défigurent vos traits.... Arrêtez, arrêtez.

LE CHEVALIER.

Hélas ! que m'avez-vous appris ?

CÉLANIE.

Vous me faites frémir.

LE CHEVALIER, *s'approchant & se jetant à ses genoux.*

Ah ! je vais vous porter le coup le plus mortel !

CÉLANIE.

Vous devez concevoir l'excès de ma surprise.... Tout décèle la violence des mouvemens qui vous agitent, & dans vos transports furieux, je ne vois que des marques de douleur.... O Ciel! aurois-je dû m'attendre!....

LE CHEVALIER.

Ah, Madame! il n'est plus temps....

CÉLANIE.

Il n'est plus temps? .... Vous ne m'aimez plus?

LE CHEVALIER.

Vous m'êtes toujours plus chère que ma vie.

CÉLANIE.

Et pourquoi donc, cruel, me plonger dans ce trouble affreux, quand je vous offre & mon cœur & ma main?

LE CHEVALIER.

Si j'osois les accepter, je serois le plus vil, le plus méprisable de tous les hommes.

CÉLANIE.

Et qui peut s'opposer?....

LE CHEVALIER.

N'en demandez pas davantage, vous me presseriez en vain. Un obstacle invincible nous sépare à jamais; votre indifférence m'accabloit, votre amour me désespère. Vous êtes née pour empoisonner mon sort, pour déchirer mon ame par des tourmens qui ne sont faits que pour moi.... Que dis-je? Ah, Dieux!.... Pardonnez cet affreux égarement..... Je vous outrage, je m'emporte.... je vais causer votre malheur. Quelle funeste idée! Ah, Madame! plaignez-moi; oubliez-moi; adieu, adieu pour jamais.

CÉLANIE.

Et vous m'abandonnez!.... & vous me livrez sans remords à l'horreur de ma destinée! En perdant votre amour, j'ai donc aussi perdu tous mes droits à votre confiance, à votre compassion.... Un autre objet vous attache, un autre engagement vous lie: voilà ce que j'ai pu comprendre.... Mais, répondez; falloit-il m'abuser par des soins si tendres & si constans? Falloit-il me cacher avec tant d'artifice un cœur qui ne s'ouvre enfin que pour me donner la mort?.... Votre amitié m'eût consolée. Qui donc a pu me la ravir? Quels sont mes crimes? parlez.

LE CHEVALIER.

Je ne vous impute rien : je ſuis au déſeſpoir ; & je n'accuſe que moi-même.

CÉLANIE.

Vous m'avouez donc du moins qu'un autre objet ? . . . .

LE CHEVALIER.

Je dois me taire, vous fuir, vous regretter, & mourir du malheur qui m'arrache d'auprès de vous.

CÉLANIE.

Et moi, je dois vous déteſter comme un monſtre odieux, indigne de tous les ſentimens que vous m'aviez inſpirés. Je n'ai plus qu'un mot à vous dire. Je puis me vaincre ; je puis vous conſerver encore mon eſtime & mon amitié. Je puis être dédommagée de tout par votre bonheur, & lui ſacrifier le mien ; mais j'exige que votre confiance ſoit entière & ſans réſerve, que votre ame me ſoit ouverte.

LE CHEVALIER.

Je ne le puis. Je renonce au bonheur ; il n'en eſt

eſt plus pour moi, & le temps me rendra votre eſtime.

CÉLANIE.

Éloignez-vous, ſortez, & ne vous offrez jamais à mes yeux. Partez, aſſuré de ma haine, de mon mépris, & de tout le reſſentiment dont une femme outragée peut être capable.

LE CHEVALIER.

Je pars le plus infortuné de tous les hommes. Soyez contente, ſi vous deſirez la vengeance.

CÉLANIE.

Je deſire de mourir.

LE CHEVALIER.

En recevant un éternel adieu, daignez du moins m'écouter un inſtant. Je vous quitte, je vous quitte pour jamais; je m'éloigne de vous, que j'ai tant aimée; de vous, toujours néceſſaire au bonheur de ma vie. Mais, en vous perdant, croyez que je renonce à tout, à l'amour, à l'ambition, à la gloire; je vais dans une ſolitude profonde enſevelir des jours malheureux, qui ne doivent plus s'écouler près de vous.

CÉLANIE.

Quel mélange inoui de tendresse & de cruauté! ou plutôt quelle odieuse dissimulation! Si votre ame étoit sensible, m'abandonneriez-vous, refuseriez-vous la preuve de confiance? ....

LE CHEVALIER.

Adieu, Madame; je ne puis supporter davantage un entretien qui me tue.

CÉLANIE.

Écoutez-moi, pour la dernière fois.... Je ne reçois point vos adieux; vous partirez demain, si vous voulez; je veux aujourd'hui vous revoir & vous parler encore.

LE CHEVALIER.

Pourquoi retarder ce moment douloureux, mais inévitable?

CÉLANIE.

Me refuserez-vous encore cette unique & dernière grace?

LE CHEVALIER.

Je vous obéirai. . . . mais daignez ſonger à l'état où je ſuis, & combien il me ſera difficile de me contraindre aux yeux de tout ce qui vous entoure.

CÉLANIE, *avec amertume.*

Vous ſaurez feindre : cet effort vous coûtera peu. Enfin, puis-je compter ſur votre parole ?

LE CHEVALIER.

Vous le voulez ; je vous la donne.

CÉLANIE.

Il ſuffit. J'ai beſoin d'être ſeule ; laiſſez-moi.

LE CHEVALIER, *à part en s'en allant.*

Dans le trouble où je ſuis, quel conſeil, quel parti dois-je ſuivre ? (*Il ſort.*)

SCÈNE V.

CÉLANIE, *seule.*

JE n'en suis plus aimée..... Qui l'auroit pu croire! .... Une autre, sans doute, possède son cœur.... Un obstacle invincible, m'a-t-il dit, nous sépare à jamais.... Quel est donc cet obstacle? .... Quel objet a pu? .... Il ne connoît, il ne voit personne que moi, que.... Quelle accablante & funeste idée se présente encore à mon esprit!.... Hélas! je la repoussois tout-à-l'heure, lorsque son désespoir, ses remords, son effroi me l'offroient confusément.... Ma fille, accablée de douleur, refuse de m'obéir.... & le Chevalier, interdit, hors de lui, frémit des sentimens qu'il m'inspire.... Quoi! seroient-ils d'accord pour me trahir & m'abuser? .... O Ciel! ce doute affreux pénètre & déchire mon ame.... Non, il n'est pas possible; tant d'ingratitude n'est pas vraisemblable.... Peut-être l'aime-t-il; mais Aglaé, mais ma fille l'ignore : elle me l'auroit appris..... Je succombe à tant d'agitation. Allons chercher Émilie...... Quel fâcheux contre-temps ! Que me veut Mélite ?

SCÈNE VI.

MÉLITE, CÉLANIE.

MÉLITE.

AH, Madame ! rassûrez-moi, votre fille en pleurs se désole. Je l'ai rencontrée dans un état.... Mais vous-même, dans quelle situation je vous trouve ?

CÉLANIE.

Je ne puis vous dire.....

MÉLITE, *à part*.

Consommons mes desseins. (*haut.*) Je ne vous presse point ; mais je devine facilement ce qui vous agite.

CÉLANIE.

Que dites-vous ?

MÉLITE.

Vous avez découvert ....

CÉLANIE.

De grace, achevez.

MÉLITE.

La passion mutuelle du Chevalier & d'Aglaé.

CÉLANIE.

La passion mutuelle! .... A peine je respire.

MÉLITE.

Eh bien, Madame, pourriez-vous condamner un amour innocent, qui doit plutôt mériter votre indulgence & votre intérêt? .... Pardonnez à votre fille le mystère qu'elle vous en a fait; ne l'attribuez qu'à sa timidité, qu'à la crainte de vous déplaire. Nous vous supposions d'autres vues pour elle, & cette idée....

CÉLANIE.

Vous étiez donc, Madame, dans cette confidence?

MÉLITE.

Je vous l'avoue: leur amour, l'excès de leur

passion, m'a vivement touchée.... En les favorisant, je leur ai fait connoître tout ce qu'ils vous devoient l'un & l'autre. Ce soin étoit inutile; croyez qu'ils en sont persuadés jusques au fond du cœur. Je m'étois chargée de les servir près de vous, & je vous conjure, au nom de la tendresse de votre fille pour vous, au nom de la vôtre, de ne point vous opposer....

CÉLANIE.

Il suffit, Madame .... je connois le prix de vos soins.... Vous n'avez pas, je crois, pensé que vos droits sur ma fille pussent s'étendre au-delà d'une intrigue conduite jusqu'ici avec tant de prudence? Elle est découverte, votre rôle est fini. Je ne dois du mien compte à personne: & vous apprendrez mes desseins, quand j'en instruirai ma famille. (*Elle sort.*)

SCENE VII.

MÉLITE, *seule.*

Elle sort furieuse.... Ma feinte a réussi, en paroissant la croire instruite. J'ai confirmé tous ses soupçons sans me compromettre, puisque tout ceci n'aura l'air que d'une imprudence de ma part. J'ai porté sa rage au comble contre sa fille & le Chevalier qu'elle regrette, j'en suis certaine, sûrement par vanité, & peut-être par sentiment. Nous voilà pour jamais brouillées l'une & l'autre. Mais, que m'importe? Je la hais, je m'en venge, je la démasque aux yeux du Marquis.... Mais le voici.

SCENE VIII.

LE MARQUIS, MÉLITE.

MÉLITE.

Avez-vous rencontré Célanie ?

LE MARQUIS.

Non, Madame ; je la cherchois. Aglaé s'est trouvée fort mal ; elle s'est évanouie. Émilie est auprès d'elle, & ....

MÉLITE.

La vue de sa mère ne feroit qu'irriter ses maux.

LE MARQUIS.

Comment ?

MÉLITE.

C'est qu'elles sont rivales. Célanie est outrée de l'amour du Chevalier.

LE MARQUIS.

Cette fable a peu de vraisemblance.

MÉLITE.

Encore une fois, souvenez-vous de ce que

je vous ai dit. Ouvrez les yeux, examinez la conduite de Célanie; & si vous n'y voyez pas tout l'emportement de la jalousie & de la passion, je vous permets de l'adorer & de l'admirer toujours. Toute cette prétendue tendresse pour sa fille, tout cela n'est qu'hypocrisie; vous en serez convaincu avant la fin du jour.

LE MARQUIS.

Je n'en crois rien, Madame.

MÉLITE.

Votre prévention cessera. En attendant, je vous laisse, livré à vos réflexions. (*Elle sort.*)

LE MARQUIS.

Quelle méchante femme! Allons, s'il est possible, trouver Célanie, & l'instruire enfin, sans délai, de tous les sentimens qu'on veut en vain arracher de mon ame. (*Il sort.*)

Fin du troisième Acte.

ACTE IV.

SCÈNE PREMIÈRE.

LE CHEVALIER, ÉMILIE.

ÉMILIE.

OUI, je ſuis au déſeſpoir; Célanie en mourra; ſon cœur eſt déchiré du trait le plus ſenſible, dédaignée par ce qu'elle aime, & dans quel moment?.... & pour qui?

LE CHEVALIER.

Faut-il que l'imprudence de Mélite?....

ÉMILIE.

L'imprudence!... Ah! croyez qu'elle triomphe; & quoi que vous en puiſſiez dire, c'eſt une noirceur; j'en ſuis ſûre. Mais vous, mais vous, mon frère, quels remords, quels regrets affreux ne devez-vous pas éprouver!

LE CHEVALIER.

Pouvois-je prévoir?....

ÉMILIE.

Non, vous n'êtes pas excusable. Il falloit parler. Célanie ne méritoit pas cette odieuse & coupable dissimulation. Je ne vous le cache pas, elle est outrée contre vous, & surtout contre sa fille. Plus elle l'aimoit, plus elle comptoit sur sa confiance; plus elle se trouve outragée, trahie & malheureuse. Je ne pense pas que rien puisse la ramener; elle est dans un état qui perce l'ame. Elle m'a demandé de la laisser seule quelques instans. Elle pleure; elle gémit; votre nom, celui d'Aglaé, est sans cesse dans sa bouche. Ces noms, ce matin encore, si doux & si chers pour elle, ne lui retraçent à présent que de justes sujets de douleur & de désespoir.

LE CHEVALIER.

Dites-lui, de grace, que je la supplie de me rendre ma parole, & de me permettre de fuir à jamais de tout ce qui m'attachoit à la vie. Je meurs ici; ma sœur, obtenez d'elle....

ÉMILIE.

Je crois l'entendre. Éloignez-vous.

LE CHEVALIER.

Je vais dans ma chambre attendre votre réponſe. Adieu ; qu'elle me plaigne du moins.

ÉMILIE.

Sortez. C'eſt elle. J'irai vous retrouver. (*Il ſort.*) (*Émilie continue.*) Son air annonce plus de calme & de tranquillité. Mais quelle ſombre triſteſſe !

SCÈNE II.

CÉLANIE, ÉMILIE.

ÉMILIE.

EH bien, ma chère amie, vous me paroiſſez moins agitée ?... Hélas ! je ne cherche point à vous donner de vaines conſolations. Je ne fais que m'affliger avec vous : mais, en vérité, votre fille mérite plus d'indulgence. Votre ſenſibilité vous exagère ſes torts ; elle eſt accablée de douleur ; elle vous aime, elle vous chérit.

CÉLANIE.

Elle a moins trahi ſon devoir que ma tendresse ; c'est mon cœur seul qui la juge ; elle sait trop à quel point il est délicat & passionné : elle a raison de redouter l'arrêt qu'elle a droit d'en attendre.

ÉMILIE.

Mon frère vous conjure de souffrir qu'il s'éloigne.

CÉLANIE.

Non, non, l'amour heureux doit l'arrêter.

ÉMILIE.

Ah ! croyez que l'amitié l'emporte dans son cœur sur tout autre sentiment : il n'est occupé que de vous.

CÉLANIE.

Il ose encore se dire mon ami, après m'avoir ravi le cœur & la confiance de ma fille !

ÉMILIE.

Ils ont été entraînés....

CÉLANIE.

Ne cherchez point à le justifier, vous redoubleriez ma colère.... Je ne suis plus moi-même, je ne me connois plus.... Trahie par les objets les plus chers, humiliée, abusée, abandonnée, le moindre de mes tourmens est d'éprouver encore une passion honteuse & funeste, qui va me déshonorer aux yeux du monde, & qui m'avilit aux miens.

ÉMILIE.

Quelle vaine frayeur! Il est si facile de cacher ce triste & malheureux secret.

CÉLANIE.

Et le puis-je? Ai-je l'art de me contraindre? N'est-il pas écrit sur mon visage? Et d'ailleurs que m'importe que la haine ou l'envie le divulgue? La vanité peut-elle aigrir ou diminuer de si mortelles douleurs? Voyez donc l'horreur de ma situation. Quel rôle me reste maintenant? Les cruels m'ont ôté jusqu'à la douceur si consolante, jusqu'au mérite de me sacrifier pour eux; n'ont-ils pas disposé sans moi de leur destinée? Leur intelligence l'a fixée sans retour; mon consentement devient forcé; si je le donne, j'y suis contrainte; si je le refuse, je suis cruelle

& tyrannique.... Je n'ai plus d'autre pouvoir que celui que me laissent les loix. Je ne suis mère encore que par elles.

ÉMILIE.

Ah ! soyez sûre que ce cruel consentement ne vous sera jamais demandé. L'obéissance d'Aglaé réparera ses fautes, & mon frère n'aspire qu'à s'éloigner d'elle pour toujours.

CÉLANIE.

Ma fille former une criminelle intrigue ! se choisir une autre confidente que moi !... Oui, si son amant seul eût arraché son secret, je l'excuserois. Ce ne peut être, hélas ! que dans le cœur d'une mère que la Nature a le droit de l'emporter sur l'Amour : mais tramer un complot obscur, me préférer sa tante, lui ouvrir son ame, la charger du bonheur de sa vie, s'en reposer sur elle, m'oublier, se taire avec moi ; que dis-je ? me tromper.... ô Ciel !

ÉMILLIE.

Hélas ! ils sont plus à plaindre que vous, s'il est possible.

CÉLANIE.

CÉLANIE.

Ils m'ont arraché le cœur.... Dans les bras de ma fille, j'aurois trouvé quelque soulagement à mes peines. Il me la falloit pour essuyer des pleurs dont sa tendresse, tôt ou tard, eût tari la source.... Elle gémit, dites-vous, mais son amant peut la consoler ; il éprouve & partage sa douleur. Peut-être, réunis dans ce même moment avec Mélite, ils osent former encore de nouvelles intrigues.

ÉMILIE.

Ah ! pouvez-vous le penser ? Mon frère, absorbé dans son désespoir, abjure un amour si funeste.

CÉLANIE.

Les croyez-vous sincères ? Ils ont pu me tromper une fois. Ils m'ont trop appris à connoître la défiance. Je me croyois aimée. Que j'étois heureuse ce matin ! Oui, oui, je saurai me vaincre ; j'aurai le courage d'imiter l'exemple cruel qu'ils m'ont donné ; j'arracherai de mon ame les sentimens qui la déchirent. C'est trop souffrir pour des ingrats.... Il me semble que je suis seule dans l'univers.... Où sont-ils? Je veux les voir, en présence l'un de l'autre, qu'ils soient témoins des tourmens qu'ils me causent. Je veux que ma fille apprenne à quels maux elle me livre, qu'elle connoisse mon amour, mon désespoir.

ÉMILIE.

O Ciel! que dites-vous? Ah! cachez-lui toujours ce malheureux secret.

CÉLANIE.

Pensez-vous qu'elle l'ignore? Non, non, elle m'aura observée; elle le sait, & elle m'abandonne à ma douleur... Que dis-je? s'en occupe-t-elle? Y réfléchit-elle?... Ils craignent de voir aujourd'hui détruire toutes leurs espérances. Je ne leur parois qu'un juge redoutable & irrité. Ils ne pensent à moi qu'avec effroi. Ils me haïssent peut-être.

ÉMILIE.

Ah, Dieux! pourriez-vous croire?....

CÉLANIE.

Auriez-vous jamais pu prévoir la destinée qui m'accable ? Moi, jusqu'à ce jour, si paisible, si heureuse, faut-il qu'une passion cruelle m'ait en même-temps ravi la raison, le repos & le bonheur ? Hélas ! ma jeunesse s'est écoulée sans orage dans l'innocence & la tranquillité ! Dans l'âge des erreurs, livrée aux soins, aux sentimens les plus doux & les plus purs, aurois-je alors pu pressentir le sort qui m'étoit réservé ? Un seul instant vient de ternir quinze ans de félicité, de sagesse & de vertu... Je rougis du trouble affreux où je me suis livrée. Nulle consolation ne me reste, j'ai tout perdu... &, sans doute, jusqu'à votre estime ?

ÉMILIE.

Ah ! vos malheurs vous rendent à mes yeux mille fois plus chère & plus intéressante encore.

CÉLANIE.

Comme vous-même aujourd'hui m'avez abusée !... Il vous adore, disiez-vous. Quels seront ses transports !.... Ah ! si vous aviez pu voir son effroi, son horreur, le changement affreux de son visage (& c'est là ce même homme que j'ai vu si tendre, si passionné, verser à mes pieds tant de larmes!) Non, il ne m'a jamais aimée... Il ne vouloit que séduire un cœur dont l'indifférence irritoit son orgueil; mais il ne jouira ni de ma foiblesse, ni de mes peines. Mon parti est pris. Je lui déroberai un spectacle si doux; je ne lui montrerai point de haine. Il n'est digne que de mon mépris. Allez-lui dire que je ne lui rends point sa parole, que j'exige qu'il tienne sa promesse. Demain il sera libre : il apprendra à me connoître; il verra si je suis maîtresse de moi-même. Allez, ma chère Emilie : & si vous rencontrez ma fille, envoyez-la moi.

ÉMILIE.

Que je redoute cet entretien !

CÉLANIE.

Rassurez-vous; mon cœur est trop aigri, trop blessé pour s'ouvrir : je ne veux que lui parler un instant.

ÉMILIE.

Adieu. Songez à votre gloire, & consultez votre tendresse pour Aglaé. (*Elle sort.*)

SCÈNE III.

CÉLANIE, *seule.*

QUE suis-je devenue ? Grand Dieu ! dans quel abîme me précipite un cœur trop sensible !... Moi, jalouse !... Et de qui ?... De cet objet si cher... Ma fille !... Ah ! sans son ingratitude, je lui sacrifierois avec transport le bonheur de ma vie... Mais quelle conduite que la sienne ! quelle dissimulation !... Voilà donc le prix de tout ce que j'ai fait pour elle depuis dix ans ! Allons, il faut subir mon sort ; il faut m'armer d'un courage nécessaire ; c'est assez pleurer & gémir. La raison, l'indifférence & la paix, voilà désormais les seuls biens qui me restent. L'éloignement, l'absence, une solitude profonde me les rendront peut-être.... On vient. C'est elle. Quel moment !

SCÈNE IV.

CÉLANIE, AGLAÉ.

(*Aglaé en pleurs, court se précipiter aux genoux de sa mère, qui la relève avec sévérité.*)

CÉLANIE.

ÉPARGNEZ-VOUS ces vaines démonstrations : en me privant du seul droit qui me fut cher, vous avez perdu tous les vôtres. Après vous avoir consacré ma vie, j'ai pu croire que votre confiance & votre amitié seroient le prix de mes soins : mais enfin je suis détrompée. Il suffit, ce reproche sera le dernier que vous recevrez jamais de moi.

AGLAÉ.

Ah ! plutôt, retracez-moi toute l'imprudence fatale de ma conduite ; mais n'accusez point mon cœur.

CÉLANIE.

Je ne veux point d'explication. J'ai voulu

vous parler pour vous instruire de votre destinée ; car elle dépend de moi, & nul complot, nulle intrigue ne peut vous soustraire....

AGLAÉ.

Quel cruel langage ! Il m'accable... O Dieu ! pourriez-vous croire que votre autorité sur moi ne me fût pas aussi chère qu'elle est sacrée ?

CÉLANIE.

Cependant, à peine sortie de l'enfance, vous avez osé faire un choix sans mon aveu.

AGLAÉ.

Ah ! rendez-moi votre tendresse, & j'y renonce ; je l'abjure avec transport.

CÉLANIE.

Vous me connoissez trop pour me soupçonner capable d'une telle tyrannie. Vous avez trahi, pour l'amour, votre devoir, la nature & la reconnoissance. Je dois juger de son excès par tout ce qu'il vous a fait enfreindre.... Soyez satisfaite, ce jour même le Chevalier recevra votre main. Ma parole est inviolable : vous y pouvez compter.

AGLAÉ.

Ah, ma mère !.... Achevez, que le retour de vos bontés....

CÉLANIE

La joie éclate dans vos yeux : tous vos desirs sont remplis. Écoutez ce qui me reste à vous apprendre. Autrefois mon espoir le plus doux fut de finir ma carrière dans les bras d'une fille chérie, dont je me croyois aimée. Aujourd'hui que mes yeux sont enfin ouverts.....

AGLAÉ.

Que dites-vous ? grand Dieu !..... Auriez-vous la barbarie ? ....

CÉLANIE.

Les temps sont différens. Il faut nous séparer; demain je pars.... Votre tante vous reste ; elle vous servira de guide.

AGLAÉ.

Vous voulez donc ma mort ? Juste Ciel ! Quel arrêt, & quelle cruauté ! .... Non, non, je vous suivrai par-tout.

CÉLANIE.

Cessez, cessez ces éclats superflus. Est-ce à vous à vous plaindre ?.... Mon parti est irrévocable, & rien ne peut le faire changer. (*Elle veut sortir.*)

AGLAÉ, *l'arrêtant.*

Arrêtez, ma mère, arrêtez....

CÉLANIE.

Laissez-moi. Qu'espérez-vous de cette violence ? Laissez-moi, vous dis-je; ne suivez point mes pas. Obéissez-moi du moins pour la dernière fois. (*Elle sort.*)

SCÈNE V.

AGLAÉ, *seule.*

ELLE me fuit.... Ah, grand Dieu ! que vais-je devenir ? Je l'avois bien prévu.

SCENE VI.

MÉLITE, AGLAÉ, LE CHEVALIER.

MÉLITE.

Nous vous cherchions.... Mais quel excès de douleur.

LE CHEVALIER.

Je viens vous dire un éternel adieu.

AGLAÉ.

Ah! partez; éloignez-vous....

MÉLITE.

Mais pourquoi vous livrer au découragement? Célanie est plus calme. Attendez tout du temps & de sa raison.

AGLAÉ.

Ah! il ne m'en a déjà que trop coûté de suivre vos conseils. Je n'en veux plus recevoir que de mon cœur.

MÉLITE.

Célanie s'oppose au départ du Chevalier.

Ne voyez-vous pas son dessein ? Elle balance encore aujourd'hui ; le dépit combat sa tendresse pour vous : mais demain elle cédera à tous nos efforts réunis.

LE CHEVALIER.

Non, non ; je renonce à toute espérance. (*à Aglaé.*) Je ne voulois que vous voir un moment, pour vous peindre des regrets qui déchirent mon ame : & demain, c'en est fait, je m'éloigne à jamais.

AGLAÉ.

Que je rentre sous le joug d'une mère à qui je dois sacrifier jusqu'au bonheur de ma vie, j'obéis à mon devoir ; la nature m'en fait une loi sacrée ; mais vous voir avec tant de facilité prêt à me quitter, à m'abandonner .... Ah ! ce dernier trait manquoit au malheur qui me poursuit. Partez, partez, Monsieur.

LE CHEVALIER.

Que dites-vous ? ô Ciel ! Est-ce vous qui m'accusez ? ... Quand je m'immole à votre repos, quand j'obéis à vos ordres, quand cet effort affreux m'arrache le cœur, vous avez la cruauté....

MÉLITE.

Elle a raison; son rôle doit être à présent celui de la soumission, & le vôtre, si vous l'aimiez, celui de la persévérance. Pressez Célanie; priez, conjurez.

LE CHEVALIER, *à part.*

Et le puis-je? grand Dieu!

MÉLITE.

Mais, que nous veut Émilie?

SCÈNE VII.

ÉMILIE, MÉLITE, LE CHEVALIER, AGLAÉ.

ÉMILIE.

CÉLANIE m'envoie pour vous instruire de ses dernières résolutions. (*A Aglaé.*) Non-seulement elle approuve votre union avec mon frère, mais elle vous ordonne de recevoir sa main, ce jour même, & me charge de vous ajouter qu'elle ne prendroit vos refus que comme un caprice inexcusable, & comme une nouvelle désobéissance.

AGLAÉ.

Ah, Madame !

LE CHEVALIER, *à part.*

Hélas !

ÉMILIE.

Des affaires pressantes l'appellent à Paris. Elle part dans une heure; mais comme elle veut que rien ne retarde un mariage qu'elle souhaite, (*A Mélite*) voici, Madame, une procuration écrite de sa main, qui vous transmet tous ses droits. Vous tiendrez sa place, & Mademoiselle recevra de vous....

AGLAÉ.

Qu'entends-je ? Et ma mère pourroit penser que loin de ses yeux, accablée de sa froideur, j'oserois....

ÉMILIE.

Telle est sa volonté; & vous, Mademoiselle, votre devoir est d'obéir. (*Avec ironie.*) Je ne doute pas que de sages conseils ne vous y décident enfin.

AGLAÉ.

Le croire, c'est m'outrager; si ma mère part, je dois la suivre, ou mourir.

ÉMILIE, *à Mélite.*

Recevez, Madame, cet écrit; il vous donne des droits légitimes sur Mademoiselle: & dès cet instant, elle peut se regarder comme votre fille.

AGLAÉ.

Ah! c'en est trop....

MÉLITE, *à Aglaé.*

Modérez-vous. (*Elle prend le papier, & le met dans sa poche.*) Je reçois, Madame, cette procuration; je suis touchée, comme je dois l'être, du sentiment qui me la donne; je l'emploverai au bonheur de ma nièce: lui seul m'occupe.

AGLAÉ.

Non, Madame, non; ne le croyez pas. Je ne reconnois d'autre pouvoir, d'autre autorité que celle de ma mère. Elle a beau me rejeter, me proscrire, je la chéris, je la respecte, je la préfère à l'univers.... Je dois supporter ses dédains, sa colère : je les ai trop mérités. Mais qu'elle ne parte pas, qu'elle ne m'abandonne pas à mon désespoir. Qu'elle dispose à son gré de mon sort : mais qu'elle me pardonne..... (*A Émilie.*) Ah, Madame! prenez pitié de moi; qu'elle me rende ses bontés.

ÉMILIE.

Elle assure votre bonheur; que voulez-vous de plus?

AGLAÉ.

Mon bonheur! En est-il pour moi sans sa tendresse?

ÉMILIE, *à part.*

Que sa douleur me touche!

AGLAÉ.

Allons; je le vois bien, elle veut ma mort.... Je vais la trouver. Je vais....

LE CHEVALIER.

Ah! calmez des transports....

AGLAÉ.

Laissez-moi, oubliez-moi; vous seul causez tous mes malheurs. (*Elle sort.*)

MÉLITE.

Ne l'abandonnons point dans l'état où elle est. (*Mélite sort.*)

LE CHEVALIER.

Hélas! à quoi me résoudre? (*Il sort.*)

SCÈNE VIII.

ÉMILIE, *seule.*

JE la plains: sa situation m'intéresse.... Mais Célanie, ô Célanie.... Ciel! quelle sera la fin de tout ceci? Je ne prévois pas.....

SCÈNE IX.

ÉMILIE, LE MARQUIS.

LE MARQUIS, *accourant avec précipitation.*

AH, Madame! vous me voyez dans un trouble, dans une agitation...

ÉMILIE.

Qu'avez-vous donc?

LE MARQUIS.

Je viens d'éprouver une scène qui m'a déchiré l'ame.

ÉMILIE.

Expliquez-vous, de grace.

LE MARQUIS.

Il faut d'abord vous avouer mes sentimens secrets... J'aime...

ÉMILIE.

Aglaé?

LE MARQUIS.

J'adore Célanie.

ÉMILIE.

Vous ?

LE MARQUIS.

N'écoutant que ma passion, je viens de la faire éclater à ses yeux.

ÉMILIE.

Eh bien, comment vous a-t-elle répondu ?

LE MARQUIS.

Par un aveu sincère de l'état de son cœur; Jugez, Madame, jugez de mon étonnement.

ÉMILIE.

Je reconnois-là sa franchise.

LE MARQUIS.

Ah ! je me rendrai digne d'une confiance si généreuse & si touchante. Je mériterai du moins l'estime & l'amitié qu'elle vient de me prouver.... Ah, Madame ! qu'elle est à plaindre !

ÉMILIE.

Mélite est enfin au comble de ses vœux. Apprenez qu'elle seule est cause...

LE MARQUIS.

Je la connois, Madame, & peut-être mieux que vous... Je démêle facilement le but de tous ses artifices. Aglaé & le Chevalier sont les victimes de leur imprudence & de leur crédulité, engagés par elle dans de fausses démarches....

ÉMILIE.

Dites-moi naturellement quel est le but de Mélite, que vous avez pénétré ?

LE MARQUIS.

Elle est trop méprisable pour vous le taire.... Hélas, Madame ! elle avoit lu dans mon cœur, &....

ÉMILIE.

Elle vous aimoit.

LE MARQUIS.

Je crois du moins qu'elle se l'est persuadé, ou pour mieux dire, qu'elle a pris l'ambition & la vanité pour de l'amour. Afin de justifier nos jeunes amans, j'ai été tenté de dévoiler à Célanie, & ce secret, & toute la noirceur de Mélite ; mais auparavant, j'ai voulu vous consulter.

ÉMILIE.

Non, non, cette confidence ne produiroit aucun effet favorable. Célanie est bien convaincue de la méchanceté de Mélite, mais elle n'en excuse pas davantage sa fille. Nous ne savons pas d'ailleurs tous les détails qui peuvent la justifier. Elle-même, sans doute, en a perdu l'enchaînement ; & quand ils ne seroient pas échappés à son ingénuité, quand elle s'en souviendroit, en seroit-elle crue sur sa parole ? Il faut des preuves claires & convaincantes pour ramener Célanie. Elle est trop aigrie, trop révoltée.

LE MARQUIS.

A travers sa colère, on voit toujours percer son extrême tendresse pour Aglaé. Le Chevalier, tout aimé qu'il est, l'occupe mille fois moins qu'elle.

ÉMILIE.

Ah ! n'en doutez pas, le sentiment dominant

est pour sa fille. Si l'on pouvoit trouver quelque moyen qui pût lui prouver qu'elle n'a rien perdu dans son cœur, vous la verriez bientôt....

LE MARQUIS.

Mais, Madame, cependant que voulez-vous que fasse Aglaé? Sa soumission n'a point de bornes; elle sacrifie son amour.

ÉMILIE.

Tout cela, encore une fois, ne prouve rien. Célanie s'obstine à ne voir dans sa conduite, que de la dissimulation. Elle sait bien, m'a-t-elle dit, que je n'accepterai pas les sacrifices qu'elle paroît vouloir me faire. Toute cette prétendue générosité n'est qu'un jeu, qu'une comédie. Voilà quelles sont ses idées.

LE MARQUIS.

Comment faire? Ah, Madame! trouvons quelque moyen de la tirer de la douleur qui la consume; son état est trop violent; elle y succombera.... Je puis supporter avec courage la perte de toutes mes espérances; mais je ne puis la voir souffrir.

ÉMILIE.

Il me vient une idée singulière. Mélite vous aime. Il faudroit.... Célanie vous aura dit, sans doute, le projet qu'elle avoit conçu de vous donner sa fille.

LE MARQUIS.

Oui, elle ne m'a rien caché.

ÉMILIE.

Si vous voulez me seconder, si vous aimez réellement Célanie, nous pouvons, à notre tour, former une intrigue d'une espèce particulière & neuve; car si elle réussit, elle rendra le calme à la vertu, & punira la méchanceté.

LE MARQUIS.

Disposez de moi, Madame; je me livre entièrement à vous. Trop heureux si je pouvois, en me sacrifiant moi-même, rétablir ici la paix & le bonheur!

ÉMILIE.

Mes idées là-dessus sont encore un peu confuses. Mais suivez-moi dans ma chambre, nous les débrouillerons plus à notre aise, & nous n'aurons pas la crainte d'être interrompus. (*Elle sort. Le Marquis la suit.*)

Fin du quatrième Acte.

ACTE V.

SCÈNE PREMIÈRE.

LE MARQUIS, ÉMILIE.

ÉMILIE.

Ainsi voilà qui eſt convenu ; vous avez bien tout ce plan dans la tête ?

LE MARQUIS.

Parfaitement. Je n'oublierai rien, ſoyez tranquille.

ÉMILIE.

Sur-tout, prenez bien garde que Mélite ne puiſſe ſe douter....

LE MARQUIS.

Ne craignez rien ; elle a de l'eſprit ; elle eſt bien fauſſe ; mais ſon amour-propre l'aveuglera, & j'y emploierai toute l'adreſſe dont je ſuis ca-

vi !

pable. Pour Aglaé & le Chevalier, ils me croiront facilement, puisqu'ils ignorent mes sentimens.

ÉMILIE.

Je me flatte que tout réussira au gré de nos desirs. Nos deux amans ne se doutent guère du rôle que nous allons leur faire jouer.

LE MARQUIS.

Mais si leur conduite ne répondoit pas à notre attente ?

ÉMILIE.

Ce seroit un secret entre nous. Jamais Célanie ne le sauroit, & les choses resteroient comme elles sont. Ainsi nous ne risquons rien ; mais j'ai bonne opinion d'Aglaé. Je connois mon frère, il est sensible & généreux : vous verrez qu'ils ne balanceront pas.

LE MARQUIS.

Mais le Chevalier voudra partir aujourd'hui.

ÉMILIE.

Je me charge du soin de le retenir jusqu'au

dénouement. Je m'attacherai à ses pas, & je trouverai bien les moyens.... J'entends du bruit; c'est peut-être Célanie. Adieu. Il ne faut pas qu'elle nous surprenne ensemble. (*Elle sort.*)

LE MARQUIS, *seul.*

Ah! que je me trouverois heureux, si je pouvois contribuer..... Mais j'apperçois Mélite. Allons, commençons par elle.

SCÈNE II.

MÉLITE, LE MARQUIS.

MÉLITE.

LE voilà. Il paroît bien agité.

LE MARQUIS, *feignant de ne pas la voir.*

Oui, oui, je suis désabusé.

MÉLITE.

Il ne me voit pas.

LE MARQUIS, *feignant toujours.*

Non, je ne balance plus.

MÉLITE.

Marquis, pardonnez-moi si je trouble votre rêverie.

LE MARQUIS.

Ah, Madame !

MÉLITE.

Vous étiez dans un état violent.

LE MARQUIS.

Vous me l'aviez bien dit, Madame, que mes yeux s'ouvriroient aujourd'hui.

MÉLITE.

Ce chagrin, ces transports furieux, toute cette brouillerie enfin, dont nous sommes témoins, vous prouvent assez sa jalousie cruelle.

LE MARQUIS.

Oui, Madame, tout s'est éclairci pour moi, & je ressens enfin un juste mépris pour l'objet qui le mérite.

MÉLITE.

Si vous croyez la haïr, vous pourriez bien l'aimer encore !

LE MARQUIS.

Non, non, elle n'est pas digne de ma haine; mais je vous avoue que je brûle du desir de l'humilier & de la punir de tous ses artifices.

MÉLITE.

Ah, Marquis! faut-il qu'une passion aveugle vous ait abusé si long-temps, & que votre cœur.....

LE MARQUIS.

Mon cœur enfin s'en est dégagé, & je puis l'offrir....

MÉLITE.

Eh bien, achevez. Pourquoi craindriez-vous de vous expliquer mieux?

LE MARQUIS.

Pardonnez-moi, Madame; un juste embarras me surmonte.... Mais à présent tout mon bonheur est dans vos mains.

MÉLITE.

Est-il bien vrai?

LE MARQUIS.

Vous devez me deviner .... Permettez-moi dans cet instant de n'en pas dire davantage. Ce soir devant Célanie, j'acheverai de m'expliquer. Mais daignez me promettre que vous ne serez point contraire aux desirs que j'ose former.

MÉLITE, *à part.*

Il veut humilier & confondre ma rivale. C'est un triomphe de plus pour moi. (*haut.*) Eh bien, je ne vous presse plus : mais je vous donne ma parole, que je vous accorderai avec joie tout ce que vous me demanderez.

LE MARQUIS.

Avec joie! .... Puis-je le croire ?

MÉLITE.

N'en doutez pas.

LE MARQUIS.

Cette promesse m'enchante.

MÉLITE.

On vient. Adieu.

LE MARQUIS.

Adieu. Souvenez-vous, Madame, que ce soir je vous ferai l'arbitre de mon sort.

MÉLITE.

Songez-y bien cependant. Je ne voudrois rien devoir au dépit.

LE MARQUIS.

Ah! croyez que mon cœur....

MÉLITE.

Le Chevalier s'avance. Adieu. (*A part, en s'en allant.*) Enfin j'en suis venue à bout. (*Elle sort.*)

SCENE III.

LE MARQUIS, LE CHEVALIER.

LE CHEVALIER.

ON m'a dit, Marquis, que vous aviez à me parler.

LE MARQUIS.

Il est vrai; j'ai bien des choses à vous apprendre, mais je crains de m'expliquer.

LE CHEVALIER.

Cette crainte m'offenſe ; vous connoiſſez mon amitié.

LE MARQUIS.

Et c'eſt cette amitié même qui me fait héſiter à vous ouvrir mon cœur. Il me ſeroit affreux de vous affliger, de vous déplaire.

LE CHEVALIER.

Je vous conjure de vous expliquer mieux.

LE MARQUIS.

Dites-moi d'abord s'il eſt bien vrai que vous ayez abſolument renoncé à votre amour pour Aglaé ?

LE CHEVALIER.

Cette queſtion m'étonne.

LE MARQUIS.

Je l'avois prévu.... Je vous embarraſſe.

LE CHEVALIER.

Non, non, continuez.

LE MARQUIS.

C'eſt à vous à répondre.

LE CHEVALIER.

Ah!.... Eh bien oui, j'ai renoncé absolument & sans détour à la main d'Aglaé, & rien ne peut faire changer cette résolution.

LE MARQUIS.

Saviez-vous qu'avant que votre passion eût éclaté, Célanie me la destinoit?

LE CHEVALIER.

Achevez. Vous aimiez Aglaé?

LE MARQUIS.

Mille fois plus que ma vie.

LE CHEVALIER, *à part.*

Voilà le dernier coup qui m'étoit réservé. (*Haut.*) Poursuivez vos desseins; soyez heureux, Marquis, j'y consens. Cependant je ne doute pas qu'Aglaé ne soit consultée par vous, & vous n'abuserez point du choix de sa mère pour la contraindre.

LE MARQUIS.

Êtes-vous bien sincère? & réellement n'y prétendez-vous plus rien?

LE

LE CHEVALIER.

Je vous en donne ma parole, si vous me donnez la vôtre qu'on n'employera avec elle ni la violence ni l'artifice.

LE MARQUIS.

Pouvez-vous croire que jamais Célanie la force à me choisir plutôt qu'un autre ?

LE CHEVALIER.

Si vous engagez Célanie à dire, avec le temps, un mot en votre faveur, à témoigner enfin qu'elle vous desire pour gendre, voilà ce que j'appellerois une violence; car la soumissio[n] d'Aglaé....

LE MARQUIS.

Je vous entends, & je m'engage à ne jamais faire de démarches qu'auprès d'Aglaé ou avec son aveu. Êtes-vous satisfait ?

LE CHEVALIER.

Entièrement.

LE MARQUIS.

Vous partez demain; reverrez-vous Aglaé ?

LE CHEVALIER.

Non, je fuirai sa présence & son entretien, vous pouvez y compter.

LE MARQUIS.

Dans ce cas, je n'ai plus qu'une grace à vous demander ; & comme je ne doute pas de la sincérité de tout ce que vous m'avez dit, je suis persuadé que vous ne me refuserez pas....

LE CHEVALIER.

De quoi s'agit-il ?

LE MARQUIS.

Vous abandonnez vos droits ; vous ne reverrez plus Aglaé, pour le lui déclarer. J'exige donc de votre amitié qu'un billet de vous l'en instruise.

LE CHEVALIER.

Elle connoît mes intentions.

LE MARQUIS.

Cela ne suffit pas ; il faut qu'elle sache encore ce que vous m'avez permis.....

LE CHEVALIER.

Ah ! c'en eſt trop.... & vous cherchez, je le vois, à me pouſſer à bout.

LE MARQUIS.

Ne nous emportons point, & parlons ſans détour. J'ignore vos ſecrets ; & quel motif vous force aujourd'hui à renoncer aux eſpérances que vous aviez conçues ? Je ne prétends point à votre confiance ; mais je vous demande de la franchiſe, du moins ſur ce qui me regarde. Je vous aime : telle choſe que vous faſſiez, je n'aurai point avec vous un mauvais procédé. Si vous conſervez des prétentions, je renonce aux miennes. Exigez ce ſacrifice, je ſuis prêt à le faire : mais ſi vous êtes décidé à ne jamais épouſer Aglaé, ſi vous pouvez conſentir que j'y prétende à mon tour, pourquoi me refuſer la preuve que j'exige de votre bonne-foi & de votre générosité ?

LE CHEVALIER.

En quoi vous eſt-elle néceſſaire ?

LE MARQUIS.

Aglaé sait l'amitié qui nous unit ; puis-je espérer d'en être écouté, si elle ne suppose en moi qu'un ami perfide, qui cherche à vous supplanter ? Célanie elle-même pourroit prendre de moi la même opinion, en me voyant rendre des soins à sa fille : & ce billet me justifiera aux yeux de l'une & de l'autre.

LE CHEVALIER.

Vous comptez donc aussi le montrer à Célanie ?

LE MARQUIS.

Assurément ; mais en exigeant d'elle que jamais elle ne témoignera à sa fille le moindre desir qui ne soit favorable.

LE CHEVALIER.

Mais comment Célanie verra-t-elle ce billet, puisque vous voulez qu'il s'adresse à Aglaé ?

LE MARQUIS.

Je le retirerai des mains d'Aglaé aussi-tôt qu'elle l'aura lu.

LE CHEVALIER, *à part.*

Par ce moyen, Célanie verra du moins que je me sacrifie de bonne-foi pour elle.

LE MARQUIS.

A quoi vous décidez-vous ?

LE CHEVALIER.

A vous satisfaire.

LE MARQUIS.

Voilà une table, & tout ce qu'il faut pour écrire.

LE CHEVALIER, *à part.*

Allons, signons mon arrêt. (*Il s'assied, & écrit.*)

LE MARQUIS, *à part.*

Le plus difficile est fait à présent; je ne suis plus inquiet du reste.

LE CHEVALIER, *à part en écrivant.*

Que chaque mot me coûte ! .... O Célanie ! peut-être répandrez-vous quelques pleurs sur cet écrit funeste.... Il vous ouvrira les yeux sur un infortuné que vous jugez avec tant d'injustice.... Vous ne douterez plus de sa sincérité.

LE MARQUIS.

Comme la main lui tremble.... Il me fait une pitié....

LE CHEVALIER, *en se levant.*

Tenez, Marquis, puissiez-vous être plus heureux que moi! Adieu.... adieu. (*à part, en s'en allant.*) Allons nous livrer sans contrainte à tout mon désespoir. (*Il sort.*)

SCÈNE IV.

LE MARQUIS, *seul.*

LE pauvre malheureux!.... qu'il est à plaindre! Mais voyons un peu quel est son style. (*Il lit tout haut.*)

» Mademoiselle, je ne vous parle point du
» regret que j'éprouve à m'éloigner de vous
» pour jamais: je laisse aux lieux où vous êtes
» tout ce qui m'est cher; mais je subis, sans me
» plaindre, une destinée si cruelle. »

(*Le Marquis s'interrompant.*) « Je laisse aux » lieux où vous êtes tout ce qui m'est cher. » Cette phrase n'est pas mal-adroite. Il espère bien que Célanie en prendra sa part. Continuons. (*Il lit.*)

» Oubliez-moi, vous le devez, & je le desire » pour votre bonheur, qui m'est plus précieux » que le mien. »

(*Le Marquis s'interrompant.* Ceci est pour moi; petite adresse pour me faire comprendre combien il est aimé. (*Il lit.*)

» Le Marquis d'Hercy vous adore; sa géné- » rosité vouloit sacrifier à notre ancienne amitié » l'amour qu'il éprouve pour vous. Mais pour- » quoi voudrois-je vous ravir un époux digne » de prétendre à la félicité que le sort m'enlève » sans retour? Loin de détruire ses espérances, » je les ai ranimées, &....

(*Le Marquis ne peut pas lire.*) & ....» Voilà un mot bien barbouillé. Voyons ce qui suit. Il y a, « &.... le succès, & j'en....» Je crois cependant qu'il a voulu écrire: « & j'en desire

» le ſuccès. » Mais ce mot lui coûtoit cruellement : auſſi n'eſt-il pas liſible. Oh ! voilà une excellente lettre ; je l'aurois dictée qu'elle ne ſeroit pas mieux. Bon, voici l'autre, que ſans doute Émilie m'envoie. Achevons mon ouvrage.

SCÈNE V.

AGLAÉ, LE MARQUIS.

AGLAÉ.

ÉMILIE, que j'ai rencontrée, vient de me dire que vous me cherchiez.

LE MARQUIS.

Oui, Mademoiſelle.

AGLAÉ.

Eh bien, Monſieur ?

LE MARQUIS.

Daignez lire ce billet, il vous inſtruira mieux que tout ce que je pourrois vous dire.

AGLAÉ *prend le billet, l'ouvre, & reconnoît l'écriture du Chevalier.*

Ce billet.... Je ne dois pas....

LE MARQUIS.

Lisez, lisez, Mademoiselle; peut-être n'imaginez-vous pas ce qu'il contient. (*Aglaé lit tout bas.* (*Le Marquis à part.*) Quel changement sur son visage! Et quelle naïve & touchante émotion!

AGLAÉ, *lisant à demi-voix.*

O Ciel! « Je les ai ranimées, & j'en....

LE MARQUIS.

Il y a peut-être à la fin un mot qui vous arrête; mais c'est *desire* qu'il a voulu mettre.

AGLAÉ.

Je l'avois lu, Monsieur.

LE MARQUIS.

Eh bien, Mademoiselle, quelle est votre réponse?

AGLAÉ.

Quoi, Monsieur! vous pourriez vouloir d'un cœur.... qu'un autre a su toucher?

LE MARQUIS.

Des obstacles, qui me sont inconnus, vous séparent aujourd'hui d'un amant qui renonce à vous : vous le préfériez. Ma délicatesse ne s'en offense point, & mon amour-propre n'en est point blessé. J'avois pour moi le choix d'une mère : & si vous approuvez mes feux, votre estime & votre amitié suffiront à mon bonheur : je vous connois assez pour être sûr que votre devoir....

AGLAÉ.

Oui, je l'ai dit, les volontés de ma mère sont pour moi des lois sacrées.

LE MARQUIS.

Elle vous les a fait connoître.

AGLAÉ.

Si je puis, en les suivant, retrouver ses bontés, je suis prête à tout sacrifier : sa colère me réduit au désespoir.

LE MARQUIS.

Elle consent à vous unir au Chevalier : mais vous savez à quel prix.

AGLAÉ.

Plutôt mourir mille fois.

LE MARQUIS.

Eh bien, Mademoiselle, ne pouvant être à lui, daignez donc d'un mot assûrer la félicité de ma vie.

AGLAÉ.

Ma mère n'y consentira pas.... Je me suis trop expliquée.

LE MARQUIS.

Cette seule difficulté vous arrête-t-elle ?

AGLAÉ.

Je vais vous parler avec franchise, & vous pourrez me croire. Votre ami m'étoit cher, oui, Monsieur, je l'avoue : mais enfin ce choix imprudent a su m'entraîner au-delà des bornes de mon devoir ; il m'a fait perdre la confiance & la tendresse de ma mère, il faut choisir entr'elle & lui. Hélas ! je n'ai pas balancé, & cependant elle traite mon obéissance d'artifice.... je n'ai plus de moyen....

LE MARQUIS.

Si vous êtes sincère, Mademoiselle, comme je n'en doute pas, il ne tient qu'à vous de la ramener entiérement.

AGLAÉ.

Ah! parlez, il n'y a rien que je ne fasse.

LE MARQUIS.

Toutes vos protestations ne la persuaderont jamais, puisqu'elle s'obstine injustement à douter de leur vérité. Mais elle doit s'éloigner demain; laissez-la partir. Mélite est chargée d'une procuration qui lui transmet tous ses droits sur vous: alors consentez à mon bonheur, & le plus heureux des époux vous conduira dans ses bras.

AGLAÉ.

O Ciel! qu'osez-vous me proposer? Quoi? sans ma mère, je....

LE MARQUIS.

Songez bien, Mademoiselle, que c'est la seule manière de lui obéir; autrement vous savez trop qu'elle n'y consentira pas; & si vous me refusez, avouez du moins qu'elle ne se trompe pas tout-à-fait sur vos intentions.

AGLAÉ.

Eh bien, Monsieur, c'en est fait, vous décidez mon sort. Puissé-je à ce prix retrouver & conserver son cœur!

LE MARQUIS.

Me donnez-vous votre parole?

AGLAÉ.

Je vous la donne. Vous connoissez mes sentimens: je ne vous ai point abusé.... Vous pourrez compter sur mon devoir; mais mon cœur....

LE MARQUIS.

Il suffit, le temps fera le reste. Adieu, Mademoiselle. Vous devez sentir combien il est important de cacher ce secret jusqu'au départ de Célanie: si elle le découvroit, elle ne manqueroit pas d'imaginer que c'est un nouvel artifice pour la toucher.

AGLAÉ.

Je saurai me taire, & mes promesses sont sacrées.

LE MARQUIS.

Je vous supplie sur-tout de n'en rien dire à Mélite.

AGLAÉ.

Ah ! soyez tranquille.

LE MARQUIS.

Je suis transporté. Je vais vous quitter ..... Oserai-je vous redemander le billet du Chevalier ; c'est un titre que je desire conserver pour le montrer un jour à Célanie.

AGLAÉ.

Le voilà.

LE MARQUIS, *à part.*

Enfin voilà ma tâche finie. Courons instruire Émilie de cet heureux succès. (*Il sort.*)

SCÈNE VI.

AGLAÉ, *seule.*

GRACE au Ciel, me voilà seule.... Ah! qu'ai-je fait? qu'ai-je promis!.... Ce n'est donc pas assez de renoncer à ma tendresse; il faut encore.... Quelles expressions dans ce cruel billet!.... Et cependant je suis aimée. Oui, malgré ce triste abandon, je ne puis douter de son cœur. Je ne le verrai plus: il part demain. J'aurois dû charger du moins le Marquis de lui dire.... Mais ne puis-je pas lui répondre, l'assurer que ses intentions seront suivies? Hélas! je l'affligerai.... Qu'importe, je veux qu'il ressente aussi tout ce que mon cœur éprouve. (*Elle voit tout ce qu'il faut pour écrire.*) Allons, je vais écrire. (*Elle se met à table, & écrit.... Elle s'interrompt.*) O ma mère! ma mère! quelle preuve je vous donne de ma tendresse! A quelle extrémité m'avez-vous réduite! *Elle écrit, ensuite elle lit tout haut.*)

» Je suivrai vos conseils: j'y suis décidée.

» Après le départ de ma mère, le Marquis
» d'Hercy recevra ma foi : voilà l'usage que
» je ferai de la liberté cruelle qu'elle veut me
» laisser par son absence. En m'immolant, en
» me sacrifiant à sa volonté, je lui prouverai
» du moins qu'elle a mal connu mon cœur.
» Elle me rendra le sien : ce retour me sera bien
» nécessaire pour me dédommager de la rigueur
» de mon sort. Adieu ; recevez ce dernier té-
» moignage .... »

(*Elle se remet à écrire, en disant :*) Achevons promptement, de crainte qu'on ne nous surprenne.

SCÈNE VII.

CÉLANIE, AGLAÉ.

CÉLANIE, *dans le fond du Théâtre.*

C'EST elle.... C'en est fait, je vais partir : mais je veux la revoir encore (*Elle avance.*) Elle écrit.

(AGLAÉ

(*AGLAÉ entend du bruit, tourne la tête, apperçoit sa mère, fait un cri, se lève, & cache son billet.*)

CÉLANIE.

Vous écriviez. D'où vient cet effroi?

AGLAÉ, *tremblante.*

Je n'écrivois rien d'intéressant, je vous assure.

CÉLANIE.

Montrez-moi le papier que vous avez caché.

AGLAÉ.

Daignez ne le point exiger, je vous en supplie.

CÉLANIE.

Je le veux: obéissez.

AGLAÉ, *à part.*

O peine mortelle! (*haut.*) Dussiez-vous m'accabler de toute votre colère, je ne le puis.

CÉLANIE.

Quoi! vous osez?.... fille ingrate & rébelle.... Mais vous avez raison, vous ne m'êtes plus rien; j'ai moi-même brisé tous les liens qui m'attachoient à vous : mais, je l'avoue, cet excès d'audace surpasse encore....

AGLAÉ.

Ma mère ! ô ma mère ! vous me percez le cœur. Au nom de cet amour dont vous m'avez donné tant de preuves, hélas ! épargnez - moi ce terrible langage : il me tue.

CÉLANIE.

Écoutez - moi. Offensée, aigrie au dernier point, je me suis emportée contre vous ; j'avois même résolu de vous fuir, de vous abandonner. Je doutois de votre repentir, de votre sincérité. Je le disois du moins ; cependant vous sachant ici, j'y revenois : je voulois vous voir, vous parler encore....

AGLAÉ.

Quoi ! vous me cherchiez ?.... Ah, ma mère ! voyez à vos pieds votre malheureuse fille ; daignez prendre pitié de son désespoir.... Oui, vous m'aimez ; oui, si vous m'abandonnez, vous n'y pourrez survivre..... Vos bienfaits &

ma reconnoiſſance, voilà des liens qu'il n'eſt pas en votre pouvoir de briſer jamais.

CÉLANIE.

Et croyez-vous, ſi je vous abandonne, ſi je m'arrache d'auprès de vous, que je m'abuſe un inſtant ſur ma deſtinée? Vous pouvez m'oublier peut-être; mais moi, mais moi, depuis l'inſtant de votre naiſſance, occupée de vous, moi, qui vous chériſſois, hélas! avant que votre âge vous permît de penſer & de connoître; moi qui, pendant dix-ſept ans, n'ai jamais formé de projets & d'idées dont vous n'ayez été l'objet; penſez-vous qu'en renonçant à vous, il puiſſe enfin exiſter pour moi une ombre de bonheur ou de conſolation?

AGLAÉ.

Ah, ma mère! daignez donc reprendre tous vos droits, & diſpoſer de moi comme vous le deſiriez. Je ſuis prête à vous obéir avec joie.

CÉLANIE.

Montrez-moi donc ce billet, dont vous vouliez encore tout-à-l'heure me faire un myſtère?

AGLAÉ.

Ce n'eſt pas mon ſecret que vous me demandez ?

CÉLANIE.

Ah ! c'en eſt trop à la fin. Quoi ! lorſque je vous ouvre mon cœur, quand vous voyez & ma tendreſſe & mon indulgence, vous oſez.....

AGLAÉ.

Hélas ! qu'exigez-vous ?

CÉLANIE.

Non, non, je n'exige plus rien ; je ne veux plus rien entendre.... Oui, j'aurois pu tout oublier, tout pardonner, mais ce dernier trait met le comble à ma juſte indignation.

AGLAÉ.

Eh bien, vous le voulez, j'y conſens.

CÉLANIE.

Il n'eſt plus temps ; laiſſez-moi. (*Elle veut ſortir.*)

AGLAÉ.

Un moment. Écoutez-moi.

CÉLANIE.

Non, non, à présent tous vos efforts sont inutiles. (*Elle veut sortir.*)

AGLAÉ, *courant après elle.*

Ma mère....

HENRIETTE *survient, & arrête Célanie.*

Madame, un instant. Monsieur le Marquis d'Hercy demande à vous parler avant votre départ.

CÉLANIE.

Que me veut-il?

HENRIETTE.

Je l'ignore. Il a, dit-il, quelque chose d'important à vous apprendre. Mélite le suit. Mais, tenez, les voilà.

SCÈNE VIII.

CÉLANIE, AGLAÉ, HENRIETTE, LE MARQUIS, MÉLITE.

LE MARQUIS.

PARDONNEZ-MOI, Madame, si j'ose retarder votre départ. Je dois vous révéler un secret qui me touche. Souffrez cette dernière explication. Et, de grace, pour m'écouter, rassemblez bien toute l'attention dont vous êtes capable. (*A Mélite.*) Je vous ai dit tantôt, Madame, que vous aviez mon bonheur dans vos mains, sans m'expliquer davantage. Vous avez daigné me promettre que vous ne seriez point contraire à mes vœux, tels qu'ils fussent. Je vais donc me déclarer.

MÉLITE, *à part.*

Je vais donc triompher.

LE MARQUIS.

J'aime, j'aime passionnément, & vous pouvez, Madame, d'un seul mot ...,

MÉLITE.

Parlez, Marquis, avec assurance.

AGLAÉ, *à part.*

Que va-t-il dire ?

LE MARQUIS *à Mélite, en montrant Célanie.*

Madame vous a transmis tous ses droits sur votre charmante nièce. Vous êtes maîtresse de son sort ; c'est elle, Madame, c'est Aglaé que je vous demande à genoux.

MÉLITE, *à part.*

O Ciel ! qu'entends-je ?

CÉLANIE.

Je ne comprends pas, Marquis....

AGLAÉ.

Mais, Monsieur, pourquoi découvrir ?...?

LE MARQUIS, *à Célanie.*

Encore une fois, Madame, rassemblez toute votre attention. Après vous avoir quittée, un entretien secret avec Émilie m'a suggéré tout ce que j'ai fait depuis. En voici le récit sincère.

J'ai parlé au Chevalier, qui m'a déclaré que de la meilleure foi du monde, il ne conservoit aucune espérance; & pour me le prouver, voici, Madame, le billet qu'il a écrit sous mes yeux: il s'adresse à Mademoiselle, daignez le lire, (*Il donne le billet, Célanie le lit.*)

MÉLITE, *à part.*

Avec quelle indignité je suis jouée!

HENRIETTE, *à part.*

Madame Mélite fait une triste mine.

AGLAÉ.

Mais, Monsieur, m'expliquerez-vous la singularité de votre conduite?

LE MARQUIS.

Un moment de patience, Mademoiselle, & tout va s'éclaircir.

CÉLANIE, *après avoir lu le billet.*

Ah, Marquis! je commence à démêler le but de tout ce que vous avez fait. Mais achevez.

LE MARQUIS.

Muni de ce billet, Madame, je l'ai porté à

Mademoiselle, en la conjurant d'être sensible à ma passion; le desir de vous obéir, & d'obtenir son pardon, l'a fait consentir à tout. Nous sommes convenus que nous attendrions que vous fussiez partie, & qu'alors je ferois ressouvenir Mélite de la promesse qu'elle avoit daigné me faire, de ne point s'opposer à mon bonheur.

CÉLANIE.

Est-il possible?

LE MARQUIS.

Oui, Madame, voilà la simple vérité. Nous nous étions engagés, Mademoiselle & moi, à vous cacher toute cette intrigue, par la crainte que vous n'imaginassiez peut-être que son obéissance n'étoit pas aussi sincère....

CÉLANIE.

Ah, grands Dieux! de quels nouveaux sentimens! ..... Mais, que vois-je?

SCÈNE IX.

CÉLANIE, AGLAÉ, HENRIETTE, LE MARQUIS, MÉLITE, ÉMILIE, LE CHEVALIER.

ÉMILIE.

ALLONS donc, mon frère, que de résistance !

LE CHEVALIER.

Mais, que voulez-vous ? & pourquoi m'entraîner malgré moi.

ÉMILIE.

C'est une complaisance que j'exige.

CÉLANIE.

Ah, ma chère amie ! que viens-je d'apprendre ?

ÉMILIE.

Attendez encore, je suis nécessaire au dénouement. Je viens vous assurer de la vérité de tout ce que le Marquis vous a dit, & vous ajouter que tout étoit concerté entre nous deux ;

que votre fille, absolument la dupe de notre innocent artifice, s'est sacrifiée sans balancer un moment; que mon frère.... enfin que vous êtes la mère & l'amie la plus chérie.

CÉLANIE.

Ah, ma fille!.... Et ce billet?

AGLAÉ, *le tirant de sa poche.*

Le voilà. (*Elle le lui donne, Célanie le lit.*)

LE CHEVALIER.

Est-ce un songe? Est-ce une illusion?

MÉLITE, *à part.*

Faut-il dévorer un affront si cruel?

CÉLANIE, *se jetant dans les bras de sa fille.*

Mon enfant, & je t'accusois!...... Ah, mes amis, vous m'avez rendu ma fille.

AGLAÉ.

Maman, vous me pardonnez donc?

CÉLANIE.

J'ai pu douter de ton cœur! Ah! je suis la seule coupable.

HENRIETTE.

Tout ceci me passe.

ÉMILIE, *à Mélite.*

Je crois que Madame peut rendre sa procuration; je n'imagine pas qu'elle puisse s'en servir désormais.

MÉLITE.

Toute cette comédie est fort bien jouée: j'applaudis à l'intelligence des Acteurs. Je vais à Paris en conter tous les détails, & je me flatte que le Public pourra s'en amuser un moment. (*Elle sort, & dit à part en s'en allant.*) Allons cacher ma honte & ma fureur.

SCÈNE X & dernière.

CÉLANIE, AGLAÉ, HENRIETTE, LE MARQUIS, MÉLITE, ÉMILIE, LE CHEVALIER.

ÉMILIE.

Elle part démasquée : elle est assez punie.

CÉLANIE.

Oublions-la pour toujours. Mais moi, comment pourrai-je réparer l'excès de mes injustices ? Je ne puis m'en consoler qu'en assurant à jamais le bonheur de ma fille. Chevalier, recevez-la des mains d'une amie qui vous la donne avec transport. Vous m'aimez l'un & l'autre, vous me l'avez bien prouvé. Que me faut-il de plus ? Tous mes desirs sont remplis. Ma vie entière vous sera consacrée ; je jouirai de votre tendresse, de votre félicité, qui sera la mienne.

LE CHEVALIER.

Ah, Madame! que puis-je vous répondre? Lisez dans mon cœur: vous devez imaginer tout ce qu'il éprouve.

AGLAÉ.

Maman, je vous retrouve: ah! vous me rendez la vie. (*A Emilie & au Marquis.*) Que ne dois-je pas à vos soins généreux?

CÉLANIE.

C'est moi qui dois les remercier, les chérir à jamais. Qu'ils jouissent de leur ouvrage. Approchez-vous, Chevalier; donnez-moi votre main. (*Le Chevalier s'approche, met un genou en terre, & lui donne sa main; Célanie met celle d'Aglaé dans la sienne.*) Elle est à vous.... Je vous donne tout ce que j'ai de plus cher.... Pour prix d'un tel bienfait, ne m'en séparez jamais; aimez-la, faites son bonheur, & vous aurez tout fait pour moi.

LE CHEVALIER.

Je jure à vos pieds de ne vivre, de n'exister

que pour vous prouver une reconnoissance égale à ma tendresse ; & dans cet instant où vous me rendez le plus heureux de tous les hommes, croyez du moins que l'amitié contribue à ma félicité, autant que l'amour même.

AGLAÉ *se jette à genoux, en tenant une main de Célanie, dans laquelle est celle du Chevalier.*

Oui, Maman, nous ne vous quitterons jamais ; notre premier devoir, notre plus doux lien sera ce sentiment si pur & si sacré, dont vous êtes l'objet ; en partageant notre cœur, il augmentera notre tendresse mutuelle. Je ne puis aimer que ce qui vous chérit ; je ne puis être heureuse qu'avec vous.

CÉLANIE, *les relevant.*

O ma fille ! ô ma chère Aglaé ! premier & véritable objet de tous les sentimens de mon ame ; mon bonheur, tu le sais, ne dépend que de toi. Juge donc, juge s'il est assuré. Je sais le tien ; tu m'aimes, me reste-t-il encore quelques vœux à former ?

ÉMILIE.

Quel ſpectacle raviſſant ! (*Au Marquis.*) Monſieur, voilà donc votre ouvrage ? Oh ! que les méchans ſont dupes de faire du mal ! S'ils ſavoient le délicieux plaiſir qu'on éprouve à faire du bien !

LE MARQUIS.

Voilà le vrai bonheur ; il pénètre l'ame ſans la troubler : & la vertu a tant de charmes, qu'elle conſole & dédommage toujours des ſacrifices qu'elle fait faire.

HENRIETTE.

Ma foi, oui, vive la bonté ! Un méchant ſuffit pour tout bouleverſer. Nous pleurions tantôt, Mélite eſt partie, & tout le monde eſt content. Pour le repos de la Société, puiſſent tous ceux qui lui reſſemblent être à jamais bannis comme elle.

Fin du cinquième & deriern Acte.

AI - MER sans o - ser le
di - - re, A- mour! c'est donc
là mon sort: Dois- je donc jusqu'à la mort, Dois- je donc jus- qu'à

la mort, Souf - frir, souf-
frir un si cru - el mar-
ty - - re? Un si cru - el
mar - ty - - re?

Tu fais for-cer tous les cœurs, Par ta dou-ce
vi-o-len-ce, A dé-cla-rer
leurs ar-deurs; Et tu me con-trains au
si-len-ce! Laif-fe, laif-fe, du

FIN.

L'AMANT ANONYME,

COMÉDIE EN CINQ ACTES.

PERSONNAGES.

LÉONTINE, jeune Veuve.

DOROTHÉE, Amie de Léontine.

LE VICOMTE DE CLEMENGIS.

ROSALIE, Femme-de-Chambre de Léontine.

PICARD, Valet du Vicomte.

OPHÉMON, vieux Savant, attaché à Léontine.

JEANNETTE, jeune Villageoise.

COLLIN, jeune Villageois, Amant de Jeannette.

UN NOTAIRE.

La Scène est dans une Terre de Léontine, à soixante lieues de Paris.

L'AMANT ANONYME, COMÉDIE.

Le Théâtre représente un Sallon.

ACTE I.

SCÈNE PREMIÈRE.

OPHÉMON, *seul.*

(*Il regarde de tous côtés s'il n'y a personne. Il s'assied; & tirant une lettre de sa poche, il dit.*)

IL est cinq heures. Tout le monde est à la promenade. Pendant que nous sommes seuls, relisons un peu la letere de M. le Vicomte... Je crois n'avoir rien oublié de ce qu'il m'ordonne. Voyons. (*Il tire ses lunettes, & lit.*) Hom. . . . « Mon courier a dû vous porter toutes les

M iv

» choses nécessaires pour la petite fête en question.... les couplets & les instructions relatives » à ce sujet. Songez bien à votre déguisement; » que la jeune Villageoise sache parfaitement » son rôle.... enfin, mon cher Ophémon, il » s'agit du bonheur de ma vie. Souvenez-vous » à quelle condition je vous ai placé chez Léontine ». (*Ophémon, après avoir lu.*) Il arrive Jeudi.... Jeudi, c'est aujourd'hui. Voilà qui est bon! Il aura lieu d'être satisfait de mon exactitude... C'est une chose singulière que la destinée! Moi, grave Professeur de Langues & de Sciences, me voilà devenu l'Agent d'une intrigue amoureuse, la plus bisarre, la plus romanesque!... Enfin, si nous réussissons, ma fortune est faite. Mais je suis encore bien loin de me flatter du succès. La tête de Léontine tient bon. Tous mes progrès se bornent à lui inspirer quelque légère curiosité. Cette fuite de Paris m'a presque déconcerté tout-à-fait...., Quelle femme extraordinaire! quelle fierté! quelle obstination dans ses systêmes! Mais chut, on vient.

SCENE II.

ROSALIE, OPHÉMON.

ROSALIE.

AH ! Monſieur Ophémon, je viens vous annoncer une nouvelle qui vous fera plaiſir. Monſieur le Vicomte de Clemengis, votre ancien Elève, arrive ; ſon Courier eſt là-bas.

OPHÉMON.

Bon ! vous me ſurprenez beaucoup. Il ſembloit avoir totalement oublié Léontine. Depuis huit mois que nous ne l'avons vu, je ne ſache pas qu'il lui ait écrit une ſeule fois.

ROSALIE.

Cette négligence eſt d'autant plus ſingulière, que Madame l'a toujours diſtingué avant qu'elle fût veuve. Il lui a rendu de grands ſervices ; car il étoit ami intime de ſon mari, & il les a plus d'une fois raccommodés enſemble. Madame en a conſervé beaucoup de reconnoiſfance, & elle difoit fouvent que c'étoit le feul homme qu'elle eftimât, d'autant plus qu'il n'avoit jamais été amoureux d'elle.

OPHÉMON.

Il a eu grande raifon : car vous avez vu comme Léontine, depuis fon veuvage, a traité tous ceux qui afpiroient à fa main.

ROSALIE.

Oh ! il eft vrai que le mariage lui fait horreur. Mais, dame, mettez-vous à fa place. Elle avoit époufé fon amant, celui qu'elle avoit choifi entre mille, & vous favez comme il l'a rendue malheureufe. Écoutez donc ; il n'eft pas étonnant qu'après cette épreuve, elle y penfe à deux fois.

OPHÉMON.

Et puis elle n'aime rien, elle eft belle, jeune, riche & libre ; elle a des goûts folides. Des livres, de la mufique, de l'indépendance, voilà tout ce qu'il lui faut. Elle feroit bien folle de fonger à fe remarier. Allez, je vous protefte que le Vicomte va bien l'entretenir dans fes sentimens à cet égard. C'est l'homme le plus opposé au mariage, & qui a le plus d'éloignement pour les femmes.

ROSALIE.

Mais cela est fort vilain ; vous lui avez donné là de très-mauvais principes.

OPHÉMON.

Eh, mon Dieu ! je n'y ai rien fait ; il est né comme cela : austère, méprisant l'amour, & sauvage par caractère autant que par système.

ROSALIE.

Voilà ce qui nous convient. Ma Maîtresse fuit les fêtes & la galanterie. Loin du monde & de ses amans, à soixante lieues de Paris, seule avec son amie Dorothée, elle dit en arrivant ici, qu'il n'y avoit que le Vicomte à qui elle pût permettre de venir troubler un si doux tête-à-tête. Pour moi, depuis huit jours que nous sommes dans cette solitude, j'y meurs déjà d'ennui ; je regrette vivement cette cour si brillante, dont Léontine étoit entourée, & sur-tout cet amant singulier, ce lutin, ce....

Mon Dieu ! dites donc comment vous l'appelliez ?

OPHEMON, *riant.*

Ah ! notre Sylphe ?

ROSALIE.

Oui, le Sylphe !.... Sylphe ! Le joli nom ! Oh que j'aimerois un Sylphe, moi ! Le voilà bien dérouté, le pauvre malheureux ! Croyez-vous qu'il nous ait suivies ? Je le voudrois.

OPHÉMON.

Oh ! non, la fuite de Léontine lui aura fait perdre toute espérance.

ROSALIE.

Que je le plains !

OPHÉMON.

Moi, point du tout ; c'est un extravagant. Mais à propos, voici l'heure où Léontine doit rentrer de la promenade pour la lecture ; il faut que je m'y rende. Adieu. (*Il sort.*)

SCÈNE III.

ROSALIE, *seule.*

C'EST un bon homme pour un Savant, que ce Monsieur Ophémon. Il parle comme un autre ; il a un sang froid, une certaine gravité tout-à-fait drôle. S'il n'entretenoit pas ma Maîtresse dans toutes ses rêveries de sciences & d'études, je l'aimerois. Mais qui vient ? Ah ! c'est Picard. Tant mieux ; il y a long-temps que je n'ai causé à mon aise, & je vais m'en dédommager amplement.

SCÊNE IV.

ROSALIE, PICARD.

PICARD.

ENFIN, je te retrouve. Il y a une heure que je te cherche. Mais, Rosalie, dis-moi donc ce qu'on prépare ici ? J'ai vu des Ménétriers, des apprêts de danses ; & tout le Château est rempli de jeunes Villageoises.

ROSALIE.

C'est une noce. Jeannette & Colin s'aimoient ; Jeannette & Colin étoient les Bergers les plus pauvres du Hameau, & Madame, bienfaisante & sensible, dote & marie ce soir Jeannette & Colin.

PICARD.

Comment n'est-elle pas blessée du spectacle d'une noce ? On m'a conté qu'elle s'étoit exilée dans cette Terre pour éviter la poursuite de ses amans.

ROSALIE.

Rien n'est plus vrai, mon pauvre Picard.

PICARD.

Pardi, mon Maître va se trouver ici bien selon son goût. Ils en vont dire de belles tous les deux sur l'amour & le mariage !

ROSALIE.

Sais-tu notre histoire ?

PICARD.

Quelle histoire ?

ROSALIE.

De notre amant invisible... anonyme.

PICARD.

Moi, non, je ne sais rien qu'en gros.... J'arrive.

ROSALIE.

Eh bien, écoute-la : elle est curieuse. Il y a environ huit mois, dans le temps du départ de ton Maître, vers le commencement de l'hiver, un mois après que le bon homme Ophémont fut entré chez nous....

PICARD.

Eh, pour Dieu, laisse-là tes époques, & venons au fait : je ne me soucie pas de la date.

ROSALIE.

Eh bien, alors Léontine reçut une lettre anonyme.... Sais-tu ce que c'est qu'une lettre anonyme ?

PICARD.

Oui, oui, à-peu-près.

ROSALIE.

Eh bien, cette lettre étoit d'amour. On y disoit que la paſſion, l'eſtime.... la crainte.... que.... Tu imagines bien ?....

PICARD.

Sans doute. Paſſons la lettre. Après.

ROSALIE.

Elle en reçut comme cela cinq ou ſix.

PICARD.

L'Anonyme étoit grand Ecrivain.

ROSALIE.

Et puis des vers, des chanſons ; oh ! j'en avois retenu entr'autres une charmante ; je ne ſais pas ſi je m'en ſouviendrois à préſent.

PICARD.

Enfin....

ROSALIE.

Enfin, tous les jours amenoient quelqu'aventure nouvelle, de la muſique, des fêtes....

PICARD.

Des fêtes anonymes ?

ROSALIE.

ROSALIE.

Assurément, des concerts sous ses fenêtres, à ses promenades.... Tu sais qu'elle avoit une maison au bois de Boulogne; eh bien; tous les soirs c'étoit des chants délicieux, des feux d'artifice, avec son chiffre & son nom tracés par-tout, & il n'y a pas un arbre dans le bois qui ne soit rempli de vers & d'emblêmes.

PICARD.

Et jamais Léontine n'a pu découvrir d'où tout cela venoit?

ROSALIE.

Jamais, & je t'assure qu'elle n'y a rien épargné. L'inconnu étendoit ses attentions jusqu'à moi. J'ai trouvé plus de trente fois, dans ma chambre, des robes, des bijoux, & différens présens; tiens, cette bague est de lui.

PICARD.

Comment, diantre! voilà du solide, & l'on n'a pas même soupçonné?....

ROSALIE.

Léontine s'eſt en vain creuſé la tête à ce ſujet ; les ſoupçons d'abord ſont tombés ſur tous les gens de la ſociété qui l'entouroient alors ; & puis elle diſoit : « celui-là n'a pas aſſez d'eſ-» prit ; celui-ci eſt trop ſat & trop indiſcret ; cet » autre n'eſt point aſſez paſſionné »..... Enfin, après beaucoup de réflexions & de recherches, elle s'eſt arrêtée à croire qu'elle n'a jamais connu ni vu cet amant ſingulier.

PICARD.

Et comment auroit-elle pu lui tourner la tête à cet excès ?

ROSALIE.

Oh ! il la connoît de réputation ; il l'aura vue aux ſpectacles ; il lui aura parlé au bal ſans qu'elle s'en doute.... voilà ce que nous imaginons.

PICARD.

Et cela dure depuis huit mois ?

ROSALIE.

Et cela dureroit encore, ſi elle n'avoit pas pris le parti de venir s'enterrer ici.

PICARD.

Il y a du merveilleux là-dedans. Moi, je crois que c'eſt un Sorcier.

ROSALIE.

Fi donc! dis plutôt un génie.... un Sylphe, à la bonne heure.... Mais, à ton tour, conte-moi donc un peu ce que vous êtes devenus pendant une ſi longue abſence?

PICARD.

Oh! mon hiſtoire ne ſera pas auſſi jolie que la tienne. D'abord, mon Maître a paſſé trois mois à ſon Régiment; enſuite il a été dans ſa Terre de Picardie. Là, il ne voyoit perſonne; il écrivoit toute la journée, & puis quelquefois il partoit bruſquement tout ſeul, & ne revenoit qu'au bout de huit, dix ou douze jours.

ROSALIE.

Comment! tout ſeul?

PICARD.

Abſolument ſeul.

ROSALIE.

Quel homme bizarre !

PICARD.

Cela s'appelle un Philoſophe.

ROSALIE.

C'eſt dommage, avec une figure ſi intéreſſante, des manières ſi douces, ſi diſtinguées.... Mais, paix, taiſons-nous. Voilà ma Maîtreſſe & Dorothée.

SCÈNE V.

ROSALIE, PICARD, LÉONTINE, DOROTHÉE.

LÉONTINE.

Rosalie, l'habit de Jeannette eſt-il fait? Sera-t-elle bien miſe? Je vous prie de préſider à ſa toilette.

ROSALIE.

Madame ſera contente.

DOROTHÉE.

Et Jeannette encore davantage.

ROSALIE.

Oh ! elle eſt tranſportée ; il faut que ce ſoit une jolie choſe que le mariage !

LÉONTINE, *à Picard.*

Mais votre Maître n'arrive point ?

PICARD.

En effet, il devroit être ici.

LÉONTINE.

Allez, Roſalie, dire à Jeannette que je ſignerai ſon contrat dans une heure. (*Roſalie & Picard ſortent.*)

SCÈNE IV.

LÉONTINE, DOROTHÉE.

LÉONTINE.

CETTE noce me fait plaisir. Il est si doux de faire du bien ! Cependant je me reproche d'avoir cédé si facilement à ma sensibilité, en unissant deux personnes qui vraisemblablement un jour m'en sauront mauvais gré.

DOROTHÉE.

Eh, mon Dieu ! toujours les mêmes idées, & tout cela d'après votre exemple. Mais est-ce une raison de tirer une conséquence si générale ?

LÉONTINE.

J'aimois, j'étois aimée, & vous savez quel fut mon destin !

DOROTHÉE.

Vous aimiez avec trop de délicatesse & de passion. Susceptible, violente, inquiette, vous fites vous-même le malheur de votre vie.

LÉONTINE.

Il falloit me contenter d'un ami. Je voyois chaque jour ses soins diminuer ; une tendresse indolente & paisible, succéder à cette passion si vive. Sans objet de jalousie, sans raison aux yeux du monde, je devins fâcheuse, parce que je me trouvois à plaindre. Bientôt je me rendis importune & désagréable. J'éclatai ; on osa me parler en maître ; le ressentiment, la fierté se joignirent à l'amour mécontent, & je ne connus plus de bornes. Sans le Vicomte, vous n'ignorez pas à quelles extrémités je me serois portée. Enfin, je parvins à me faire haïr.... O souvenir cruel de ce temps affreux de discorde, de reproches mutuels !

DOROTHÉE.

Si l'on eût partagé l'excès de votre passion, quelle félicité eût égalé la vôtre !

LÉONTINE.

Eh ! voilà ce qui n'est pas possible. Il m'aimoit à sa manière, comme les hommes savent aimer, en me négligeant, en se livrant à toutes les vaines diſſipations qui l'arrachoient d'auprès de moi. Je n'avois qu'une affaire, qu'un objet, qu'une idée : c'étoit toujours lui. Ah ! quelle étoit ma folie, d'oſer attendre & d'exiger un retour que l'homme le plus ſenſible ne pourra jamais accorder !

DOROTHÉE.

Voilà l'opinion que je combats. Je conviens qu'il n'avoit pas une ame aſſez délicate, aſſez paſſionnée pour la vôtre : mais croyez qu'il en exiſte. Vous jugez des hommes avec trop de prévention. La ſenſibilité ne nous ſeroit-elle donnée que pour faire des ingrats ? Non, cela ne peut être. Par exemple, penſez-vous que cet Inconnu, qui vous pourſuit depuis ſi long-temps, ne ſoit pas capable d'une conſtance, d'une délicateſſe, d'une paſſion qui ſurpaſſe tout ce qu'on a jamais vu ?

LÉONTINE.

Il y a de l'exagération dans cet éloge.

DOROTHÉE.

Il y auroit de l'injuſtice à ne le lui pas accorder. Réfléchissez à sa conduite. Il vous déclare qu'il vous aime depuis plus de huit ans ; il n'ose l'avouer que deux ans après votre veuvage. D'abord, il respecta votre vertu, ensuite votre douleur ; quelle bienséance, quelle honnêteté ! Enfin, il fait parler ses soins ; mais connoissant votre éloignement invincible pour un nouvel engagement, il vous proteste qu'il est sans espérance ; qu'il est décidé à ne jamais se nommer, & que le bonheur qu'il éprouve à vous entretenir de sa passion, lui suffit & le dédommage de toutes les peines que vous lui avez causées. Joignez à tout cela une galanterie, une grace, une occupation de vous si continuelle, si constante. En vérité, je vous admire, d'être si froide à cet égard : pour moi, je sens qu'il y a long-temps que la curiosité m'auroit conduite à l'intérêt le plus pressant & le plus vif.

LÉONTINE.

Qui ? moi, j'aimerois encore ? Ah ! cette idée me rappelle des maux à peine effacés par le temps ; il me semble qu'elle rouvre toutes les blessures de mon cœur. Ce triste cœur est épuisé; il abjure à jamais un sentiment qui n'est plus fait pour lui. J'ai vingt-cinq ans; je suis libre, je veux conserver du moins ce seul avantage qui me reste, & au défaut du bonheur, qui n'est qu'une chimère, chercher la paix, & la goûter si je puis.

DOROTHÉE.

Vous le dirai-je? jamais, depuis dix-huit mois, je ne vous vis, comme à présent, dans une situation moins tranquille. Une sombre mélancolie vous consume en secret; votre ame active & passionnée a besoin d'un sentiment violent. Cette retraite profonde où vous vous ensevelissez, m'effraie pour vous; elle nourrira des souvenirs & des réflexions dont il auroit fallu vous distraire. Il faut apporter la paix dans la solitude, & non venir l'y chercher.

LÉONTINE.

Ces lieux me plaisent, ce séjour sauvage & sans art me convient. J'aime ces rochers dont nous sommes entourées; ils semblent rendre cette demeure inaccessible. Puissé-je à jamais y être oubliée, comme je le desire !

DOROTHÉE.

Voilà des idées tout-à-fait gaies. La plus jolie femme de Paris, enfermée dans un vieux Château fort, avec le projet d'y rester toujours !... Pour moi je n'ai pas un goût décidé pour les rochers. Je partage avec plaisir votre solitude, & non votre misanthropie : & je crains, je vous l'avoue, qu'après avoir quitté le monde, votre humeur sauvage ne vous fasse encore exiler l'amitié de ce désert si charmant à vos yeux.

LÉONTINE.

Non, elle seule y sera reçue : je ne suis plus sensible que pour elle. Le souvenir du Vicomte dans cet instant me fait même plaisir. Je le reverrai avec joie ; c'est l'homme le plus estimable & le plus honnête que j'aie jamais connu. Indifférent, austère & froid, mais sûr, essentiel, ami solide & vrai, il a toutes les qualités nécessaires pour inspirer un attachement durable.

DOROTHÉE.

Il me semble avoir entendu dire que vous aviez pensé l'épouser avant votre mariage ?

LÉONTINE.

Il est vrai qu'il en fut question. J'avois quinze ans, il en avoit vingt-trois. J'étois encore au Couvent ; mes parens le desiroient avec ardeur, & le lui proposèrent. Il ne le voulut pas, sous prétexte de ma grande jeunesse. Ce refus n'avoit rien de choquant : car nous ne nous connoissions ni l'un ni l'autre. Je le retrouvai deux ans après dans le monde, & j'étois mariée la première fois que je le vis.

DOROTHÉE.

Après cette aventure, il eût été assez piquant de lui tourner la tête, de le rendre bien amoureux. A votre place, j'en aurois été un peu tentée.

LÉONTINE.

J'étois bien éloignée d'un tel projet ! Mais quand j'aurois pu le former, certainement il n'auroit pas réussi.

DOROTHÉE.

En vérité, vous vous deviez cette petite vengeance. Mais sérieusement, je suis fâchée que vous ne l'ayez pas épousé ; peut-être eussiez-vous été plus heureuse avec lui.

LÉONTINE.

Non, sûrement, si je l'eusse aimé : un caractère aussi froid ne convenoit guère au mien.

DOROTHÉE.

Enfin, vous souffrez que l'amitié vienne vous chercher ici ; mais si l'amour, sans votre permission, vous y suivoit encore ?

LÉONTINE.

Quelle folie ! & qui pourroit la concevoir ?

DOROTHÉE.

Notre Inconnu... je ne vous cache pas que je l'attends tous les jours.

LÉONTINE.

Il faut croire que le parti que j'ai pris l'aura découragé.

DOROTHÉE.

Mais enfin s'il ne l'étoit pas ?

LÉONTINE.

Il seroit fort à plaindre.

ROSALIE, *survenant.*

Madame, je viens de voir une voiture sur le grand chemin ; c'est sûrement Monsieur le Vicomte : mais il est encore loin.

LÉONTINE.

N'importe. Allons au-devant de lui. (*Elles sortent.*)

Fin du premier Acte.

ACTE II.

SCÈNE PREMIÈRE.

LE VICOMTE, OPHÉMON.

LE VICOMTE.

COMMENT, Léontine n'eſt pas ici ?

OPHÉMON.

On a vu ſur le grand chemin une voiture ; on a cru que c'étoit la vôtre. Léontine eſt allée au-devant de vous ; & comme vous avez pris la route de traverſe, vous ne vous êtes pas rencontrés. Je viens d'envoyer la chercher : elle ſera ici dans un inſtant.

LE VICOMTE.

Je ſuis bien mal-adroit. Mais du moins profitons du moment où nous ſommes ſeuls pour parler en liberté. Vous avez bien pris toutes les précautions néceſſaires pour la petite fête ? Vous êtes ſûr du ſecret ?

OPHÉMON.

Oui, Monsieur, soyez tranquille. J'étois déguisé, comme vous me l'aviez ordonné; le jour tomboit, il faisoit à peine clair dans la chaumière de ces bonnes gens; je me suis annoncé de la part de Dorothée: & comme j'ai dit qu'elle vouloit surprendre Léontine, j'ai surtout fait promettre le plus grand secret, en ajoutant au père & à la jeune fille, que pour éviter tout soupçon, elle leur recommandoit, si par hasard elle en étoit rencontrée, de ne point lui parler. Tout cela s'est passé avant-hier. La fête est pour ce soir. J'observe de près mes acteurs, sans qu'ils s'en doutent.

LE VICOMTE.

Et Jeannette saura-t-elle sa chanson?

OPHÉMON.

Elle chantoit toute la journée le petit air que je vous ai envoyé; & pour les paroles, elle a une mémoire de quinze ans.

LE VICOMTE.

Les Musiciens sont arrivés; ils sont cachés

aux

aux environs ; & comme j'emploie, pour les faire agir, le même homme qui m'a déjà servi tant de fois, & qui, lui-même, ne me connoît pas, & ne m'a jamais vu ; je ne crains point, quand ils seroient questionnés, qu'ils puissent rien découvrir. Je l'ai chargé aussi du feu d'artifice & de l'illumination.

OPHÉMON.

Que de soins, que de précautions, que d'argent tout cela vous coûte !

LE VICOMTE.

Ah, Dieu ! quand je pense qu'une fois en ma vie j'ai refusé le bonheur que je poursuis aujourd'hui avec tant de peines !

OPHÉMON.

En effet, si vous aviez voulu l'épouser alors, vous vous seriez épargné bien des tourmens. Mais il faut écarter cette réflexion.

LE VICOMTE.

Elle est désespérante. Quelle vie que la mienne depuis dix ans ! Quelle révolution, quand, retrouvant engagé ſans retour l'objet que j'avois dédaigné, je ſentis naître dans mon cœur ces regrets affreux qui le déchirent! Heureux & tranquille juſqu'alors, quelle paſſion impétueuſe & rapide vint bouleverſer mes idées, détruire mon repos, & s'emparer de toutes les facultés de mon ame! Ami d'un rival inſenſible à tant de charmes, j'enviois une félicité dont lui ſeul ignoroit le prix! Pour comble de tourmens, il me falut recevoir les cruelles confidences de Léontine. Quelle ame elle me fit connoître! Quelle ſenſibilité! Quelle délicateſſe! Ce fut alors, qu'éperdu, déſeſpéré, je voulus fuir. Mais elle me retint avec ces mots ſi ſacrés pour moi. « Votre amitié m'eſt néceſſaire: vous » pouvez m'être utile ». Je reſtai, je lui conſacrai ma vie; je m'immolai pour elle: mais connoiſſant ma foibleſſe, un reſte de raiſon m'apprit à m'en défier. En la ſervant, en lui donnant des conſeils, je m'armai d'un extérieur froid & ſévère, je m'interdis juſqu'aux plus ſimples expreſſions de l'amitié. J'écoutai ſes gémiſſemens: je vis couler ſes larmes avec l'apparence d'une cruelle insensibilité. Un mot, un seul mot m'eût trahi. Comment lui dire, sans passion & sans transports, que je la plaignois, qu'elle m'étoit chère? Oui, me taire entièrement m'a paru mille fois moins difficile.

OPHÉMON.

Mais, Monsieur, croyez-vous que si vous eussiez conté à Léontine une histoire si intéressante, elle n'en eût pas été touchée, au lieu de vous éloigner comme vous avez fait depuis son veuvage, & de vous plonger dans tous les embarras d'une intrigue aussi singulière?

LE VICOMTE.

Hélas! que je suis loin d'espérer encore avec tout ce que j'ai fait! Vous-même convenez dans toutes vos lettres, que je n'en ai que de bien foibles raisons: jugez donc si je m'étois déclaré d'abord.

OPHÉMON.

Il est vrai: elle a si mauvaise opinion des hommes; elle paroît si décidée à ne jamais se remarier. Quand je l'entends, je désespère;

quand je vous écoute, je ne puis me persuader que nous ne réussissions pas.

LE VICOMTE.

Il faut éviter qu'elle ne nous trouve ensemble. On vient, je crois.... N'oubliez pas ma lettre.

OPHÉMON.

Soyez sans inquiétude. (*Il sort.*)

SCÈNE II.

LE VICOMTE, *seul.*

AH! je dois être rassuré sur les soupçons qu'elle peut concevoir. Quand j'aurois moins de prudence, elle me connoît si mal... Je vais donc la revoir.... je vais juger par moi-même.... Mais je l'entends.... C'est elle.... Que mon trouble est extrême! Cachons-le, s'il est possible, & reprenons ma pénible dissimulation.

SCÈNE III.

LÉONTINE, LE VICOMTE.

LÉONTINE.

A la fin je vous trouve. L'empressement que j'avois de vous revoir en a retardé le plaisir.

LE VICOMTE.

On m'a dit vos bontés. (*A part.*) Je ne puis lui parler : j'éprouve un saisissement.

LÉONTINE.

J'ai desiré vous voir seul, afin qu'après une aussi longue absence nous puissions nous entretenir sans contrainte. Mais vous avez l'air abattu, fatigué. Peut-être auriez-vous besoin de repos ? Je vous trouve changé.

LE VICOMTE.

J'ai beaucoup souffert... Ma santé n'est pas bonne... mais je vous vois, & j oublie tous mes maux.

LÉONTINE.

Eh bien, Vicomte, que pensez-vous du parti que j'ai pris de quitter le monde?

LE VICOMTE.

Votre projet n'est pas apparemment de vous fixer ici pour toujours?

LÉONTINE.

Pardonnez-moi, & je ne fais pas un grand sacrifice. Je renonce à des liaisons frivoles, à des plaisirs que je n'ai jamais recherchés.

LE VICOMTE.

Vous êtes donc, Madame, toujours décidée à ne point prendre un nouvel engagement?

LÉONTINE.

Ah! plus que jamais.

LE VICOMTE.

Tant mieux: je vous en félicite.... sincèrement.

LÉONTINE.

Chaque jour, depuis la perte que j'ai faite, m'affermit davantage dans cette résolution.

LE VICOMTE.

J'en suis charmé... On m'a parlé d'un amant... d'un Inconnu, qui vous aime, dit-on, & s'est déclaré de mille manières.... On m'en a conté plusieurs traits.

LÉONTINE.

Cette aventure n'est-elle pas bien extraordinaire ?

LE VICOMTE.

Elle est remarquable du moins. Auprès de toute autre femme, ce séroit peut-être un moyen sûr de réussir. Elles aiment tant ce qui a l'air du merveilleux ; elles sont si frivoles, si vaines ! ce qu'elles appellent de la galanterie, des vers, des fêtes, toutes ces petites choses leur tournent la tête.

LÉONTINE, *avec humeur.*

Voilà une amère critique ; vous ne nous voyez pas en beau.

LE VICOMTE.

Mais je vous en excepte.

LÉONTINE.

Je sais ce que je dois penser de cette politesse.... Mais pour revenir à cet Inconnu, que vous traitez si mal, je vous avoue qu'il a du moins cet avantage d'être le premier homme qui m'ait paru annoncer une passion véritable & délicate.

LE VICOMTE.

Je ne le comprends pas. Pourquoi ne se pas nommer? Que signifie toute cette conduite?

LÉONTINE, *vivement.*

Eh, mon Dieu! la crainte inséparable de l'amour, comme il le dit lui-même; en se nommant, il sait trop tout ce qu'il perdroit; il ne pourroit plus ni m'écrire, ni me rendre des soins que je ne souffrirois pas.

LE VICOMTE.

Ainsi donc il est sans espérance?

LÉONTINE.

Il se flatte que la singularité de sa conduite pourra peut-être m'intéresser à la fin, que je le diſtinguerai des autres hommes ; & ſans oſer ſe perſuader de toucher mon cœur, il eſpère du moins changer mon opinion : voilà ce que toutes ſes lettres me répétoient.

LE VICOMTE.

S'il eſt de bonne foi, l'on doit plaindre une telle extravagance.

LÉONTINE.

Extravagance !.... Quelle expreſſion !.... Mais vous avez raiſon. Ah ! c'eſt une grande extravagance d'aimer ! L'objet qui m'a rendue ſi malheureuſe penſoit bien comme vous. J'étois inſenſée à ſes yeux ; je l'étois aux vôtres.... Un cœur ſenſible, un cœur tel que le mien, auroit pu ſeul me trouver raiſonnable.

LE VICOMTE.

(*A part.*) Et c'eſt moi qu'elle accuſe... Mais pourſuivons. (*Haut.*) Enfin, cette aventure eſt terminée. J'en ſuis bien-aiſe. Cette perſécution devoit vous être déſagréable.

LÉONTINE.

J'ai prouvé qu'elle ne me plaiſoit pas ; car

c'est une des raisons principales qui m'a fait hâter mon départ.

LE VICOMTE.

Il faut espérer qu'il respectera votre solitude.

LÉONTINE.

Je n'en doute point, & je le desire pour son bonheur... Mais que nous veut Rosalie ?

LE VICOMTE.

Elle a l'air bien agité.

SCÈNE IV.

LÉONTINE, LE VICOMTE, ROSALIE.

ROSALIE, *accourant avec précipitation, & tenant une corbeille ornée de fleurs, dans laquelle est un bouquet.*

AH, Madame !

LÉONTINE.

Eh bien, qu'avez-vous ?

ROSALIE.

Cette corbeille... ce bouquet... Je les ai trouvés dans votre cabinet de toilette... Tenez, cette lettre vous instruira mieux.

LÉONTINE, *prenant la lettre avec beaucoup d'émotion.*

Cette écriture est la même... Oui, c'est de lui, sans doute. (*Elle l'ouvre, & lit tout bas.*)

ROSALIE.

Il nous a suivies.... Je le disois bien.... Ah! je ne me sens pas de joie.

LE VICOMTE, *à part, considérant Léontine.*

Elle tremble... Elle rougit... Quel rayon d'espoir vient séduire mon cœur!

LÉONTINE, *après avoir lu.*

Laissez-nous, Rosalie.

ROSALIE.

Madame.

LÉONTINE.

Laissez-nous, vous dis-je.

ROSALIE *porte la corbeille & le bouquet sur une table, & dit en fuyant.*

Ma foi, si j'étois à votre place, il n'auroit pas fait tant de chemin inutilement.

(Elle sort.)

SCÈNE V.

LÉONTINE, LE VICOMTE.

LE VICOMTE, *après un moment de silence.*

EH bien, Madame, il est donc ici?

LÉONTINE.

J'avoue que ma surprise est extrême.... Tenez, lisez la lettre.

LE VICOMTE, *prenant la lettre.*

Voyons un peu son style. (*Il lit.*)

» Seroit-ce moi, Madame, qui vous fais fuir
» le monde? Un amour si soumis auroit-il pu
» vous déplaire? Il ne demande & n'exige rien:
» il vous jure de ne jamais se déclarer davan-
» tage, & de ne point dévoiler à vos regards

» l'objet malheureux qui l'éprouve. La seule » chose que je desire, c'est d'apprendre enfin » si cet hommage si pur ne s'est pas attiré votre » colère, & peut-être votre haine.

LE VICOMTE, *s'interrompant.*

Et il appelle cela ne rien desirer, ne rien exiger de nouveau !

LÉONTINE.

Allez-vous vous interrompre ainsi à chaque mot. Voyez la suite.

LE VICOMTE, *lit.*

» Et peut-être votre haîne. Il est un moyen » de m'en instruire. On célèbre une noce ce » soir. Vous y devez paroître ; si vous daignez » porter le bouquet que j'ose vous offrir, sans » me flatter que mes soins vous soient agréables, je penserai du moins qu'ils ne vous sont » pas odieux. Si vous ne le portez pas, je » prendrai ce dédain cruel pour une marque » assurée de mépris & de haine : & c'en est fait, » je m'exile à jamais, & je m'impose un silence » éternel. Songez, Madame, que la faveur que

» j'implore, telle précieuse qu'elle puisse être,
» n'est, après tout, qu'un témoignage d'indifférence.
» rence. Voilà cependant où se bornent tous
» les vœux de l'amant le plus fidèle, le plus
» soumis & le plus passionné.

(*rendant la lettre.*)

L'invention est adroite.

LÉONTINE.

Comment, adroite ?

LE VICOMTE.

Assurément; cette lettre seroit embarrassante pour toute autre que vous.

LÉONTINE, *très-vivement.*

Pour toute autre que moi. Mais, de grace, Monsieur, ne me séparez point ainsi des autres femmes; ne pouvez-vous me louer qu'à leurs dépens ?

LE VICOMTE.

Aimeriez-vous mieux être confondue avec elles ? Vous y perdriez trop.

LÉONTINE.

Cette lettre est sans doute embarrassante.

LE VICOMTE.

J'ai donc raison de dire qu'elle est adroite.

LÉONTINE.

Ah ! certainement celui qui l'a écrite étoit bien éloigné du dessein d'y mettre de l'art & de l'adresse.

LE VICOMTE.

Enfin, il vous embarrasse.

LÉONTINE.

Ses soins ne me font assurément nul plaisir. Il n'en sauroit douter, on ne fuit point ce qu'on aime, & dans ma position... Mais chercher à lui prouver que je le hais, que je le méprise, ce procédé seroit absurde & ridicule. Il est... il doit m'être indifférent, & rien de plus : qu'en pensez-vous ?

LE VICOMTE.

Mais, s'il faut vous parler vrai, je vous avouerai que je trouve dans sa conduite une témérité révoltante.

LÉONTINE.

De la témérité... Ah ! par exemple, je n'imaginois pas qu'on pût l'en accuser.

LE VICOMTE.

Mais cependant, avec toute sa soumission, il ose vous parler sans cesse de son amour. Il le fait éclater dans toutes les occasions ; il vous obsède, vous suit par-tout ; il s'introduit & se cache dans tous les lieux que vous habitez ; il pénètre dans votre appartement ; il épie en secret vos démarches, vos discours, & il vous voit, vous entend : & peut-être dans cet instant même, il vous observe, & il ose concevoir de folles espérances. Il sera ce soir dans le bosquet où la noce s'assemble, puisqu'il compte vous y voir, parée de son bouquet.

LÉONTINE.

Vous croyez qu'il y sera ?

LE VICOMTE.

Sa lettre le dit clairement.

LÉONTINE.

Mais connoissez-vous rien d'aussi extraordinaire ?

LE VICOMTE.

Ah ! je conviens que jamais passion ne fut

portée

portée à un tel excès. Il a la tête absolument tournée ; il vous adore : vous êtes sa seule affaire.

LÉONTINE.

Cela est vrai ; vous avez raison, mon cher Vicomte : il est digne de pitié.

LE VICOMTE.

Oh! cela, c'est autre chose. Je ne puis plaindre un homme qui semble lui-même chérir les maux qu'il s'est faits, & qui n'a pas le courage de vaincre une passion qui n'est jamais violente que par notre faute.

LÉONTINE.

Ne parlez point de l'amour ; en vérité, vous n'y entendez rien.

LE VICOMTE, *avec un calme affecté.*

Et je dois à cette ignorance tout le bonheur de ma vie.

LÉONTINE, *avec distraction.*

Sera-t-il déguisé ? Paroîtra-t-il ?....

LE VICOMTE.

De qui parlez-vous donc ?

LÉONTINE, *avec embarras.*

Je pensois à ce que vous disiez tout-à-l'heure, qu'il me verroit à cette noce.... Je suis curieuse de savoir comment. J'ai naturellement une curiosité excessive.... Tenez, par exemple, je suis bien femme à cet égard.

LE VICOMTE.

Il viendra peut-être habillé en Paysan.

LÉONTINE.

Oh ! les manières, le maintien, la démarche, tout cela le trahiroit.

LE VICOMTE.

Il est très-possible qu'il ait une physionomie assez commune pour être facilement confondu dans la foule ; & peut-être avez-vous vu plus de cent fois cette figure-là, sans vous en douter.

LÉONTINE.

Je suis sûre que je le devinerois au milieu de mille personnes.

LE VICOMTE.

Mais comment ?

LÉONTINE.

Je ne sais : mais je parierois.

LE VICOMTE.

Je ne vous le conseille pas.... Vous pourriez perdre.

LÉONTINE.

Dites-moi, mon cher Vicomte, ce que vous feriez à ma place ?

LE VICOMTE.

Quoi ?

LÉONTINE.

Oui, ce soir.

LE VICOMTE.

Eh bien, après, je ne vous comprends pas.

LÉONTINE.

Eh, mon Dieu !... pour ce bouquet...

LE VICOMTE.

Ah ! ah ! je l'avois déjà oublié ; mais je n'ai point d'avis là-dessus : c'est à vous.....

LÉONTINE.

Mais pensez-vous qu'il n'y ait pas de la pruderie, de l'impolitesse à refuser ?

LE VICOMTE.

Ne dit-il pas que s'il ne vous voit point son bouquet, vous n'entendrez plus parler de lui? Dans ce cas, il seroit tentant d'être impolie une heure, pour s'en débarrasser ensuite pour toujours.

LÉONTINE, *embarrassée.*

Sûrement.... Je suis de cet avis. Mais je ne crois pas que sa lettre dise cela précisément. Au reste, je la relirai, & je verrai.

LE VICOMTE, *à part.*

Quel air triste & rêveur!

LÉONTINE.

Quelle heure est-il? J'ai mille choses à faire aujourd'hui.

LE VICOMTE.

(*A part.*) Il faut la quitter. Mais, dans ce moment, que j'ai de peine à m'y résoudre! (*Haut.*) Je vais vous laisser en liberté. J'ai aussi, de mon côté, quelques lettres à écrire. (*A part en s'en allant.*) Ah! je commence à respirer. (*Il sort.*)

SCÈNE VI.

LÉONTINE, *seule.* (*Elle s'assied à côté de la table sur laquelle est posée la corbeille.*)

SON humeur austère & farouche me déplaît aujourd'hui plus que jamais. Il a une certaine sécheresse qui m'éloigne de lui. Avec de l'esprit, des vertus, des agrémens même, il n'est cependant point aimable. Ah ! c'est que son ame n'est pas sensible ; il conçoit si peu qu'on puisse aimer avec passion. Ses conseils ont une sévérité qui révolte, & ne persuade point. Mais il a peut-être raison. Je ne dois pas porter ce bouquet. (*Elle prend le bouquet, & considère la corbeille.*) Je ne dois pas enhardir, par cette condescendance, un amour insensé. Quel amour ! Que je plains le malheureux qui l'éprouve ! Voilà comme j'aimois. Toute cette aventure m'attriste, m'étonne, me trouble. Il me verra ce soir ! Il est dans ce Château. N'entends-je pas marcher près de moi ? (*Elle se lève & se retourne avec un mouvement de frayeur.*) C'est Dorothée. Tout m'agite & m'effraye aujourd'hui.

SCÈNE VII.

LÉONTINE, DOROTHÉE.

LÉONTINE.

VENEZ, ma chère amie; j'ai bien des choses à vous apprendre.

DOROTHÉE.

Rosalie & le Vicomte m'ont tout conté.

LÉONTINE.

Eh bien, quel conseil me donnez-vous? Mais auparavant, lisez sa lettre. (*Elle la lui donne: Dorothée lit tout bas.*)

LÉONTINE.

Je ne vous cache pas que ma curiosité devient excessive; en même temps je crains qu'en cédant à ce qu'il demande, il n'ose concevoir des idées & des espérances que je ne veux pas faire naître. Je suis fort embarrassée. Guidez-moi là-dessus.

DOROTHÉE, *après avoir lu.*

Comment pouvez-vous balancer, quand il

dit lui-même qu'il ne prendra cette faveur que pour un témoignage d'indifférence ? Que risquez-vous à l'accorder sous cette condition ? Pourquoi le désespérer par une rigueur si déplacée ? En vérité ce seroit une cruauté que je ne vous pardonnerois pas.

LÉONTINE.

Mais il continuera les mêmes soins que j'ai voulu fuir.

DOROTHÉE.

Votre départ a dû lui prouver qu'ils ne vous touchoient pas. Il sait là-dessus à quoi s'en tenir. N'ajoutez pas à ce malheur celui de le convaincre de votre aversion : vous cesseriez d'être juste & raisonnable.

LÉONTINE.

Mais si, satisfait de n'être point haï, il s'obstine à me suivre, à m'aimer, le dois-je souffrir, & pourrai-je m'en plaindre, après avoir perdu un moyen si facile de l'éloigner pour toujours ?

DOROTHÉE.

En accordant ce qu'il desire, vous ne vous

engagez à rien. Il ſemble qu'il ait prévu vos craintes ; il y répond d'avance ; il s'explique d'une manière qui n'eſt pas équivoque. En portant ce bouquet, vous ne lui témoignerez pas de l'intérêt ; vous lui direz ſimplement, « je ne » vous hais point. » Encore une fois, il n'eſt pas poſſible que vous le haïſſiez. Lui donner une preuve de haine, ſeroit une injuſtice, une folie inconcevable. D'ailleurs le beau projet de vouloir l'éloigner pour toujours ! Décidée à ne jamais l'aimer, vous devez, par reconnoiſſance, deſirer de le connoître : & la ſeule curioſité doit vous engager à ſouhaiter vivement de voir quelle ſera la fin d'une aventure auſſi ſingulière, & combien de temps elle peut durer encore.

LÉONTINE.

J'ai penſé tout cela. Vous me perſuadez facilement : mais il ne ſe déclarera jamais.

DOROTHÉE.

Eh ! cela même n'eſt-il pas aſſez ſurprenant, aſſez curieux pour en eſſayer l'épreuve ? Pour moi, je donnerois toutes choſes au monde pour le voir un inſtant. Ses lettres, ſes vers, ſa conduite annoncent un esprit, une grace, une passion qui ne peuvent appartenir qu'au plus honnête, au plus délicat & au plus aimable de tous les hommes. Je ne suis pas romanesque, ni passionnée de mon naturel ; mais pour n'être pas émue & touchée de cette aventure, il faudroit être tout-à-fait insensible.

LÉONTINE.

Je ne sais pas si vous êtes passionnée ; mais je sais que votre tête est bien vive, & que vous aimez les choses singulières : ceci le prouve un peu.

DOROTHÉE.

Votre sang-froid m'impatiente.

SCENE VIII.

LÉONTINE, DOROTHÉE, ROSALIE.

ROSALIE.

MADAME, voilà le Notaire, & Jeannette & Colin.

LÉONTINE.

Faites-les entrer. (*Rosalie sort.*)

DOROTHÉE.

Vous allez faire des heureux. Je voudrois bien qu'aujourd'hui tout le monde fût content.

LÉONTINE, *en riant.*

Pour vous satisfaire, je m'en occuperai.

ROSALIE *revient, tenant d'une main Jeannette, & de l'autre Colin. Le Notaire les suit.*

LÉONTINE.

Approchez-vous, mes enfans. Eh bien, Jeannette, êtes-vous contente?

JEANNETTE, *faisant la révérence.*

Ah! oui, Madame.

DOROTHÉE.

Et vous, Colin?

COLIN.

Ah! je danserons ce soir de bon cœur.

LÉONTINE, *à Colin.*

A minuit Jeannette sera à vous pour la vie. Quel âge a-t-elle?

JEANNETTE.

Dix-ſept ans, Madame, & lui dix-huit ce mois-ci.

LÉONTINE, *à part.*

Cet âge, leur amour, leur mariage, tout me rappelle.... Ah, Dieu! quel ſouvenir!

DOROTHÉE.

Jeannette eſt réellement jolie.

ROSALIE.

C'eſt moi qui l'ai coëffée.

LÉONTINE.

Dites-moi, Colin, qui des deux aime mieux l'autre? répondez naturellement.

COLIN.

Je n'y ai jamais penſé.

JEANNETTE.

Ni moi non plus.

LÉONTINE.

Mais à préſent?

JEANNETTE.

C'eſt tout égal: n'eſt-ce pas Colin?

COLIN.

Je le gagerois.

JEANNETTE.

J'en suis sûre.

LÉONTINE.

Voyez-vous la différence de leurs réponses; elle en est sûre : elle n'hésite pas.

DOROTHÉE.

Ah ! je ne doutois pas que Colin ne répondît mal à votre gré.... C'est un homme, il faut qu'il ait tort, qu'il soit moins sensible.

LÉONTINE.

Où est le Notaire ? Qu'il approche.

ROSALIE, *au Notaire.*

Avancez donc. (*Le Notaire présente le contrat à Léontine. Elle le signe.*)

COLIN, *à Jeannette.*

Vois-tu ce qu'elle fait-là, Jeannette ? c'est not'mariage. Que je sis fâché de ne pas savoir lire ! Queu plaisir j'aurois à déchiffrer c'te chère écriture-là !

DOROTHÉE, *à Léontine.*

Eh bien, vous l'entendez; c'est pourtant Colin qui parle. Cela vaut, pour le moins, la réponse de Jeannette.

LÉONTINE.

Allez, mes enfans; je me flatte que je viens de signer votre bonheur; puisse-t-il être pur & durable! Allez m'attendre dans les bosquets; j'y serai dans une heure. (*Rosalie les emmène.*)

SCÈNE IX.

LÉONTINE, DOROTHÉE.

LÉONTINE.

Leur ingénuité me charme. Quel jour pour eux que celui-ci! Ils s'aiment, ils s'engagent à jamais; ils seront heureux, je m'en flatte. Le bonheur, ma chère Dorothée, n'est peut-être fait que pour cette classe obscure: de vaines dissipations, des plaisirs faux & tumultueux nous l'arrachent. Faits pour le goûter, nous le méconnoissons, eux seuls en jouissent.

Une félicité tranquille nous paroît bientôt insipide. Nous voulons la varier, elle nous échappe. Pour eux, ils ne sont distraits ou séduits par aucune illusion. Colin ne quittera Jeannette que pour cultiver son champ; le travail & la peine lui rendront plus chère celle qui les partage, & les fait adoucir. Elle sera tout à la fois sa consolation, sa société, sa compagne, son amie. Nulle autre liaison ne pourra nuire à cette union si sainte & si délicieuse; ils ne seront que deux dans l'univers; ils goûteront enfin ce bonheur suprême, qui n'est pour nous qu'une chimère.

DOROTHÉE.

Allons, creusez-vous bien la tête, pour envier encore davantage le sort de deux pauvres Bergers; vous, belle, libre, jeune, adorée, comblée des dons de la Nature & de la fortune.... Oui, vous avez raison, Jeannette vaut mille fois mieux que vous; elle est du moins beaucoup plus sensée.... Ah, ma chère amie! vous travaillerez donc sans cesse avec ardeur à empoisonner la plus brillante destinée qui fut peut-être jamais ! Votre esprit, votre sensibilité n'auront servi qu'à votre malheur. Quel usage vous faites des dons les plus précieux !

LÉONTINE.

Mon seul avantage réel fut un cœur tendre..... Hélas ! il versa sur ma vie des peines dont le souvenir me fait frémir encore. Eh bien ! s'il me falloit recommencer une nouvelle carrière, si l'on m'offroit tous les biens du monde, à condition de n'éprouver jamais les sentimens qui m'ont si cruellement agitée....

DOROTHÉE.

Vous ne l'accepteriez pas.

LÉONTINE.

Non certainement. Je gémis de tout ce que j'ai souffert ; mais par une bizarrerie inconcevable, ce souvenir a des charmes pour moi. Je me retrace des momens délicieux que j'ai su goûter au milieu de mes plus vives peines, & ces lueurs de félicité sont mille fois préférables au cours monotone d'une vie constam-

-ment indifférente & paisible. Un regard, un mot, un instant dédommage d'un an de souffrances. On n'existe véritablement que quand on fait aimer; & lorsqu'enfin le trait est arraché du fond du cœur, on chérit encore la trace qu'il y laisse; on nourrit une douleur qui occupe, qui ranime; & l'on envisage avec une espèce d'effroi ce calme profond qui prive l'ame de toutes ses facultés.

DOROTHÉE.

Mais tantôt vous étiez dans une disposition bien différente; vous desiriez la paix, vous veniez la chercher ici.

LÉONTINE.

Oui, je la desirois... Ah! je ne suis pas d'accord avec moi-même.

DOROTHÉE.

Mais qu'entends-je? De la musique: écoutons. (*On entend une symphonie douce & éloignée.*)

LÉONTINE.

De la musique ici?

DOROTHÉE.

DOROTHÉE.

Concevez-vous cela?

ROSALIE, *accourant précipitamment.*

Eh, Madame! venez, venez voir.... une illumination.... des feux d'artifice.... une fête.

LÉONTINE.

Une fête; & pourquoi?

ROSALIE.

Ah! faut-il le demander? C'est un nouveau tour de l'Inconnu.

LÉONTINE.

Se pourroit-il?

DOROTHÉE.

Sortons, allons nous éclaircir.

LÉONTINE.

Je ne sais où j'en suis.

DOROTHÉE *s'arrêtant, & prenant le bouquet.*

Eh! le bouquet?

LÉONTINE.

Non, laissez-le, ma chère Dorothée.

DOROTHÉE, *emportant le bouquet, & prenant Léontine sous le bras.*

Venez, venez ; que de façons !

ROSALIE.

Allons ; puisque notre Sylphe est toujours le même, je ne regrette plus Paris.

(Elles sortent.)

Fin du second Acte.

ACTE III.

Le Théâtre change, & représente un bocage spacieux, illuminé & orné de guirlandes de roses, avec les chiffres de Léontine. Au milieu du bocage, on voit un siège de gazon, préparé pour Léontine.

SCÈNE PREMIÈRE.

JEANNETTE, COLIN.

JEANNETTE.

AH, que j'allons étonner tout le monde!

COLIN.

Sais-tu ben ta chanson?

JEANNETTE.

Pardi, c'est pour not'Dame qui nous marie: je l'ai sue par cœur tout de suite.

COLIN.

Qu'alle est gentille not'Dame! c'est dommage qu'alle soit si pensive.

JEANNETTE.

Ah, mais, vois-tu, Colin, c'eſt depuis que Monſieur eſt défunt : cela n'eſt-il pas naturel ?

COLIN.

A ſa place, Jeannette, tu ſerois donc penſive auſſi ?

JEANNETTE.

Finis donc. V'là-t-il pas une belle idée le jour d'une noce !

COLIN.

Eh ben ! je crois que tu pleures, Dieu me pardonne.

JEANNETTE.

Pourquoi m'as-tu dit ça auſſi ?

COLIN.

Ah, ma pauvre petite !

JEANNETTE.

Allons, paix, tais-toi... V'là toutes les jeunes filles & les garçons du Village. (*Les Villageois arrivent, vêtus de blanc ; ils ſe rangent en cercle autour de Jeannette & de Colin.*)

JEANNETTE, *leur adreſſant la parole.*

Madame va venir ; ſongez bien à vos chanſons & aux danſes que nous avons répétées.

COLIN.

Il eſt ſept h eures demie, alle ne doit pas tarder à préſent.

JEANNETTE.

J'entends du bruit, ſûrement c'eſt elle. (*Aux Villageois.*) Rangez-vous dans le fond du bocage. (*Les Villageois s'éloignent.*) Ah ! la voilà.

SCÈNE II.

JEANNETTE, COLIN, LÉONTINE, DOROTHÉE, ROSALIE.

LÉONTINE, *parée du bouquet. Elle s'arrête à l'entrée du bocage avec étonnement.*

QUE vois-je ! quelle nouvelle ſurpriſe !

JEANNETTE.

Madame, voilà votre place.

LÉONTINE.

Mais, Jeannette, qui vous a dit ?....

DOROTHÉE.

Ah ! nous ferons des questions après la fête ; de grace, ne la troublons point. Mais où donc est le Vicomte ?

ROSALIE.

Le voilà : Monsieur Ophémon le suit.

SCÈNE III.

JEANNETTE, COLIN, LÉONTINE, DOROTHÉE, ROSALIE, LE VICOMTE, OPHÉMON, PICARD.

LE VICOMTE *s'approche, & voyant Léontine parée du bouquet, il fait un geste de joie qu'elle prend pour de la surprise.*

LÉONTINE, *à part.*

QUE je suis embarrassée ! De quel air le Vicomte me regarde ! Que ce bouquet me gêne !

LE VICOMTE, *à Léontine.*

L'Inconnu, s'il eſt ici, doit être ſatisfait.

LÉONTINE.

C'eſt Dorothée qui l'a voulu abſolument.

JEANNETTE.

Allons, allons, tout le monde eſt arrivé : Commençons.

LÉONTINE.

Auparavant, je veux ſavoir, Jeannette, par quel ordre....

DOROTHÉE.

Encore une fois, voyez la fête, vous ſaurez tout après.

LE VICOMTE.

Madame a raiſon. Certainement les précautions ſont priſes de manière que ſûrement Jeannette ignore elle-même le véritable objet qui la fait agir : ainſi ce qu'elle vous dira vous inſtruira peu.

DOROTHÉE.

Allons, aſſeyons-nous. (*A Léontine.*) Venez à votre place.

LÉONTINE.

Restez-y donc auprès de moi.

DOROTHÉE.

Volontiers.

LÉONTINE.

Mettez-vous là, Vicomte. (*Ils se placent tous trois sur le siege de gazon, Léontine au milieu. Picard & Rosalie se placent à quelque distance l'un à côté de l'autre. Ophémon se tient tout seul de l'autre côté du Théâtre.*)

LE VICOMTE, *à part.*

Que je suis troublé !

OPHÉMON, *à part.*

Jusqu'ici tout va bien. Observons un peu la contenance de Léontine.

DOROTHÉE.

Jeannette, vous pouvez commencer.

Jeannette frappe trois coups dans ses mains.

ROSALIE, *à Picard.*

Mon Dieu ! comme le cœur me bat ! (*On entend une musique champêtre. Alors les Villa-*

geois forment des danses & des pantomimes sur les différens airs, exécutés par la symphonie; ensuite ils vont en dansant prendre Jeannette & Colin, & les amènent au siege de gazon, où Léontine est assise. La musique cesse.

DOROTHÉE.

Tout ceci tient de l'enchantement.

PICARD, *à Rosalie.*

Quand je te le disois qu'il y a de la sorcellerie là-dedans.

ROSALIE.

Paix donc : voilà Jeannette qui chante.

JEANNETTE *chante en donnant des fleurs à Léontine. Un chœur de Villageois, à la fin de chaque couplet, répète le refrain. Après les couplets la musique recommence. Tous les Villageois se prennent par la main, & sortent en dansant. Jeannette & Colin restent. Picard & Rosalie sortent.*

DOROTHÉE.

Je n'ai jamais rien vu de plus agréable ni de mieux imaginé.

OPHÉMON, *à part.*

Ma foi, nos affaires ne vont pas mal. Léontine, pour le coup, est véritablement interdite & troublée.

LÉONTINE, *à part.*

Il étoit sans doute mêlé parmi ces Villageois.

LE VICOMTE.

A présent, questionnons un peu Jeannette.

LÉONTINE.

Allons, Jeannette, répondez.

LE VICOMTE.

Madame veut savoir d'où vient cette fête.

JEANNETTE, *à Dorothée.*

Puis-je le dire à présent?

DOROTHÉE.

Oui, dites.

JEANNETTE.

Eh bien, Madame a devant ses yeux la personne....

LÉONTINE.

Qui me l'a donnée?

COLIN.

Oui, Madame.

LÉONTINE.

Comment ?

DOROTHÉE.

Ah ! voici du nouveau.

LE VICOMTE.

Vous verrez que c'eſt moi.

JEANNETTE, *montrant Dorothée.*

Non, c'eſt Madame.

DOROTHÉE.

Moi ?

COLIN.

Vous-même.

DOROTHÉE.

Cela n'eſt pas mal imaginé. Quoi ! je vous ai dit ?....

JEANNETTE.

Ah ! non.... Vous m'avez fait dire....

DOROTHÉE.

J'entrevois le reſte. Contez-nous un peu, Jeannette, de quelle maniere je m'y ſuis priſe ?

JEANNETTE.

C'étoit Jeudi.

COLIN.

Non, Vendredi.

JEANNETTE.

Jeudi, te dis-je.

COLIN.

Pardi, c'étoit en revenant du bois, sur le soir.

JEANNETTE.

C'étoit....

LÉONTINE.

Eh! le jour n'y fait rien. Poursuivez.

JEANNETTE.

C'étoit donc Jeudi au soir.... Une vieille Dame est arrivée chez nous.

OPHÉMON, *à part.*

Pas si vieille.

JEANNETTE.

Elle a demandé mon père, & puis moi, & puis Colin, qui étoit là, & puis nous a emmenés dans not'verger : il y avoit trois hommes qui la suivoient.

COLIN.

Non, ils étions quatre.

JEANNETTE.

Je les ai comptés.

COLIN.

Et moi aussi.

LÉONTINE.

Mais finissez donc vos disputes.

OPHÉMON.

Voilà un ennuyeux petit coquin.

DOROTHÉE.

Allons, Jeannette, reprenez votre récit : & vous, Colin, taisez-vous.

COLIN.

Qu'alle me laisse conter.

JEANNETTE.

Nani, da.

COLIN.

Mais....

LÉONTINE.

Encore une fois, finissez donc.

JEANNETTE.

Dame, je ne sais plus où j'en étois.

LE VICOMTE.

A l'arrivée de la vieille Dame.

JEANNETTE.

Eh bien donc, la vieille Dame nous dit comm'çà qu'alle venoit de la part de Madame Dorothée, qui vouloit donner une belle fête à Madame, & qui la surprît bien fort, & qu'il falloit n'en sonner mot. Et puis alle me donna ces chansons, & puis de l'argent, & puis alle dit tout ce que nous ferions ; & puis les hommes qui l'avions suivies nous baillèrent de grandes caisses où étions ces guirlandes de fleurs... les habits... & puis la vieille Dame s'en fut... & puis... voilà tout... Qu'en dis-tu, Colin?

COLIN.

T'as oublié le plus beau. Je m'en vais recommencer.

LÉONTINE.

Non, non, cela eſt inutile. Il ſuffit, allez, Jeannette.

DOROTHÉE.

Allez, mes enfans, allez rejoindre la noce. (*Ils s'en vont. Ophémon ſort auſſi.*)

LE VICOMTE.

Je le ſavois bien qu'ils ignoroient la vérité.

LÉONTINE.

Réellement, Dorothée, ce n'eſt pas vous?

DOROTHÉE.

Si fait c'eſt moi... Comment ne l'avez-vous pas deviné d'abord, ſur-tout à la chanſon? Une romance remplie de plaintes & d'amour.... c'étoit clair.... En vérité, vous faites de belles queſtions.

LÉONTINE.

Une vieille femme....

LE VICOMTE.

Oh! cela, c'eſt un déguiſement.... C'étoit peut-être lui, que ſait-on.

LÉONTINE.

En vieille femme ! Quelle idée !

LE VICOMTE.

Mais nous ne savons pas son âge.

LÉONTINE.

Il n'est pas vraisemblable qu'on ait pu le prendre pour une vieille femme : sûrement il est jeune.

DOROTHÉE.

Elle a raison.

LE VICOMTE.

Cela seroit cependant assez plaisant que ce fût un vieillard, un vieux fou, qui mît ainsi notre esprit à la torture.

LÉONTINE.

Je ne vois pas ce que cette idée a de risible : elle ne me paroît qu'extravagante.

LE VICOMTE.

Mais enfin, tout ce mystère me fait penser qu'il a d'excellentes raisons de se cacher : ou son âge, ou sa figure, ou sa naissance forment des obstacles.

LÉONTINE.

LÉONTINE.

Pour ſon âge, il ſeroit ridicule d'imaginer un vieillard capable d'une telle paſſion : pour ſa figure, comme on s'abuſe aiſément, il pourroit penſer que les agrémens de ſon eſprit, & un cœur auſſi ſenſible, feront oublier l'avantage frivole de la beauté ; & pour ſa naiſſance, ſes lettres, ſa magnificence, ſa conduite, n'annoncent pas un état dont on doive rougir.

LE VICOMTE.

Mais s'il étoit jeune, d'une figure qui n'eût rien de choquant, qu'il fût aimable, que ſa fortune fût honnête, & que ſa naiſſance fût aſſortie à la vôtre, vous le connoîtriez. Vous avez paſſé votre vie à la Cour & dans le plus grand monde ; vous l'auriez rencontré mille fois. Il dit vous aimer depuis huit ans ; comment, vous voyant ſans ceſſe dans la ſociété, ne ſe ſeroit-il jamais trahi ? Ses regards vous auroient parlé. Penſez-vous qu'il exiſte un homme aſſez maître de lui pour cacher ſi longtemps une paſſion ſi violente ?

DOROTHÉE.

Il connoissoit sa vertu.

LÉONTINE.

Il étoit sans espérance.

LE VICOMTE.

Comment parvenir à ce point si rare d'estime & de respect, pour un objet qu'on ne connoît que superficiellement & de réputation? Se taire, & nourrir dans le silence une passion malheureuse, la dérober à tous les yeux pendant huit ans, cet effort vous paroît-il possible & naturel?

DOROTHÉE.

Enfin, cela existe. Nous pouvons ne le pas comprendre, mais nous ne pouvons en douter.

LE VICOMTE.

Si cela est, si cela m'étoit bien prouvé, j'avoue que je le trouverois véritablement intéressant.

LÉONTINE.

Il est certain qu'on a peine à se défendre d'une vive curiosité.

DOROTHÉE.

Oh ! pour moi, je n'ai nulle peine ; car je ne m'en défends pas : j'y cède de tout mon cœur. Il m'attendrit, il me touche : & je voudrois qu'il fût-là caché dans quelque coin, & qu'il m'entendît.

LE VICOMTE.

Ne badinez pas, il en est très-capable ; & je ne ferois point du tout étonné, si l'on m'apprenoit qu'il n'a pas perdu un mot de toute notre conversation.

DOROTHÉE.

Je le crois ; car il est fort vraisemblable qu'il ait voulu savoir l'opinion de Léontine sur sa fête. Je parierois qu'il est caché dans quelque niche qu'il aura fait faire exprès. Tenez, voyez-vous ce gros arbre là-bas ? Il est creux, je suis persuadée... (*A Léontine.*) Mon Dieu ! qu'avez-vous donc, vous pâlissez ?

LÉONTINE.

Je souffre.... J'ai un mal de tête affreux.

DOROTHÉE.

Il faut rentrer.

LÉONTINE.

Ah ! ce n'est rien : ce n'est rien du tout.... Il me dure depuis hier au soir.

LE VICOMTE.

Rentrons.

LÉONTINE.

L'air me fait du bien... Je suis bien ici, beaucoup mieux que renfermée dans ma chambre.

DOROTHÉE.

Pour en revenir à ce que je disois, je vous assure qu'il est ici... Allons, avant de nous en aller, dites-lui quelque chose d'honnête. Par exemple, que vous seriez bien-aise de le connoître.

LÉONTINE.

Quelle folie !

LE VICOMTE.

Cette folie est très-gaie. Allons, Madame, il faut vous y prêter.

LÉONTINE.

Mais, mon cher Vicomte, vous n'y pensez pas.

DOROTHÉE.

De grace, ma chère amie.

LÉONTINE.

En vérité....

DOROTHÉE.

Oh ! je vous en prie, par complaisance pour moi.

LE VICOMTE.

Contentez-la. A quoi vous engagez-vous ?

LÉONTINE.

Mais que voulez-vous que je dise ?

DOROTHÉE.

Que vous avez la plus vive curiosité de le voir. Allons.

LÉONTINE.

Eh bien, oui ; êtes-vous satisfaite ?

DOROTHÉE.

Oh ! cela ne suffit pas ; il faut vous tourner vers l'arbre, & le dire vous-même.

LÉONTINE.

Quelle enfance ! quelle persécution !

LE VICOMTE.

Eh bien, pour vous en débarrasser, dites-le tout de suite. Figurez-vous donc, pendant cette dispute, l'inquiétude de ce pauvre malheureux qui nous écoute. Comme il desire que nous réussissions à vous persuader : il est sûrement bien agité, bien ému.

LÉONTINE.

Mais, Vicomte, vous êtes aujourd'hui d'une humeur, d'une gaieté véritablement très-aimable. Dorothée vous a communiqué sa folie, & elle vous sied à merveille.

LE VICOMTE.

Vous voulez éluder en me louant, & me faire oublier ce que nous vous demandons. Mais....

DOROTHÉE.

Allons, allons, tournez-vous vers l'arbre.

LÉONTINE *se tournant. Pendant ce temps le Vicomte se glisse tout doucement sans être apperçu, & va se cacher derrière l'arbre.*

Eh bien, est-ce comme cela ?

DOROTHÉE.

Oui, à merveille. A présent, parlez ?

LÉONTINE.

Il faut que je sois bien complaisante.

DOROTHÉE.

Eh, mon Dieu ! prouvez-le donc en finissant ?

LÉONTINE, *tournée vers l'arbre.*

Vous avez su m'inspirer une curiosité très-vive, & je voudrois vous connoître.

DOROTHÉE.

Que vois-je ? L'arbre s'agite.

LÉONTINE.

O Ciel !

LE VICOMTE, *sortant de l'arbre avec précipitation ; & courant se jetter aux pieds de Léontine, qui, dans le premier moment de surprise, tombe dans les bras de Dorothée.*

Connoissez donc enfin celui qui vous adore : vous le voyez, Madame.

DOROTHÉE.

Eh ! c'est le Vicomte.

LÉONTINE.

En vérité j'ai cru.... Vous m'avez fait une peur.

DOROTHÉE.

Oh ! là plaisanterie est excellente, excellente. J'en ai d'abord été la dupe parfaitement. J'étois si troublée que je ne l'ai pas reconnu.

LÉONTINE, *au Vicomte.*

Vous m'avez causé une frayeur inexprimable.

LE VICOMTE.

Je vous en demande mille pardons ; mais c'est un tour que j'ai voulu jouer, sur-tout à Dorothée. Je l'ai vu si empressée, si curieuse.

DOROTHÉE.

Cela est charmant ! charmant ! J'ai été complétement attrapée ; j'en ris encore, quand j'y pense. Et comme il a joué son rôle, de quel air passionné il est venu se précipiter à vos genoux ! En se déclarant... & les grands mots... celui qui vous adore... Comme il a dit cela ! Ah ! c'étoit parfait ; c'étoit la chose même.

LÉONTINE.

Savez-vous qu'il eſt très-tard ? Il faut aller ſouper, mon mal de tête redouble.

DOROTHÉE.

Vous vous étiez donc mis dans le creux de l'arbre ? J'ai vu toutes les branches remuer.

LE VICOMTE.

Non, j'étois derrière.

DOROTHÉE.

Ah ! c'eſt une délicieuſe idée ! En vérité, je ne vous croyois ni auſſi gai ni auſſi aimable. Je parie que vous jouez la comédie comme un ange : vous devez avoir un naturel....

LE VICOMTE.

C'eſt ſuivant les rôles.

DOROTHÉE.

Ce que je ne comprends pás, c'eſt que l'envie de rire ne vous ait pas gagné, en voyant nos mines effarées. Pour moi, je ſens qu'à votre place....

LÉONTINE.

Venez ſouper, venez.

DOROTHÉE, *en s'en allant.*

Oh, la bonne ſcène ! la bonne ſcène !

LÉONTINE.

Je ſuis malade à mourir.

LE VICOMTE, *à part.*

Enſin je puis donc eſpérer.

(*Ils ſortent.*)

Fin du troiſième Acte.

ACTE IV.

Le Théâtre change, & représente le Cabinet de Léontine.

SCÈNE PREMIÈRE.

LÉONTINE, *seule.*

ILS sont à table, pour moi je m'en suis dispensée. Je ne sais ce que j'ai ; je me sens d'une humeur si noire, si triste... Leur gaieté m'importunoit à l'excès. Dorothée sur-tout m'impatiente.... Ah ! tout me contrarie aujourd'hui. Mais qui vient déjà me troubler ?

SCENE II.

LÉONTINE, OPHÉMON.

LÉONTINE.

HÉ ! c'est vous, M. Ophémon ? Que me voulez-vous ? Je suis malade, je desire être seule.

OPHÉMON.

Dans ce cas, je vais me retirer. Je venois pour conter à Madame une petite aventure.

LÉONTINE.

Qu'est-ce que c'est donc ?

OPHÉMON.

Ah ! rien : c'est toujours de cet Inconnu.

LÉONTINE.

Comment ? Expliquez-vous.

OPHÉMON.

Je vais vous laisser reposer ; je vous conterai cela demain.

LÉONTINE.

Vous m'impatientez. Parlez-donc ? qu'est-il arrivé ?

OPHÉMON.

Madame est malade ; je ne veux pas lui rompre la tête de ces bagatelles.

LÉONTINE.

Mais, Monsieur Ophémon, quand je vous dis que je veux le savoir.

OPHÉMON.

Cela n'en vaut pas la peine.

LÉONTINE.

Quel homme insupportable! En vérité, vous me mettez hors de moi. Ce n'est pas pour la chose, elle m'est indifférente; mais je ne puis souffrir, lorsque je vous presse, que vous ne daigniez pas me répondre.

OPHÉMON.

Eh bien, Madame, je vais vous le dire : c'est que je l'ai vu.

LÉONTINE.

Vous l'avez vu?.... Qui?

OPHÉMON.

L'Inconnu.

LÉONTINE.

L'Inconnu? Mais comment? Dites-donc : achevez donc.

OPHÉMON.

Pardonnez; mais je ne puis m'empêcher de rire de la vivacité naturelle de Madame, qui se manifeste.... (*Il rit.*)

LÉONTINE.

Il y a de quoi mourir... Vous me pouſſez à bout. Finirez-vous, encore une fois; comment l'avez-vous vu?

OPHÉMON.

On eſt venu me dire pendant le ſouper, qu'un homme demandoit à me parler à la porte du château. J'ai d'abord imaginé que c'étoit pour quelques démêlés des Payſans, un jour de noce... quelque bataille.... quelque....

LÉONTINE.

Eh! que m'importent vos imaginations? Après? vous y avez été?

OPHÉMON.

Non, j'ai achevé de ſouper fort tranquillement.

LÉONTINE.

Vous n'y avez pas été?

OPHÉMON.

Si fait, mais en ſortant de table.

LÉONTINE.

Eh bien, qu'avez-vous vu?

OPHÉMON.

Un grand homme qui m'a pris par le bras, en me disant qu'il avoit des choses importantes à m'apprendre, & il m'a emmené au bout de l'avenue. Là, il m'a dit qu'il étoit l'amant anonyme; qu'il me connoissoit de réputation; qu'il savoit que vous m'honoriez de votre confiance. Je l'ai interrompu pour lui demander s'il avoit lu mon dernier Ouvrage sur la Chimie.

LÉONTINE.

Voilà qui étoit bien nécessaire! Avez-vous remarqué sa figure? Malgré l'obscurité, avez-vous pu distinguer ses traits?

OPHÉMON.

Non, point du tout. Il faisoit nuit comme dans un four. J'ai seulement vu qu'il est très-grand, d'une belle taille, noble, dégagée.

LÉONTINE.

Et son visage, il ne vous a pas été possible?....

OPHÉMON.

Oh! non.

LÉONTINE.

Il est très-grand. De quelle taille est-il à-peu-près ?

OPHÉMON.

Il m'a paru... Comment vous dirai-je !... Eh, tenez, de la taille de Monsieur le Vicomte : c'est la même chose.

LÉONTINE.

Achevez donc ; que vous a-t-il dit de moi ?

OPHÉMON.

Oh ! des folies... qu'il vous adoroit, qu'il ne vivoit que pour vous.... Que sais-je, moi ?.... Et puis il m'a conté qu'il avoit entendu tout votre entretien du bosquet.

LÉONTINE.

Comment ! il y étoit caché ?

OPHÉMON.

Précisément. Le pauvre homme ! il est transporté de vous avoir vu son bouquet, & surtout de ce que vous lui avez dit que vous desiriez le connoître : & c'est pourquoi il m'a envoyé chercher.

LÉONTINE.

LÉONTINE.

Eh bien, eh bien?

OPHÉMON.

Eh bien, il m'a chargé de vous dire que vos desirs étoient des lois pour lui.

LÉONTINE.

Il s'est nommé?

OPHÉMON.

Non, c'est un secret qu'il ne veut dire qu'à vous seule. Il vous demande un entretien particulier; mais comme il ne veut être vu de personne, il vous supplie de le lui accorder à la pointe du jour, à cinq heures.

LÉONTINE.

A cinq heures du matin?

OPHÉMON.

Oui, & il ajoute que si vous ne voulez pas le voir, il s'éloignera pour jamais, & sans retour.

LÉONTINE.

Mais recevoir un homme à cette heure, seule chez moi!

OPHÉMON.

Il prétend que vous ne devez douter ni de son respect ni de sa délicatesse ; il s'engage même à ne vous point parler de son amour : & d'ailleurs il permet que je sois présent à cette entrevue, si vous l'exigez absolument.

LÉONTINE.

Oh ! cela seroit différent, en effet. Allons... mais je ne veux point le voir.

OPHÉMON.

C'est ce que je lui ai dit, que vous n'y consentiriez jamais ; que cette prétendue curiosité que vous aviez témoignée n'étoit au fond qu'une plaisanterie ; que ses soins vous déplaisoient, vous importunoient, & qu'enfin vous le regardiez comme un extravagant digne des petites maisons.

LÉONTINE.

Mais de quoi vous mêlez-vous ? A quoi bon tout ce verbiage ? Qui vous a chargé d'expliquer mes sentimens ?

OPHÉMON.

Je voulois le guérir de sa folie : car réellement elle est intéressante. Il parloit avec un feu, une éloquence, un son de voix qui alloit au cœur. Moi, j'avoue qu'il m'a touché, & si vous le refusez, ma foi je ne serois pas surpris que son désespoir ne le portât à quelque parti violent.

LÉONTINE.

Et vous lui avez dit que ses soins me déplaisoient, qu'il m'étoit odieux.... Vous l'aurez persuadé : le bel ouvrage, de désespérer un malheureux que je dois plaindre, qui doit m'intéresser !

OPHÉMON.

Enfin, Madame, il ne tient qu'à vous de lui donner une consolation qui lui rendra la vie.... Il m'attend : j'ai promis de lui porter votre réponse, voyez.

LÉONTINE.

Tout ce que vous lui avez dit de ma part est d'une impolitesse, d'une malhonnêteté... Je suis en quelque ſorte obligée à réparer ce procédé injurieux : voilà cependant où vous me réduiſez.

OPHÉMON.

Le coup eſt porté, cela eſt vrai. Si vous ne le voyez pas, j'aurai beau lui dire de votre part les choſes les plus honnêtes, il n'en croira rien.

LÉONTINE.

Vous m'auriez épargné cet embarras cruel, ſi vous aviez bien voulu ne me faire parler que d'une manière polie & convenable, au lieu de me peindre ſi injuſte, ſi ingrate. Pour le guérir, il falloit l'aſſurer encore que j'en aimois un autre ! C'eſt à quoi peut-être vous n'avez pas manqué ; je le parierois. Dans votre fureur de le guérir....

OPHÉMON.

Oh ! je n'ai touché cette corde-là que bien légèrement, & je ne lui ai donné que des ſoupçons vagues.

LÉONTINE.

Je m'en ſuis doutée. Mais, par exemple, vit-on jamais rien de plus inconcevable ? Je ſuis dans une colère, dans une agitation.... Assurément vous lui avez laissé une jolie opinion de moi. Il croit que je le méprise, que je le hais, que je le tourne en ridicule, que j'en fais l'objet de mes plaisanteries, & que j'ai un amant que je favorise en secret.

OPHÉMON.

Mais permettez, Madame, je n'ai point dit cela; & même quand il a voulu me tourner pour savoir le nom de celui que vous préfériez, je l'ai vu venir d'une lieue, & j'ai répondu que je n'étois pas instruit parfaitement.

LÉONTINE.

J'ai peine à me contenir; je suis dans un état violent... Il ne voit ici que le Vicomte, il n'aura pas manqué d'imaginer qu'il est sans doute cet amant secret.

OPHÉMON.

Il m'en a bien dit quelque petite chose: mais j'ai fait la sourde oreille.

LÉONTINE.

Allez le chercher, Monsieur, allez, n'y perdez pas un moment; j'ai trop d'intérêt pour ma gloire, pour ma réputation à le désabuser.... Dites-lui qu'il vienne à cinq heures, que je le verrai.... Voilà une désagréable situation! C'est le fruit de votre rare prudence.

OPHÉMON.

Je cours le chercher.

LÉONTINE.

Un moment. Je vous défends de parler à qui que ce soit de toute cette aventure.

OPHÉMON.

Je suis bien mal-adroit, bien gauche: mais pour la discrétion....

LÉONTINE.

Allez, allez. Laissez-moi.

OPHÉMON, *à part, en s'en allant.*

Courons porter au Vicomte cette excellente nouvelle. (*Il sort.*)

SCÈNE III.

LÉONTINE, *seule.*

QUOI ! je le verrai, j'y consens. Que dis-je ? c'est moi qui l'envoie chercher. Que va-t-il penser d'une conduite si contraire aux principes qu'il m'a cru jusqu'ici. N'est-ce pas se démentir ? Mais d'un autre côté le désespérer, renoncer à le connoître, y renoncer à jamais ; eh bien, que m'importe après tout ? D'où peut venir, grand Dieu ! un intérêt si vif, si pressant ? Je ne suis occupée que de lui, je ne peux penser qu'à lui... Par quelle bisarrerie, par quelle fatalité un Inconnu ? Ah ! je n'ose examiner mon cœur.... Mais non, quelle crainte extravagante ! La singularité de cette aventure, la curiosité, la vanité peut-être, voilà sans doute les seules causes du trouble qui m'agite... On vient ; si c'étoit Ophémon ! Il l'aura vu : il me dira... O Ciel ! C'est Dorothée & le Vicomte. Quelle importunité !

SCÈNE IV.

LÉONTINE, DOROTHÉE, LE VICOMTE.

LE VICOMTE.

NOUS venons ſavoir de vos nouvelles.

DOROTHÉE.

Eh bien, cette migraine eſt-elle paſſée ?

LÉONTINE.

Je vais me coucher, j'ai grand beſoin de repos.

DOROTHÉE.

Notre ſouper a été fort gai. Le Vicomte étoit de la meilleure humeur, & l'aventure du boſquet, comme vous le croyez bien, a fait le ſujet de notre converſation. Je vous ai regrettée, car nous avons été très-aimables.

LÉONTINE.

Je le crois : mais je ne ſuis guère en état de jouir de vos agrémens, je ſuis ſi abattue....

DOROTHÉE.

Une petite veillée vous feroit tous les biens du monde.

LÉONTINE.

Ah ! je vous remercie, je n'en suis nullement tentée.

DOROTHÉE.

On dansera dans le Château toute la nuit ; pour moi, je ne me coucherai certainement pas ; je veux voir naître le jour. Allons, soyez de la partie.

LÉONTINE.

Sûrement je n'en ferai rien, malade comme je suis.

DOROTHÉE.

Nous verrions le lever de l'aurore : cela est bien tentant, songez-y. Vous qui avez des idées champêtres, romanesques, qui aimez tant les rochers, vous êtes insensible à l'aurore ? Oh ! j'en rabats beaucoup.

LÉONTINE.

Moquez-vous, veillez, dansez, mais laissez-moi me coucher, je vous en prie.

DOROTHÉE.

Vicomte, vous ne m'abandonnerez pas ?

LE VICOMTE.

Si vous en voulez à mon repos, je vous le sacrifierai sûrement.

DOROTHÉE.

Voilà de la galanterie, & avec cela de la gaieté. Oh, comme vous me convenez ! (*A Léontine.*) Mais toutes nos plaisanteries n'y font rien ; je vois que vos yeux se ferment, Allons, il faut la laisser tranquille. Vous allez vous mettre au lit, n'est-ce pas ?

LÉONTINE.

Dans l'instant.

DOROTHÉE.

Il n'est pas minuit ; du moins vous nous donnerez à déjeûner ? Nous viendrons vous réveiller à cinq heures, & vous verrez l'aurore.

LÉONTINE.

En vérité, vous n'êtes guère compatissante ; vous voyez comme je souffre, &...

DOROTHÉE.

Allons, embrassez-moi, & nous vous laisserons dormir jusqu'à midi.

LÉONTINE.

Plaisanterie à part, si vous troubliez mon sommeil, vous me feriez beaucoup de mal.

DOROTHÉE.

N'ayez pas peur, nous le respecterons. Allons-nous-en, Vicomte. Si vous vous ravisez, si vous avez besoin de nous, envoyez-nous chercher, nous serons dans les jardins.

LE VICOMTE, *à Léontine.*

Je vous quitte avec peine... Vous avez l'air de souffrir réellement.

LÉONTINE.

Je crois avoir un peu de fièvre.

LE VICOMTE.

Je m'y connois; permettez-vous?.... (*Il lui prend la main, & lui tâte le pouls.*)

LÉONTINE.

Comme la main vous tremble!

LE VICOMTE, *lui tenant toujours le bras.*

C'est un tremblement qui m'est naturel : ce mal me tient depuis plusieurs années. Vous auriez pu le remarquer plus tôt.

LÉONTINE.

A votre âge ! cela est étonnant. Je n'y avois jamais pris garde.

DOROTHÉE.

Mon Dieu ! Vicomte, vous avez un air singulier, tout étonné. Est-ce qu'elle a beaucoup de fièvre ? Comment trouvez-vous son pouls ?

LE VICOMTE.

Ah ! j'y voudrois plus d'émotion encore.

DOROTHÉE.

Mais voilà un beau souhait !

LE VICOMTE.

Eh, oui, c'est qu'il est trop concentré.

DOROTHÉE.

Vous m'effrayez.... Moi j'ai envie à présent qu'elle se couche, & que nous passions la nuit dans sa chambre.

LÉONTINE.

Ah ! de grace....

DOROTHÉE.

Ah ! m'allez-vous faire des complimens là-dessus ?

LÉONTINE.

Non, je ne le souffrirai pas.

DOROTHÉE.

Nous resterons seulement jusqu'à cinq ou six heures, & puis nous irons nous reposer.

LE VICOMTE.

Non, nous lui ferions du bruit. Laissons-la, croyez-moi.

DOROTHÉE.

Adieu donc ; mais à condition que vous nous ferez avertir aussi-tôt que vous serez éveillée.

LÉONTINE.

Oui, je vous le promets.

DOROTHÉE.

Vous ne voudriez pas une petite lecture pour vous endormir ?

LÉONTINE.

Oh ! non.

DOROTHÉE.

Adieu, ma chère amie.

LE VICOMTE, *à part.*

Qu'elle est touchante ! & que je suis heureux !

(*Ils sortent.*)

LÉONTINE, *seule.*

Enfin, m'en voilà débarrassée : assurément ce n'est pas sans peine. Mais j'apperçois Monsieur Ophémon.

SCÈNE V.

OPHÉMON, LÉONTINE, ROSALIE.

LÉONTINE.

EH bien, votre commission est-elle faite ?

OPHÉMON.

Oui, Madame ; en vérité notre entrevue a été touchante ; il est dans une joie, dans des transports inexprimables.

LÉONTINE.

Vous lui avez bien rappelé les conditions auxquelles je consens à le voir, & qu'il a proposées lui-même. Vous y serez : il ne me parlera point de sa passion.

OPHÉMON

Il remplira tous ses engagemens, soyez tranquille.

LÉONTINE.

Il avoit donc l'air bien satisfait ?

OPHÉMON.

Enchanté : il est comme un fou.

LÉONTINE.

N'a-t-il pas été bien surpris ?

OPHÉMON.

Tout ce que je puis vous dire, c'est qu'il est au comble de ses voeux.

LÉONTINE.

Vous lui avez parlé deux fois, & vous ne soupçonnez pas quel il peut être. Le son de sa voix, ses manières ...

OPHÉMON.

Mais en effet, quand j'y pense, le son de sa voix ne m'est pas inconnu.

LÉONTINE.

Bon ! Comment ne m'aviez-vous pas déjà dit cela ? Et croyez-vous que ce soit chez moi que vous l'ayez vu ?

OPHÉMON.

Je l'ai sûrement rencontré. Je le connois ; mais ma mémoire ne va pas plus loin.

LÉONTINE.

Il vous a paru jeune, sans doute ?

OPHÉMON.

Oui, il est jeune, il n'a certainement pas plus de trente-deux ou trente-trois ans.

LÉONTINE.

Faites-moi donc encore quelques détails sur ce qu'il vous a dit ?

OPHÉMON.

Il m'a répété souvent que vous serez bien étonnée.

LÉONTINE.

LÉONTINE.

Que je serai bien étonnée ?.... C'est que je ne l'ai jamais vu.... Cela est incroyable.

OPHÉMON.

C'est peut-être un Etranger. J'ai beaucoup voyagé : je l'aurai rencontré en Angleterre, en Italie.... voilà ce que j'imagine.

LÉONTINE.

A-t-il de l'accent ?

OPHÉMON.

Non, point du tout ; & il parle à merveille, avec une grace, une élégance...

LÉONTINE.

Il parle bien ?

OPHÉMON.

Mieux encore qu'il n'écrit.

LÉONTINE.

Cela n'est pas possible.

ROSALIE, *survenant.*

On vient de me dire que Madame alloit se coucher.

LÉONTINE.

Allez dans ma chambre préparer tout ce qu'il me faut : & vous ne m'attendrez pas, je me coucherai ſeule.

ROSALIE.

Madame eſt trop bonne. J'attendrai tant qu'elle voudra.

LÉONTINE.

Faites ce que je vous dis.

ROSALIE.

J'ai promis à Madame Dorothée de ne me point coucher, & de veiller Madame.

LÉONTINE.

Tout le monde aujourd'hui s'eſt donné le mot pour m'impatienter. Encore une fois, je veux être obéie ; laiſſez-moi tranquille.

ROSALIE, *à part en s'en allant.*

Je ne l'ai jamais vue de ſi mauvaiſe humeur.

(*Elle ſort.*)

LÉONTINE, *à Ophémon.*

Vous irez donc le chercher à cinq heures, &

vous le ferez entrer par la petite porte du parc : vous en avez la clef ?

OPHÉMON.

Oui, Madame.

LÉONTINE.

N'allez pas vous coucher, & vous endormir.

OPHÉMON.

Oh ! je n'ai garde.

LÉONTINE.

Tout le Château est en l'air : ayez bien attention qu'il ne soit vu de personne.

OPHÉMON.

Soyez sans inquiétude.

LÉONTINE.

Allons, je vais rentrer dans ma chambre, & je vous attendrai à cinq heures précises.

OPHÉMON, *à part en s'en allant.*

Ma foi, pour le coup, nous la tenons.

(*Ils sortent.*)

ACTE V.

SCÈNE PREMIÈRE.

LÉONTINE, *seule, en déshabillé.*

DANS quelle agitation je suis! A quoi me suis-je exposée! Enfin, il obtient de moi un rendez-vous secret! un rendez-vous à la pointe du jour! La seule curiosité auroit-elle pu me conduire aussi loin? M'engager à une démarche dont je rougis, que je désapprouverois dans une autre.... Oui, le sentiment le plus tendre pourroit seul excuser ce que je fais; mais pour un Inconnu.... Ah! je connois son cœur, son esprit; en faut-il davantage? Comment! j'ose m'avouer une folie si inconcevable? N'est-ce pas moi qui l'ai fui! Ne suis-je pas venue ici pour lui ravir toute espérance? Un seul jour a-t-il pu détruire une résolution si ferme? Hélas! l'aurois-je fui, si je ne l'eusse craint! Je me suis abusée, & trop tard j'ouvre les yeux.... Quoi ! je pourrois aimer encore !.... Mais qu'entends-je ? Ne frappe-t-on pas ? (*Elle écoute : on frappe doucement.*) Je ne me trompe point : on frappe, ce ne peut être que lui.... Il aura devancé l'heure. Allons ouvrir. Je ne le puis.... Quel trouble affreux ! Je ne me soutiens qu'à peine. (*Elle s'appuie contre une table : on frappe encore.*) C'est lui... c'est lui. Allons. (*Elle va ouvrir la porte.*)

SCÈNE II.

LE VICOMTE, LÉONTINE.

LÉONTINE. *Quand le Vicomte paroît, elle se recule avec surprise & chagrin, & dit à part.*

O Ciel! c'est le Vicomte. Quel fâcheux contretemps !

LE VICOMTE, *avec la plus grande émotion.*

L'inquiétude de votre santé me ramène auprès de vous.

LÉONTINE, *à part.*

Que lui dirai-je ? (*Haut.*) Je n'ai point dormi ; je suis dans une agitation cruelle.

LE VICOMTE.

Je me promenois sous vos fenêtres, j'ai cru vous entendre marcher, & je suis monté.

LÉONTINE.

Je vous remercie ; mais vous me ferez plaisir de me laisser seule.

LE VICOMTE, *à part.*

Comme elle est pâle & défaite ! Ah ! je suis encore plus tremblant qu'elle.... Ah, Madame !

LÉONTINE.

Eh bien, qu'avez-vous ?

LE VICOMTE.

Je n'ose vous demander un moment d'entretien. Je vous avouerai cependant que je le desire avec ardeur ; j'ai besoin d'ouvrir mon ame.

LÉONTINE.

Vous m'étonnez ; que vous est-il arrivé ?

LE VICOMTE.

Livré à mes réflexions depuis deux heures, que j'ai quitté Dorothée, le desir extrême de vous parler avec confiance, m'a sur-tout engagé à venir vous importuner un moment. Je vous dirai même qu'avant d'arriver ici, j'en avois le projet. Mais toujours interrompus, nous n'avons été seuls ensemble que des instans.

LÉONTINE.

Vous avez donc quelque chose d'important à m'apprendre ?

LE VICOMTE.

Le secret de ma vie... Il est quatre heures... Si vous daignez m'écouter, cette confidence ne sera pas longue. Je ne vous demande qu'une demi-heure.

LÉONTINE.

Il n'est que quatre heures. (*A part.*) Et il y auroit de la dureté à le refuser. (*Haut.*) Vous ne doutez pas de mon amitié, mon cher Vicomte. Tout ce qui vous touche m'intéresse vivement ; mais je suis bien lasse, bien abattue. Il faudra nous séparer bientôt.

LE VICOMTE.

Croyez que je n'abuserai point de vos bontés. Dans une demi-heure nous nous quitterons, mais il faut que je vous parle, que je vous consulte.

LÉONTINE.

De quoi donc s'agit-il ?

LE VICOMTE.

Vous m'avez vu souvent triste, sombre, m'éloigner, faire de longues absences ; vous n'en devineriez jamais la cause ?

LÉONTINE.

En effet, vous venez de passer encore huit mois dans vos terres ; je m'en suis étonnée plus d'une fois, mais je n'en ai point pénétré le motif.

LE VICOMTE.

Eh bien, Madame, une passion invincible & secrette....

LÉONTINE.

Vous y retenoit ?

LE VICOMTE.

Je vous l'avoue, je vois votre ſurpriſe.

LÉONTINE.

Elle eſt extrême.... Quoi ! vous connoiſſez l'amour ?

LE VICOMTE.

Lui ſeul fait le deſtin de ma vie ; il a détruit ma tranquillité, mon bonheur ; il m'a fait éprouver des peines, des tourmens dont le récit vous toucheroit peut-être : je lui ai tout ſacrifié, repos, ambition, ſociété, plaiſirs.

LÉONTINE.

Quoi ! vous que j'ai cru ſi froid, ſi paiſible ! Ah, mon cher Vicomte ! que cette confidence rend mon amitié pour vous & plus vive & plus tendre ! Je vous eſtimois : mais à préſent l'intérêt le plus ſenſible, le plus vrai, m'unit à vous pour toujours.

LE VICOMTE.

Hélas ! ſi vous ſaviez, ſi vous ſaviez, Madame, combien cet inſtant a de charmes pour moi !

LÉONTINE.

Eh ! pourquoi m'avez-vous caché ſi long-temps vos ſentimens ſecrets ? Doutiez-vous de mon cœur ? N'étiez-vous pas bien ſûr qu'il partageroit toutes vos peines ?

LE VICOMTE.

Ah ! ſi j'avois pu le croire, il y a deux ans que j'aurois parlé.

LÉONTINE.

Je dois me plaindre d'une telle réſerve : elle eſt offenſante & cruelle.

LE VICOMTE.

Offenſante ! Non, croyez qu'elle ne l'eſt pas. Un obſtacle inſurmontable me forçoit au ſilence : d'ailleurs je voulois me guérir.

LÉONTINE.

Dites-moi, ſans doute vous êtes aimé ?

LE VICOMTE.

Ah ! je n'oſe m'en flatter encore : mais enfin je ſuis moins malheureux.

LÉONTINE.

Si le devoir n'eſt pas contre vous, un amour ſi violent doit être partagé.

LE VICOMTE.

Le croyez-vous, Madame ?

LÉONTINE.

Aimable, fidèle & paſſionné, vous devez être aimé ; vous l'êtes, j'en ſuis ſûre.

LE VICOMTE.

J'aime avec excès ; jamais peut-être on ne ſut aimer autant : voilà mon ſeul mérite & mon ſeul droit pour plaire.

LÉONTINE.

Ah ! celui-là vaut tous les autres.

LE VICOMTE.

Hélas ! que dites-vous, Madame ? Votre amitié veut flatter un malheureux qui ne peut s'abuſer : & votre exemple ne détruit que trop un diſcours ſi ſéduiſant.

LÉONTINE.

Comment donc ?

LE VICOMTE.

Cet amant caché qui vous adore vous a bien prouvé sa passion : & cependant votre ame insensible n'en est point attendrie. Ah ! si vous lui ravissez tout espoir, je n'en dois plus conserver.

LÉONTINE.

Ne parlons pas de moi : je ne suis occupée que de vous. Achevez, mon cher Vicomte, une confidence qui m'intéresse plus que je ne puis vous l'exprimer. Quels sont donc les obstacles qui s'opposent à votre bonheur ! L'objet que vous aimez sans doute est libre : mais sa naissance, son état peut-être....

LE VICOMTE.

Non, Madame, à tous égards, le choix de mon cœur pourroit encore être celui de la raison. Ah ! que n'est-elle née dans un état obscur ! Qu'il m'eût été doux de lui sacrifier de vains préjugés, de mettre à ses pieds une fortune qu'un tel usage auroit pu seul me rendre précieuse ! mais je ne puis jouir d'une félicité si chère. Le sort a tout fait pour elle, & l'amour ne lui peut offrir qu'un cœur fidèle & passionné.

LÉONTINE.

Chaque mot que vous prononcez redouble mon étonnement. Quoi ! vous savez aimer avec tant de violence ? Comment faisiez-vous donc pour cacher une ame si sensible ?

LE VICOMTE.

Ah ! vous ne pourrez jamais comprendre combien cet effort m'a coûté.

LÉONTINE, *à part.*

L'heure s'avance.

LE VICOMTE.

Vous me plaignez donc ? Daignez me le redire encore ?

LÉONTINE, *à part.*

Mon inquiétude s'augmente à chaque instant. (*Haut*) Il est tard, séparons-nous. Adieu, mon cher Vicomte : demain je vous témoignerai mieux encore....

LE VICOMTE.

Ah, Madame ! si vous saviez tout ce qui me

reste à vous dire. Je ne vous ai confié que la moitié de mon secret. Vous ignorez le nom de l'objet que j'aime, & cet objet, vous le connoissez, vous pouvez tout sur lui.

LÉONTINE.

Ah ! parlez ? si je puis vous être utile, comptez sur tous les soins de la plus sincère amitié.

LE VICOMTE.

Vous me promettez-donc de ne point mettre d'obstacles à mon bonheur.

LÉONTINE.

Qui, moi ? Vous pourriez penser ?....

LE VICOMTE.

Hélas ! Madame, malgré cette assurance, ma bouche n'ose encore prononcer un nom si chéri. Jusqu'ici renfermé dans le fond de mon cœur, je crains de le laisser échapper. Ce n'est qu'au silence que j'ai dû peut-être les plus doux momens de ma vie. Si j'allois perdre jusqu'à cet espoir que vous venez de me donner !

LÉONTINE, *à part.*

Il ne finit point ; le temps s'écoule. Quelle

affreuſe contrainte ! (*Haut.*) Mais quelle heure eſt-il ?

LE VICOMTE, *tirant ſa montre.*

Je ne croyois pas qu'il fût ſi tard.

LÉONTINE.

Comment ?

LE VICOMTE.

Il eſt cinq heures.

LÉONTINE.

Cinq heures ! Ah, Dieu ! Partez, laiſſez-moi, de grace.... Que vois-je ? Le jour paroît. O Ciel ! éloignez-vous.

LE VICOMTE.

Vous pâliſſez.

LÉONTINE, *ſe laiſſant aller dans un fauteuil.*

Que vais-je devenir ?

LE VICOMTE, *s'approchant, & ſaiſiſſant une de ſes mains pendant qu'elle ſe couvre le viſage de l'autre.*

D'où peut naître ce trouble cruel, cet effroi que vous voulez en vain cacher ? Ah, Madame !

quand je viens de vous ouvrir mon ame, ne puis-je prétendre à mon tour ?.... .

LÉONTINE.

Par pitié, laissez-moi. N'entends-je pas du bruit ? (*Elle se lève avec précipitation.*)

LE VICOMTE.

Je ne puis vous quitter dans l'état où vous êtes, sans apprendre du moins les raisons de ce désordre affreux.

LÉONTINE.

O Ciel ! à quelle humiliation me vois-je réduite ! Il faut donc avouer....

LE VICOMTE.

Parlez, Madame : c'est l'ami le plus tendre qui vous en conjure.

LÉONTINE.

Eh bien, cet Inconnu... cet Amant que vous croyez que je dédaigne....

LE VICOMTE.

Achevez.

LÉONTINE.

Je consens à le voir : je l'attends.

LE VICOMTE.

Pourquoi rougir d'une démarche où la curiosité seule vous engage !

LÉONTINE.

Non, non, connoissez mon ame toute entière. Un mouvement surnaturel, un sentiment plus fort que ma raison, me maîtrise & m'entraîne. Je le connois, je cesse de m'abuser, & j'y cède enfin. Que vois-je ! vos yeux se remplissent de larmes ; vous pleurez. Ah, mon ami ! que cette sensibilité me touche vivement ! Hélas ! devois-je m'attendre à tant d'indulgence !

LE VICOMTE.

Seroit-il possible, vous ! Léontine.... Vous aimeriez ?

LÉONTINE.

Vous jugez combien cet étrange aveu doit me coûter : mais vous en êtes digne.

LE VICOMTE.

Oui, j'en suis digne, oui...

LÉONTINE.

Hélas ! l'heure est passée : il ne vient point.

LE VICOMTE.

Il va paroître; en pouvez-vous douter? Il va tomber à vos pieds, le plus heureux, le plus fortuné de tous les hommes. (*Il se jette à ses pieds.*)

LÉONTINE.

Que vois-je!.... que faites-vous!

LE VICOMTE.

Ah! le méconnoîtrez-vous toujours?

LÉONTINE.

Qu'entends-je, grand Dieu! se pourroit-il?

LE VICOMTE.

Oui, c'est moi, oui c'est l'amant le plus passionné.

LÉONTINE.

Vous, ô Ciel!....

LE VICOMTE.

Voilà mon secret tout entier.

LÉONTINE.

Quoi! c'est moi que vous aimez depuis huit ans?

LE VICOMTE.

Pardonnez-moi des détours, un mystère dont l'amour doit être l'excuse. Hélas! je me suis peut-être égaré; je voulois toucher votre cœur, & non le surprendre. Trop de délicatesse m'a fait employer des artifices qu'elle-même condamne à présent; & c'est dans l'instant où j'en devrois jouir, c'est dans le moment où votre bouche vient de prononcer un aveu, que j'aurois acheté de ma vie. Mais, Madame, je vous rends à vous-même, à vos réflexions; vous êtes toujours libre; vous n'avez rien promis, disposez de ma destinée.

LÉONTINE.

Oui, si je ne vous devois pas le bonheur le plus doux & le plus inespéré, j'aurois peine, je l'avoue, à vous pardonner ces craintes injurieuses qui m'outragent. Quel moment choisissez-vous pour vous livrer de nouveau à cette défiance cruelle? Quoi! vous pourriez me croire assez ingrate pour balancer encore?

LE VICOMTE.

Vous ne me devez rien ; je n'ai ſuivi que les mouvemens de mon cœur, n'écoutez que le vôtre.

LÉONTINE.

Eh bien, tout ce que la reconnoiſſance, l'amitié, l'amour peuvent inſpirer de plus tendre, de plus paſſionné, je le reſſens, je l'éprouve pour vous.

LE VICOMTE.

Ah ! qu'ai-je fait pour mériter une félicité qui ſurpaſſe mille fois mes eſpérances ?

LÉONTINE.

C'eſt donc vous que j'aimois !.... Cette paſſion que vous me dépeigniez tout-à-l'heure avec des traits ſi touchans, cet amour que vous nourriſſez depuis huit ans, quoi, j'en étois l'objet ! Malheureux ! que de tourmens je vous ai cauſés ! Ah ! ma tendreſſe pourra-t-elle les réparer ? Voilà déſormais le ſoin, l'occupation unique & chère de ma vie ? Ah, Dieu ! que n'avez-vous parlé plutôt ? Fait pour plaire & pour ſéduire, il ne vous manquoit, à mes yeux, que cette ame ſenſible que vous me cachiez. J'ai pu la méconnoître, la taxer de dureté, d'indifférence, la déchirer tant de fois!

LE VICOMTE.

Eh! pouvois-je trop acheter ce comble de bonheur? vous m'aimez!

LÉONTINE.

Je vous aime, comme je n'ai jamais aimé, c'eſt tout vous dire; vous le ſavez, hélas! Ah! puis-je me rappeler ſans frémir ce temps affreux, où, victime d'une paſſion inſenſée, chaque jour, par une cruelle confiance, j'enfonçois le poignard au fond de votre cœur. Vous m'écoutiez, & je vous déſeſpérois. Eh bien, retracez-vous ces ſentimens ſi tendres, ſi violens, que je vous dépeignois alors, & croyez que ceux que vous m'inſpirez ſont mille fois plus vifs encore, & plus paſſionnés.

LE VICOMTE.

Ainſi donc ce qui fit mon plus grand tourment, va ſervir déſormais à ma félicité. Si ce triſte ſouvenir s'offre jamais à ma penſée, je pourrai me dire, elle m'aime encore mieux. Mais concevez-vous bien tout ce que vous faites pour mon bonheur ?

LÉONTINE.

Puis-je égaler jamais ce que vous avez fait pour moi ? Vous m'avez tout ſacrifié, je vous dois tout ; vos conſeils pendant huit ans m'ont guidée ; votre vertu, votre ſageſſe me rapeloient à la raiſon. Sans vous que ſerois-je devenue ? Ah ! chaque ſouvenir, chaque trait de ma vie que je me rappelle eſt un nouveau ſujet de reconnoiſſance qui me lie, qui m'attache à vous. Votre conduite, votre générosité n'ont point d'exemple, & n'auront jamais de modèle. Ah ! qu'il eſt doux d'admirer ce qu'on aime ! Que vous me faites bien connoître ce ſentiment délicieux dont je n'avois pas d'idée !

SCÈNE III.

LE VICOMTE, LÉONTINE, DOROTHÉE, OPHÉMON.

DOROTHÉE, *à Ophémon.*

ELLE est levée, vous dis-je, j'en suis sûre ; j'entendois sa voix de la terrasse. Tenez, voyez plutôt.

LÉONTINE.

Ah ! venez, Monsieur Ophémon, tout est découvert. Vous me trompiez : mais que ne vous dois-je pas ? (*A Dorothée.*) Venez, ma chère amie, partager mon bonheur. Cet Inconnu qui vous intéressoit....

DOROTHÉE.

Eh bien ?

LÉONTINE.

Eh bien ! il est devant vos yeux. C'est lui.... c'est....

DOROTHÉE.

Qui, le Vicomte ?

LE VICOMTE.

Oui, vous le voyez, Madame, au comble de ses vœux.

DOROTHÉE.

Et de bonne foi, vous pensez me faire croire ?...

LÉONTINE.

Comment ?

DOROTHÉE.

Allons, allons : je suis crédule, mais pas jusques-là.

OPHÉMON.

Il faut espérer qu'avant la fin du jour vous serez persuadée.

DOROTHÉE.

Comme ils s'entendent tous ! Voilà le plus joli complot & le mieux concerté.

LÉONTINE, *à Ophémon.*

Allez chercher le Notaire, qu'il vienne.

DOROTHÉE.

Oui, oui, n'y perdez pas un moment.

OPHÉMON.

Il eſt là-bas avec la noce ; je vais vous l'amener, & publier cette heureuſe nouvelle dans tout le Château. (*Il ſort.*)

LE VICOMTE, *à Léontine.*

Ce n'eſt point une illuſion ? Quoi ! vous allez être à moi ?

LÉONTINE.

Oui, je me donne à vous : oui, ce jour même.

DOROTHÉE.

A merveille, en vérité, de part & d'autre. Pour le Vicomte, je n'en ſuis pas ſurpriſe ; je connois ſes talens : mais réellement Léontine m'étonne : ſes yeux, ſa voix, ſon air attendri, rien n'y manque.

LÉONTINE.

Eh ! ne vous ſuffit-il pas, pour me croire, de me regarder ? Peut-on ſe méprendre à des tranſports ſi vrais, ſi doux !

DOROTHÉE.

Je ne ſais plus qu'en penſer.

SCÈNE IV.

LE VICOMTE, LÉONTINE, DOROTHÉE, OPHÉMON, ROSALIE, PICARD, JEANNETTE, COLIN, LE NOTAIRE, *& une foule de Villageois. Ils l'entourent tous ensemble.*

MADAME va se marier... Madame va se marier.... Monsieur le Vicomte est l'Inconnu.

DOROTHÉE.

Réellement, ce seroit lui ! Ce seroit notre Inconnu ! Mais cela n'est pas croyable.

LÉONTINE.

Débarrassons-nous de cette foule tumultueuse.

DOROTHÉE.

Allons, c'en est fait, je me rends. Ah, mon cher Vicomte ! que vous méritez bien le prix que vous obtenez enfin ! Que j'en suis transportée ! Mais j'ai mille questions à vous faire.

LÉONTINE.

Venez dans ma chambre, nous vous répondrons.

LE VICOMTE, *à Léontine.*

La destinée me rend donc ce que mon imprudence fatale m'avoit ravi ! Après tant de regrets & de larmes, je vous retrouve enfin : vous êtes donc à moi !

DOROTHÉE.

Quelle aventure, grand Dieu ! & celle du bosquet... la fête... la lettre, tout cela venoit de lui : je n'en reviens pas.

LÉONTINE.

Suivez-moi, ma chère Dorothée ; venez me voir signer le bonheur de ma vie. Monsieur Ophémon, amenez-nous le Notaire. (*Le Vicomte lui donne la main ; Dorothée la prend par le bras de l'autre côté. Ils s'en vont. Ophémon & le Notaire les suivent.*)

OPHÉMON, *en s'en allant.*

Allons, je n'aurai pas perdu mon latin dans cette maison.

SCÈNE V & dernière.

ROSALIE, PICARD, JEANNETTE, COLIN, *les Villageois.*

ROSALIE.

ENFIN, l'Amant Anonyme est donc découvert. Au reste, Monsieur le Vicomte vaut bien un Sylphe ; je suis charmée que ce soit lui.

PICARD.

Deux noces à la fois ! quelle bénédiction ! (*Aux Villageois.*) Allons, mes enfans, vous avez dansé jusqu'au jour ; à présent dansez jusqu'à la nuit : célébrez l'amour & la persévérance. Ma foi, quand ils marchent ensemble, ils font bien du chemin.

(*Les Villageois forment un Ballet.*)

FIN.

COUPLETS *que chante Jeannette à la Fête donnée par l'Amant Anonyme. Sur l'air :* Faut attendre avec patience. [*Des trois Fermiers.*]

J'SOMM's heureux, c'est votre ouvrage;
Mais j'avons un soupçon fâcheux :
Car on prétend que l'mariage
Ne vous paroît qu'un joug affreux.
Ah ! si ce nœud vous épouvante,
Queu peur doit-il nous inspirer ?
O si vous êtes bienfaisante,
Mariais-vous pour nous rassurer. *Bis.*

CHACUN vous dit si savante,
Qu'ça nous met l'esprit sans d'ssus d'sous,
Et qu'nous n'aurons l'ame contente
Qu'en vous voyant prendre un Époux.
L'desirez-vous tendre & sincère,
Soumis, délicat & constant ;
Si c'n'est qu'ça, j'avons votre affaire ;
J'vous avons trouvé cet Amant. *Bis.*

De c't Amant par-tout ſuivie,
Comme les Grâces par l'Amour ;
Voulez-vous donc toute la vie
Lui refuſer quelque retour ?
A quoi vous ſert tant de rudeſſe,
Vous ſaurez toujours le charmer,
Croyez-vous l'guérir d'ſa tendreſſe ?
D'vot pouvoir c'eſt trop préſumer. *Bis.*

Ordonnez-lui de ſe taire,
Il ne cont'ra plus ſon tourment ;
Mais vous n'pouvez vous en défaire,
Il vous ſuit, vous voit, vous entend.
Ne croyez pas que l'inconſtance
Puiſſe jamais changer ſon ſort ;
Il n'a pas beſoin d'eſpérance
Pour vous aimer juſqu'à la mort. *Bis.*

F I N.

LES FAUSSES DÉLICATESSES,

COMÉDIE EN TROIS ACTES.

PERSONNAGES.

LUCINDE, jeune Veuve.

CÉLIE, jeune Veuve, amie de Lucinde.

LE MARQUIS D'ORVAL, Amant de Célie.

LE CHEVALIER DE SAINT-ALBIN, Ami du Marquis.

ROSE, Femme-de-Chambre de Lucinde.

La Scène est à la Campagne, chez Célie.

LES FAUSSES DÉLICATESSES[1],

COMÉDIE.

Le Théâtre représente un Sallon.

ACTE I.

SCÈNE PREMIÈRE.

LE CHEVALIER, LE MARQUIS.

LE CHEVALIER.

AUSSI-TÔT votre lettre reçue, je n'ai pas perdu un moment. Mais, de grace, mon cher Marquis, expliquez-moi en quoi je puis vous

1 Le charmant Conte de M. Marmontel, intitulé l'*Amour mécontent de soi-même*, a donné l'idée de cette Pièce. Le caractère de Bélise, Héroïne du Conte, a servi de modèle à celui de Célie : mais les autres personnages, les incidens & l'intrigue de la Comédie sont absolument différens.

être utile. Qu'est-il donc arrivé ? N'êtes-vous plus cet amant passionné, prêt à recevoir le prix de sa constance ? Le cœur de Célie n'est-il plus le même, ou le vôtre est-il changé ?

LE MARQUIS.

Non, Chevalier, j'adore Célie plus que jamais. Je me flatte d'en être encore aimé ; mais cependant chaque jour elle oppose de nouveaux délais à mon bonheur. Au moment de me rendre heureux, une fausse délicatesse l'intimide & l'arrête. Satisfaite du sentiment qu'elle m'inspire, elle ne l'est point assez de celui qu'elle éprouve. Elle doute de son cœur ; elle veut s'en assurer d'avantage : & ce trouble & cette incertitude font depuis trois mois le tourment de ma vie.

LE CHEVALIER.

C'est-à-dire, qu'elle craint de ne pas t'aimer assez pour t'épouser. Voilà une femme bien difficile ; je n'ai jamais vu de scrupule plus bizarre & plus neuf.

LE MARQUIS.

Tu te moques, peut-être as-tu raison ; mais

si tu

si tu connoissois l'Amour & tous les raffinemens dont il est capable !

LE CHEVALIER.

Vous autres gens à grandes passions, toutes ces misères-là vous occupent uniquement; la délicatesse est pour vous une source délicieuse de tracasseries métaphysiques*, de doux raccommodemens & de sublimes sacrifices; en dissertant, en analysant, en vous élevant dans les nues, vous vous pénétrez d'une sincère admiration pour vous-mêmes, & d'un profond mépris pour le reste grossier du monde. Mais, dis-moi, mon cher Marquis, comment t'est-il passé dans la tête de me consulter sur tout cela, & de choisir pour arbitre d'une dispute si abstraite & si subtile, un juge aussi terrestre ?

LE MARQUIS.

C'est que, malgré ton étourderie, ta légéreté & ton inconséquence, je t'aime & ne puis me défendre de te confier tout ce qui m'intéresse.

LE CHEVALIER.

Oui; mais qu'attends-tu de moi ?

LE MARQUIS.

Que tu parles à Célie, que tu lui fasses entendre raison. Elle a de l'amitié pour toi, elle te croira peut-être : d'ailleurs un conseil désintéressé persuade toujours mieux.

LE CHEVALIER.

Fort bien ; elle me dira qu'elle ne t'aime plus, & moi je lui soutiendrai le contraire, & je le lui prouverai. Oh ! si ce n'est que cela, rien n'est plus aisé.

LE MARQUIS.

Elle te répétera cent fois qu'elle n'a jamais aimé que moi ; qu'elle m'aime mieux que jamais ; mais qu'elle craint que ce ne soit qu'un simple sentiment de préférence, qu'une amitié déguisée sous le nom de l'amour ; que c'est une passion qu'elle cherche au fond de son ame pour celui dont elle veut faire son amant & son époux. De quoi ris-tu ?

LE CHEVALIER.

Ma foi, mon ami, je t'en demande pardon ; mais c'est de toi, de ton emphase & de ton éloquence. Quelles diables de rêveries me débites-tu-là : je veux mourir ſi j'y comprends rien. Mon pauvre Marquis, la tête te tourne tout-à-fait. Célie eſt jeune, belle, aimable ; mais précieuſe & métaphyſicienne à l'excès. Son cœur eſt ſans ceſſe la dupe de ſon eſprit ; elle ſe perd dans ſes vains raiſonnemens. A force de diſſerter ſur les paſſions, & de s'en exagérer les effets, elle confond l'illuſion avec la vérité, & ne peut plus ſéparer l'une de l'autre. Cette folie te gagne, je t'en avertis, prends-y garde.

LE MARQUIS.

On voit bien que tu n'as jamais aimé.

LE CHEVALIER.

Ah ! ce reproche eſt injuſte ; peux-tu le croire, toi, l'unique confident de la ſeule paſſion que j'aie eue dans ma vie ?

LE MARQUIS.

Pour Lucinde ? ah ! ſi tu appelles cela une paſſion ! ....

LE CHEVALIER.

Je ne ſais pas quel autre nom je dois donner

à un ſentiment très-vif, qui m'occupoit uniquement, & qui, je le ſens, dureroit encore ſans l'ingratitude dont il a été payé.

LE MARQUIS.

Quand on vous offroit de l'amitié, qu'on vous témoignoit un intérêt fort tendre, vous avez rompu bruſquement : c'eſt votre faute.

LE CHEVALIER.

J'ai eu tort, étant amoureux à perdre la tête, de demander de l'amour ; enfin, graces au Ciel, l'abſence & le temps m'ont bien guéri, & je pourrois à préſent la revoir ſans danger.

LE MARQUIS.

Tant mieux pour toi : car elle eſt ici.

LE CHEVALIER.

Comment ! elle eſt ici ?

LE MARQUIS.

Oui, elle eſt ici ; te voilà tout intrigué !

LE CHEVALIER.

Cette amitié pour Célie a donc fort augmenté ?

LE MARQUIS.

Elles sont devenues inséparables.

LE CHEVALIER.

Je t'avoue naturellement que je la reverrai avec une sorte de peine. Elle ne me rappellera pas des souvenirs agréables ; le rôle qu'elle m'a fait jouer m'humilie encore, quand j'y pense.

LE MARQUIS.

Je crois que dans le temps de ta plus grande passion, elle a plus piqué ta vanité qu'elle n'a touché ton cœur.

LE CHEVALIER.

Dis-moi ; elle est toujours la même, charmante quand elle veut plaire, distraite quand rien ne l'intéresse, capricieuse, inégale ?

LE MARQUIS.

Tout comme tu l'as laissée, avec du naturel & l'air de la franchise, difficile à bien connoître ; un mélange singulier de coquetterie, de fierté, de misantropie, de sensibilité ; il semble que le fond de son caractère soit un secret qu'elle ne veut dévoiler à personne ; au reste, toujours constamment aimable pour ses amis, froide & dédaigneuse pour les indifférens, de la gaieté, de la finesse, sûre dans la société, toutes les vertus essentielles & toutes les graces desirables.

LE CHEVALIER.

Avec cela une manière piquante, qui n'appartient qu'à elle : & sa figure ?....

LE MARQUIS.

Tu te flattes peut-être que deux ans de plus l'ont enlaidie : mais je te déclare qu'elle est plus jolie que jamais.

LE CHEVALIER.

Une taille légère, élégante, un sourire si fin, des yeux si doux, si trompeurs : & elle est toujours insensible ?

LE MARQUIS.

Ennemie déclarée de l'amour.

LE CHEVALIER.

Quelle folie ! Oh ! elle en reviendra.... Cela

est singulier ; je suis persuadé que je ne ressentirai pas la plus petite émotion en la revoyant.

LE MARQUIS.

Bon : tu ne l'as jamais aimée ?

LE CHEVALIER.

Ah, Dieu ! je ne l'ai jamais aimée. Elle avoit changé mon caractère ; j'avois tout quitté pour elle, mes sociétés, le monde, la dissipation ; elle me faisoit oublier l'univers ; je n'y voyois qu'elle, enfin je n'étois plus le même. Mais ce que je ne lui pardonnerai jamais, c'est la coquetterie qu'elle a employée avec moi.

LE MARQUIS.

Quand j'y pense, je suis surpris qu'elle n'ait pas eu du goût pour toi ; vous vous conveniez parfaitement : mais à présent que vous voilà tous les deux dans les mêmes dispositions, n'ayant de l'amour ni l'un ni l'autre, vous vous prendrez peut-être d'amitié ; que sait-on ?

LE CHEVALIER.

Oh ! par exemple, jamais, jamais.... Ce n'est

pas l'amour méprisé qui finit par se changer en un sentiment si doux ! . . . .

LE MARQUIS.

Revenons à ce qui m'intéresse. Promettez-moi, mon cher Chevalier, d'employer tout le crédit que vous avez sur Célie.

LE CHEVALIER.

Je ne vous réponds pas du succès : mais vous ne devez pas douter du zéle. A ne vous rien cacher, je trouve mon voyage assez inutile ; ce n'est pas la première fois que tu m'as fait faire de pareilles équipées, j'y suis toujours pris. Le style de ta lettre étoit si pressant, que j'ai cru qu'il ne s'agissoit de rien moins que d'une affaire où ta vie & ton honneur étoient intéressés. Tu m'arraches d'une société charmante ; tu me fais faire quarante lieues en douze heures, & tout cela pour venir en poste donner un conseil à ta Maîtresse, qui ne servira sûrement qu'à me brouiller avec elle.

LE MARQUIS.

J'en espère beaucoup ; je te connois, & je

sais toutes les ressources de ton esprit, quand tu veux les employer.

LE CHEVALIER.

Célie, dans un langage que je n'entends point, va me faire un pompeux étalage de sentimens & de raisonnemens que je comprendrai moins encore. Que veux-tu que je réponde?

LE MARQUIS.

Paix. J'entends du bruit: c'est Célie peut-être. Justement c'est elle. Adieu, mon ami; saisis l'occasion: tâche de la faire expliquer, de lire au fond de son ame, & de triompher de ses vaines délicatesses. (*Il sort.*)

LE CHEVALIER.

Cela est excellent. Que lui dirai-je? Écoute donc, Marquis.... Il m'échappe.... En vérité, je crois qu'il est fou. Me voilà chargé d'une belle commission!

SCÈNE II.

LE CHEVALIER, CÉLIE.

CÉLIE.

J'APPRENDS dans l'instant, que vous êtes ici, Chevalier; quel heureux hasard vous amène?

LE CHEVALIER.

Sûrement, Madame, vous ne croyez pas que ce soit le hasard?

CÉLIE.

A vous dire le vrai, je ne le pense pas. Je suis persuadée que c'est le Marquis qui vous a écrit que votre présence étoit nécessaire ici: soyez de bonne-foi.

LE CHEVALIER.

Eh bien, Madame, je l'avoue; il a voulu que je fusse témoin de son bonheur.

CÉLIE.

Dites qu'il avoit besoin de son ami, pour se plaindre à lui des peines que lui cause l'amour.

Hélas ! il a raison, je le sens; mais par une fatalité inconcevable, je fais son malheur : j'en gémis & j'y suis entraînée.

LE CHEVALIER.

Oserois-je espérer que vous voudrez bien m'expliquer cette étrange énigme ?

CÉLIE.

Volontiers. J'ai une fortune considérable; je jouis d'une réputation que j'ose croire sans tache; le nom que je porte ne doit pas me faire desirer d'en changer. J'ai vingt-quatre ans; je suis maîtresse absolue de ma destinée. Dites-moi, avec tous ces avantages, si précieux & si difficilement réunis, qui est-ce qui pourroit me déterminer à chercher un autre sort & à sacrifier ma liberté ?

LE CHEVALIER.

Un goût très-vif, de l'amour....

CÉLIE.

Vous en convenez; il me faut l'excuse d'une grande passion, ou je ne puis, sans folie, songer à me remarier. Mais qu'il est difficile de connoître son cœur, & qu'il est aisé de se méprendre aux mouvemens qu'il éprouve! Quelquefois l'amour se déguise sous le nom de l'amitié, & l'amitié souvent prend le nom de l'amour. Je suis mécontente de moi-même; je suis effrayée du calme & de la tranquillité de mon ame; je crains de céder à l'impression foible & momentanée d'une froide reconnoissance. J'inspire une passion véritable au plus honnête de tous les hommes: il me seroit affreux de le tromper en m'abusant la première, & de faire son malheur en me rendant coupable.

LE CHEVALIER, *à part.*

Ah! nous y voilà. (*Haut.*) Mais peut-être vous faites-vous de l'amour une idée trop romanesque; c'est une passion qui s'accommode au caractère, & l'emportement & la violence n'en sont pas toujours les preuves les plus sûres.

CÉLIE.

Ah, Chevalier! puis-je vous croire, vous

qui n'avez jamais aimé ? Mais voyez votre ami ; voyez l'agitation qu'il éprouve ; cette crainte qu'il a de me perdre, ce plaisir toujours vif qu'il trouve à me voir, son inquiétude, sa délicatesse, sa jalousie ; ah ! voilà, voilà les symptômes de l'amour. En comparant cette manière d'aimer avec la mienne, que je me trouve ingrate & froide ! Chaque preuve de sa passion est un reproche pour moi. Que seroit-ce, grand Dieu ! si des nœuds éternels ?..... Non, non, ce n'est point mon ami, c'est mon amant que je veux épouser.

LE CHEVALIER, *à part.*

Elle est tout-à-fait folle. Mais flattons sa manie. (*Haut.*) J'avoue, Madame, que votre situation est extrêmement délicate. Cependant je doute que vous ayiez bien interrogé votre cœur sur toutes les choses qui pourroient vous éclairer ; c'est un examen nécessaire, & qui se réduit à peu de points. Préférez-vous véritablement le Marquis à tout ce que vous connoissez ?

CÉLIE.

Oh! cela assurément.... Mais une préférence n'est pas de l'amour.

LE CHEVALIER.

C'est toujours un degré.... Et quand vous le voyez?

CÉLIE.

Je le vois avec plaisir, mais sans trouble.

LE CHEVALIER.

C'est l'effet de l'habitude. S'il est absent, le regrettez-vous?

CÉLIE.

Sans doute. J'y pense; je m'en occupe; je desire son retour: mais pour de l'agitation, de vives inquiétudes, hélas! je ne sais ce que c'est.

LE CHEVALIER.

Allez, Madame, vous avez tout ce qui caractérise une passion véritable, & j'en répondrois.

CÉLIE.

Ah, Chevalier! vous me flattez.

LE CHEVALIER.

Trouvez-moi dans le monde une femme qui ſache aimer mieux que vous ; je n'ai jamais eu, pour moi, le bonheur d'en rencontrer.

CÉLIE.

Mais je ne veux point aimer comme on aime communément.

LE CHEVALIER.

Où donc avez-vous pris votre modèle & l'idée que vous vous formez de l'amour ?

CÉLIE.

Dans mon cœur, dans une imagination très-vive, qui m'a donnée de l'amour une idée ſi délicate & ſi tendre, que j'ai bien ſenti que tout le bonheur de la vie eſt attaché à l'éprouver.

LE CHEVALIER.

Des lectures romaneſques, des pièces de théâtre n'auroient-elles pas contribué à enflammer votre imagination, & fait naître ces idées ſublimes ? Il ſeroit dangereux de prendre un ſyſtême pour un ſentiment.

CÉLIE.

Non, cette manière de penser est née avec moi, & la réflexion n'a fait que la fortifier.

LE CHEVALIER.

Si c'est une passion d'héroïne qu'il vous faut absolument, peut-être êtes-vous loin encore de la perfection nécessaire. Je conviens que votre amour n'a rien de tragique: mais pour un amour de société....

CÉLIE.

Voilà comme vous êtes: une plaisanterie vous tire d'affaire, quand vous n'avez pas de bonnes raisons à donner.

LE CHEVALIER.

Toutes mes raisons sont au fond de votre ame: c'est elle que je prends pour juge.

CÉLIE.

Eh bien, Chevalier, je vous charge de dire au Marquis que je lui demande encore huit jours pour me consulter. Ce délai sera le dernier, je le promets; assurez-l'en de ma part, & faites qu'il y consente sans humeur.

LE CHEVALIER.

Sans humeur, j'en réponds: mais sans peine, vous ne l'espérez pas!

CÉLIE.

J'exige encore une chose, & je l'exige absolument; c'est que pendant ces huit jours qu'il m'accordera, il ne me parle ni de son amour ni de ses espérances, & qu'il se réduise aux soins & aux expressions de la simple amitié. Ses plaintes, ses instances, ses protestations, m'ôtent la liberté de réfléchir & d'examiner mon cœur sans prévention; enfin il m'est important de pouvoir m'éprouver moi-même, & de n'être ni contrainte par l'importunité, ni séduite par la pitié.

LE CHEVALIER.

Eh quoi, Madame, n'adoucirez-vous pas un arrêt si cruel?

CÉLIE.

Rien ne peut changer cette résolution. Adieu, mon cher Chevalier. Le Marquis, sans doute, va revenir vous chercher, je vous laisse la liberté de l'entretenir sans contrainte. (*Elle sort.*)

SCÈNE III.

LE CHEVALIER, *seul.*

JE n'en reviens pas; avec de l'esprit, de la raison, joindre tant d'extravagances! Car, quel autre nom donner à toutes ces vaines subtilités? Où diable me suis-je fourré? Mais il n'y a qu'à partir. Rien ne me retient: j'ai satisfait à l'amitié au-delà de ce que je devois. Allons, je vais partir: voilà qui est décidé. Que ferois-je ici? Cette Lucinde.... aussi-bien je ne veux pas la revoir. Elle sera piquée, quand elle saura que je ne m'en suis pas soucié. Allons, allons. (*Il fait quelques pas pour s'en aller. Lucinde arrive de l'autre côté, & ils se trouvent vis-à-vis l'un de l'autre.*)

Sur la fin de cette scène, le Marquis paroît dans le fond du Théâtre: & voyant Lucinde avec le Chevalier, il se retire avec des signes d'impatience.

SCÈNE IV

LE CHEVALIER, LUCINDE.

LE CHEVALIER.

EH, mon Dieu, Madame.... Quoi! c'est vous?

LUCINDE.

Je cherchois Célie: on m'avoit dit qu'elle étoit ici.

LE CHEVALIER.

Je suis bien heureux que vous l'ayez cru.

LUCINDE, *du ton le plus dédaigneux.*

Le temps ne vous a point changé, vous êtes toujours aussi galant....

LE CHEVALIER.

Pardonnez-moi, Madame, le temps m'a beaucoup changé.

LUCINDE.

N'est-ce pas un compliment à vous faire, & sur-tout à vos amis?

LE CHEVALIER.

Puis-je espérer que vous êtes du nombre?

LUCINDE.

Vous l'avez si bien mérité?

LE CHEVALIER.

Est-ce un reproche?

LUCINDE.

On fait un reproche à ce qu'on aime, &.....

LE CHEVALIER.

N'achevez pas, je devine votre pensée.

LUCINDE.

Vous êtes si pénétrant!

LE CHEVALIER.

Je ne l'ai pas toujours été.

LUCINDE.

Est-il possible?

LE CHEVALIER.

Autrefois je croyois simplement aux apparences: j'ai long-temps été la dupe de ma crédulité, & je la dois regretter, puisqu'avec elle j'ai perdu le bonheur de ma vie : mais enfin le voile est tombé, & l'illusion est détruite à jamais.

LUCINDE.

Je vous en félicite. Mais à propos de quoi me contez-vous tout cela ?

LE CHEVALIER.

Je ne sais ; c'est un moment de confiance dont je n'ai pu me défendre.

LUCINDE.

Cette confiance est bien flatteuse, & j'en connois tout le prix. Je ne suis point ingrate, & je rends justice aux sentimens qu'on a pour moi.

LE CHEVALIER.

Le temps vous a donc aussi changée ?

LUCINDE.

Non, je suis toujours la même. Mais permettez que je vous quitte, il faut absolument que je trouve Célie.

LE CHEVALIER.

Adieu, Madame ; n'avez-vous point de commissions à donner pour Paris ?

LUCINDE.

Comment ! vous partez ?

LE CHEVALIER.

Oui, Madame, je pars dans l'inſtant.

LUCINDE.

Dans l'inſtant : cela eſt prompt.

LE CHEVALIER.

Peut-être ai-je tardé trop long-temps.

LUCINDE.

C'eſt avoir une vive impatience de nous quitter.

LE CHEVALIER.

J'en ai de juſtes raiſons.

LUCINDE.

Seroit-ce une indiſcrétion de vous les demander ?

LE CHEVALIER.

Vous ne les devinez pas ?

LUCINDE.

Nullement. (*à part.*) Je crois pourtant l'entendre.

LE CHEVALIER.

Je n'en suis pas surpris ; vous n'avez jamais aimé, & vous ne savez pas combien l'absence est rigoureuse.

LUCINDE, *à part.*

Je n'y suis plus. Que veut-il dire ? (*Haut.*) Eh bien, Monsieur ?

LE CHEVALIER.

Eh bien, Madame, ici j'en éprouve toutes les peines.

LUCINDE, *à part.*

Quelle étoit mon erreur ! (*Haut.*) Partez donc sans différer. Mais auparavant, dites-moi, de grace, pourquoi vous m'accusez de n'avoir jamais aimé ? Je voudrois savoir quelle est l'idée qui vous le persuade.

LE CHEVALIER.

J'ai tort, il est vrai ; & la preuve que je croyois en avoir, cette preuve, je le sens, ne vaut rien.

LUCINDE.

Souvent ce que la vanité nomme une preuve

n'en eſt point une. La preuve, dites-vous.... Cette expreſſion eſt plaiſante, vous en conviendrez. Il eſt doux de pouvoir ſe dire, je n'ai pas réuſſi : mais par-là j'ai la preuve, que nul autre du moins ne pourra ſe flatter du ſuccès. Cette idée renferme une opinion de ſoi-même, précieuſe à conſerver. Gardez-la toujours : c'eſt une recette conſolante pour les petites diſgraces qu'on peut éprouver.

LE CHEVALIER.

Je vous entends, Madame, je vous entends à merveille. Oui, le cœur, comme l'eſprit, a ſes caprices ; il ſe refuſe & ſe donne ſans raiſon, & ſouvent à la réſiſtance la plus ſévère & la plus injuſte, ſuccède le choix le plus prompt & le plus bizarre.

LUCINDE.

J'admire les reſſources de votre amour-propre, & le tour ingénieux que vous ſavez donner aux choſes qui pourroient le bleſſer. Vous avez de grands talens pour le ſiècle où nous vivons, & vous en deviendrez le héros ; du moins cela doit être.

LE CHEVALIER.

Je ſais me connoître, Madame, & borner mon ambition. Il y a des conquêtes auxquelles je ne prétends plus; par exemple, j'ai renoncé abſolument à la gloire chimérique de ſéduire & de toucher une coquette. Je ſens combien ce triomphe ſeroit brillant; mais j'en cherche un plus ſûr & plus doux, celui de régner ſur un cœur ſimple & ſans art, un cœur ſenſible & reconnoiſſant, un cœur enfin qui ſache aimer.

LUCINDE.

Vous m'amuſez infiniment, & je ſuis preſque fâchée que vous partiez ſi-tôt.

LE CHEVALIER.

Ce regret me charme. Sans doute il eſt affreux de s'arracher du ſéjour que vous habitez: cependant je ſerai capable de cet effort ſublime.

LUCINDE.

L'ironie vous va moins bien que le dépit: vous avez toujours beaucoup de graces; mais réellement le dépit est ce qui vous sied le mieux.

LE CHEVALIER.

Qui, moi, du dépit ? Ah ! le trait est charmant ! Comment, vous le croyez ?

LUCINDE.

Eh mais ! assurément. Et ne voyez-vous pas que depuis une heure je m'en divertis.

LE CHEVALIER.

En ce cas, c'est une erreur qui vous amuse : je vous le déclare.

LUCINDE.

Vous voilà presqu'en colère. Étrange chose que l'amour-propre des hommes ! Adieu, Chevalier. Vous venez de me donner une scène charmante ; vous êtes plus aimable que jamais, & véritablement très-bon à rencontrer. (*Elle sort.*)

SCÈNE V.

LE CHEVALIER, *seul.*

JE demeure pétrifié. Quel orgueil ! quelle présomption ! Ah ! elle vient de m'inspirer le desir de l'humilier, & de me venger. Hélas ! j'en étois bien éloigné ; & mon premier mouvement, en la voyant, n'a été qu'un sentiment de plaisir & d'intérêt : & voilà comme elle me traite !.... Tout ce qu'elle a trouvé de piquant à me dire.... Ah ! je suis outré.... Toutes mes idées sont brouillées, je ne sais plus où j'en suis..... Allons, il faut partir : oui, il le faut..... Mais je voudrois la revoir encore, pour lui dire tout ce que je pense : la revoir !..... Non, non, arrachons-nous d'ici. (*Il veut sortir ; le Marquis arrive, & l'arrête.*

SCÈNE VI.

LE MARQUIS, LE CHEVALIER.

LE MARQUIS.

ENFIN Lucinde est partie. Eh bien, mon cher Chevalier, que t'a dit Célie? Quel est le résultat de votre entretien? As-tu vaincu sa délicatesse? Que dois-je espérer, réponds-moi donc?

LE CHEVALIER, *avec une extrême distraction.*

Célie vous aime; oui, vous êtes aimé. Mais elle exige, elle veut.... elle m'a chargé de te l'annoncer.

LE MARQUIS.

Mais à qui en as-tu? Aurois-tu de mauvaises nouvelles à me dire? Ton air embarrassé, distrait, me le fait craindre; de grace, explique-toi?

LE CHEVALIER, *revenant à lui.*

Ma foi, tout ce que je vois ici me paroît si ridicule & si singulier, que je suis tenté de croire que c'est un songe. Que veux-tu que je te dise?

Célie t'aime, mais elle a des craintes insurmontables; elle est touchée de ton amour; elle est sensible à ta passion, & elle t'ordonne de ne lui en parler de huit jours, de te réduire pendant ce temps aux simples soins de l'amitié.... Tout cela, mon ami, manège de femme, coquetterie déguisée, voilà comme elles sont toutes. Nous tourmenter, nous affliger, nous désespérer, c'est à quoi se réduisent ces feintes délicatesses, dont nous sommes si souvent la dupe.... Oh! je les connois bien, les femmes.... Mais j'ai fait ta commission: je me suis acquitté de celle de Célie.... Adieu, Marquis, sois heureux, s'il est possible. Je n'ai qu'un conseil à te donner; c'est de suivre si bien l'ordre de ta Maîtresse, que pendant les huit jours prescrits, il ne t'échappe pas un seul mot d'amour: tu verras, mon ami, comment l'amour-propre & le dépit te la rameneront.

LE MARQUIS.

Tu la connois mal; non, Célie n'est point coquette; mais je suivrai tes avis; ma froideur apparente pourra peut-être lui faire sentir qu'elle n'aime mieux qu'elle ne l'imagine & qu'elle ne l'espère. Et toi, mon cher Chevalier, accorde encore à l'amitié deux jours seulement, je t'en conjure.

LE CHEVALIER, *impétueusement.*

Qui, moi? Non, je veux partir aujourd'hui, & dans cet instant même. Je suis désolé de te refuser: mais je ne te suis bon à rien, & je me déplais ici... je m'y déplais mortellement.

LE MARQUIS.

Je t'avoue que je n'en vois pas bien les raisons.

LE CHEVALIER.

Ces deux femmes me sont insupportables.... Toi, Marquis, tu vois tout en beau: sensibilité, franchise, délicatesse, voilà les chimères qui te séduisent: & moi, fausseté, artifice & coquetterie, voilà, mon ami, la réalité qui me choque & me révolte.

LE MARQUIS.

Tu parles avec un feu, une action.... je ne puis m'empêcher de rire de cette espèce de colère.

LE CHEVALIER.

Oui, en effet, cela est plaisant.... Mais sérieusement, je vais donner mes ordres pour mon départ.

LE MARQUIS.

Écoute donc, Chevalier, j'ai encore mille choses à te demander sur ton entretien avec Célie.

LE CHEVALIER.

Viens, je te répondrai pendant qu'on mettra mes chevaux. (*Ils sortent.*)

Fin du premier Acte.

ACTE II.

SCÈNE PREMIÈRE.

LUCINDE, ROSE.

LUCINDE.

IL n'est pas encore parti ?

ROSE.

Non, Madame ; mais on charge sa chaise, & ses chevaux sont mis.

LUCINDE.

Et le Marquis le sait-il ?

ROSE.

Je l'ignore.

LUCINDE.

C'est moi qui le fais fuir.

ROSE.

Vous qu'il aimoit tant.

LUCINDE.

Ah ! je n'ai jamais cru à son amour ; mais à présent je crois bien à son aversion.

ROSE.

ROSE.

Comment, Madame, il pourroit vous haïr?

LUCINDE.

Oui, je suis sûre qu'il me hait.... Mais n'entends-je pas le bruit d'une voiture?.... C'est lui sûrement qui part. Voyez, Rose?.... Non, restez.... restez. Cela m'est égal; qu'il parte, qu'il demeure, que m'importe! (*Elle s'approche d'un fauteuil, & s'assied.*)

ROSE, *s'approchant.*

Mon Dieu, comme Madame pâlit!

LUCINDE, *avec un ris forcé.*

Êtes-vous folle? je ne me suis jamais si bien portée; je n'ai jamais été plus gaie qu'aujourd'hui. Je n'ai pas besoin de vous; laissez-moi seule.

ROSE.

Mais si Madame alloit se trouver mal!

LUCINDE.

Vous m'impatientez, à la fin, avec vos visions; sortez, vous dis-je: laissez-moi.

ROSE, *en s'en allant.*

A qui en a-t-elle? (*au moment où Rose sort, le Marquis arrive précipitamment.*)

SCÈNE II.

LE MARQUIS, LUCINDE.

LE MARQUIS.

ENFIN il nous reste : il l'a presque promis.

LUCINDE, *se levant.*

Qui donc?

LE MARQUIS.

Le Chevalier.

LUCINDE.

C'est-là ce qui vous transporte?

LE MARQUIS.

Assurément.... Mais j'oubliois à qui je parle.

LUCINDE.

Pourquoi? c'est votre ami; c'est un titre qui lui reste auprès de moi : c'est le seul qu'il ait conservé.

LE MARQUIS.

Ma chère Lucinde, vous n'avez jamais été injuste que pour lui. Mais, n'en parlons plus, cet entretien vous déplaît.

LUCINDE.

Dites-moi : il s'est donc bien fait prier ?

LE MARQUIS.

Oh ! il ne s'est pas encore tout-à-fait rendu ; je l'ai laissé avec Célie, qui le presse d'une manière qui le forcera sûrement à rester : & comme j'avois à vous parler....

LUCINDE.

En vérité, Célie est bien bonne. Voilà comme on vous gâte tous. Ces choses-là m'indignent au dernier point. Le joli rôle à jouer pour une femme ! D'ailleurs sa résistance à lui est d'une impolitesse qui n'a point d'exemple. Je crois que vous ne chercherez pas à l'excuser là-dessus ?

LE MARQUIS.

Mais il fait peut-être un fort grand sacrifice en restant ici : que savez-vous ?

LUCINDE.

Ah ! cela est différent. En effet, s'il vous l'a dit, si cela est vrai, je serois moins choquée de sa conduite. Mais pour rendre son procédé supportable, il faut qu'il ait des raisons bien intéressantes.... des raisons de cœur.... ce qui n'est guère vraisemblable. Au reste, vous devez le savoir, & dans ce cas, je le blâmerois beaucoup moins.

LE MARQUIS.

De tels motifs pourroient-ils trouver grace à vos yeux ? J'aurois peine à le croire. Mais parlons de Célie : vous savez ses nouvelles rigueurs.

LUCINDE.

Elle m'a fait part de sa résolution ; je l'ai blâmée, & cependant je vous conseille d'y souscrire.

LE MARQUIS.

Mais songez-vous combien il va m'en coûter ?

LUCINDE.

Elle l'exige, c'est à vous d'obéir.

LE MARQUIS.

J'ai déjà commencé; je viens de paſſer un quart-d'heure avec elle, & je n'ai pas dit un mot de mon amour.

LUCINDE.

Pendant un quart-d'heure! quel effort! Cela eſt héroïque.

LE MARQUIS.

Convenez du moins qu'elle eſt d'un caractère bien ſingulier, & qu'il faut toute la patience d'un amant pour y tenir.

LUCINDE.

Ah! cela, je l'avoue; & jugez ſi je l'approuve; puiſque je ſuis perſuadée que le plus grand malheur qui puiſſe arriver, eſt d'épouſer la perſonne qu'on aime paſſionnément.

LE MARQUIS.

Ah! voilà une idée tout auſſi extraordinaire dans un autre genre. En vérité, il faut venir ici pour entendre des choſes tout-à-fait neuves. Le plus grand malheur qui puiſſe arriver, eſt d'épouser la personne qu'on aime passionnément! Quel est donc le plus grand bonheur?

LUCINDE.

De se guérir; oui, Monsieur, vous avez beau vous moquer; je le pense, & de très-bonne-foi.

LE MARQUIS.

Quoi! vous, par exemple, veuve & libre, si vous aimiez, si vous étiez aimée, vous chercheriez à vous guérir: mais c'est de la folie.

LUCINDE.

Si je n'avois qu'un sentiment foible & doux, j'y céderois; si j'avois une passion violente, je ne négligerois rien pour en triompher.

LE MARQUIS.

Je vous prie de m'expliquer cela; j'avoue que je m'y perds.

LUCINDE.

L'amour, quand il est extrême, est le plus grand tourment de la vie. L'inquiétude & la jalousie l'accompagnent nécessairement; rien alors ne satisfait le cœur; tout le trouble, un rien le déchire & le déſeſpère. D'ailleurs, la partie entre nous n'eſt pas égale ; tout l'avantage eſt du côté des hommes ; nous ſommes toujours ſûres d'être dupes en aimant [illegible] ment ; un retour parfait eſt une chimère, & l'homme le plus fidèle, s'il eſt de bonne-foi, n'oſera le promettre. Je veux, pour m'attacher, une ame qui reſſemble à la mienne. Je veux qu'elle ait la même ſenſibilité, les mêmes principes, les mêmes vertus, les mêmes préjugés. L'amour ne peut m'offrir des avantages ſi précieux ; ainſi je me borne à l'amitié ; elle me dédommage, elle me ſatisfait, ſans m'agiter, & ſuffit à mon bonheur.

LE MARQUIS.

Suivant ce ſyſtême, l'amant qui vous plairoit le mieux, ſeroit le plus loin d'être heureux. Ses progrès ruineroient ſes affaires ; & ſi ſa malheureuſe étoile lui gagnoit tout-à-fait votre cœur, c'eſt alors qu'il ſeroit perdu ſans reſſource.

LUCINDE, *avec embarras.*

Quel tour ridicule vous donnez à ce que je

viens de dire ! Mais au reste, mon raisonnement peut être mauvais, je vous l'abandonne. L'esprit établit facilement un systême que le cœur ne contrarie pas. Vous voyez que je suis de bonne-foi.

LE MARQUIS.

Je suis toujours tenté de douter des choses qu'on affiche, & cette indifférence dont vous faites parade....

LUCINDE.

Pourquoi l'affecterois-je, si je ne l'éprouvois pas ? Je sais que la sensibilité est ce qui sied le mieux à une femme. C'est une grace que votre amour-propre a rendue la plus intéressante de toutes ; c'est un moyen sûr de réussir & de plaire : & si je n'en ai pas au moins pris l'apparence, c'est que je suis encore plus naturelle que coquette.

LE MARQUIS.

Revenons à ce que vous disiez tout-à-l'heure. Convenez que si tous les amans que vous avez maltraités avoient écouté notre entretien, ils auroient pu y trouver quelques ſujets de conſolation : ce pauvre Chevalier, par exemple.....

LUCINDE.

Eh bien ! achevez, dites, dites librement ; vous croyez peut-être que je l'ai aimé.

LE MARQUIS.

Je n'aurois jamais oſé le dire.

LUCINDE.

Ah ! par exemple, voilà une idée qui me charme. Moi, ſoupçonnée d'une paſſion ! Cela eſt véritablement très-plaiſant !.... & vous ne manquerez pas de lui faire part de cette découverte.

LE MARQUIS.

A moins que vous ne me le défendiez.

LUCINDE.

Non, non, vous le pouvez ; je me charge du ſoin de le déſabuſer.

LE MARQUIS.

Cela vous ſera bien difficile, ſi je l'inſtruis de votre façon de penſer. Vos dédains le charmeront : & plus vous aurez de rigueurs, plus il aura lieu de se croire aimé.

LUCINDE.

Ah ! certainement je suis bien loin d'aimer ; je déteste tous les hommes ; je hais sur-tout leur présomption & leur ridicule orgueil : & pour votre ami, je n'en connois point de plus fat.

LE MARQUIS.

Lui, fat ! ah ! vous ne le pensez pas ; c'est peut-être le seul homme à la mode que les succès n'ayent pas gâté.

LUCINDE.

Oui, il n'a pas le maintien d'un fat, il n'en a pas l'expression, mais il en a le caractère.

LE MARQUIS.

Oh ! tenez ; une preuve qu'il n'est pas fat, c'est qu'il n'a jamais pu se persuader qu'il étoit aimé de vous.

LUCINDE.

Il s'est bien rendu justice. Il est certain que j'ai eu de l'amitié pour lui ; il m'intéressoit, il avoit trouvé l'art assez difficile de m'amuser & de m'inspirer une sorte de confiance. Une déclaration vint troubler un commerce où je trouvois des charmes. Je lui ôtai tout espoir ; j'offris mon amitié pour dédommagement, & je ne lui demandois que le sacrifice d'une fantaisie : car c'est le seul nom qu'on puisse donner à l'espèce de sentiment qu'il eut pour moi. Il se plaignit, il partit : j'ai été deux ans sans en entendre parler : & voilà ce que les hommes appellent une grande passion.

LE MARQUIS.

Que savez-vous ? peut-être a-t-il passé à s'affliger & à gémir ces deux années d'absence & d'exil.

LUCINDE, *vivement.*

Oh ! je sais tout le contraire. Elles se sont écoulées pour lui dans les fêtes, les plaisirs & la dissipation.

LE MARQUIS.

Vous vous en êtes donc informée ?

LUCINDE, *avec un extrême embarras.*

Eh ! mon Dieu, n'est-on pas forcé d'écouter

& d'apprendre tous les jours les choſes les moins intéreſſantes ?

LE MARQUIS.

Voici une converſation que je n'oublierai de long-temps ; elle ſera pour moi le ſujet de plus d'une réflexion.

LUCINDE.

Oui, je vous conſeille de méditer ſur toutes les folies que nous venons de dire : cela en vaut bien la peine.

LE MARQUIS.

Des folies !.... belle Lucinde, il y a des momens dans la vie où la perſonne la plus ſpirituelle & la plus fine ſe trahit, ſe décèle, & perd en un quart-d'heure tout le fruit d'une adroite & longue diſſimulation. Le cœur eſt indiſcret ; & quand une fois il a parlé, il eſt bien difficile de tourner en plaiſanterie l'aveu qui lui eſt échappé.

LUCINDE.

Ah ! Marquis, que vous êtes aimable ! Je ne connois rien de meilleur que cette ſcène-ci.

Il eſt à mourir de rire avec ſes idées romaneſques.... Je me garderai bien de chercher à vous en guérir : car il y a de quoi m'amuſer pendant quinze jours. Oui, Marquis, j'ai une paſſion, une paſſion invincible. Vous avez pénétré mon ſecret ; vous êtes un adroit & dangereux obſervateur, & moi une pauvre petite perſonne bien imprudente & bien naïve.... Ah ! de grace, n'abuſez pas de votre ſupériorité, je vous en conjure.

LE MARQUIS.

Oh, je connois toutes les reſſources de votre eſprit ; épargnez-vous la peine de les mettre en uſage. (*à part.*) Ma foi, elle eſt étonnante !

LUCINDE.

J'entends la voix de Célie ; c'eſt elle-même, avec le Chevalier. Nous allons ſavoir s'il daigne nous reſter. (*à part.*) Achevons de dérouter le Marquis.

SCÈNE III.

CÉLIE, LE CHEVALIER, LUCINDE, LE MARQUIS.

(*Célie arrive d'un air triomphant. Le Chevalier lui donne la main. Le Marquis & Lucinde s'éloignent aux deux côtés du Théâtre. Célie se place à côté de Lucinde, & le Chevalier auprès du Marquis.*

CÉLIE.

MARQUIS, je viens recevoir vos remerciemens. Le Chevalier nous reste enfin, j'en ai sa parole.

LE CHEVALIER.

Vos moindres desirs sont des lois, il n'est rien qu'on n'y doive sacrifier.

CÉLIE, *au Marquis.*

Eh bien, êtes-vous content?

LE MARQUIS.

Infiniment, Madame; & le procédé du Chevalier m'enchante d'autant plus, que je ſavois les raiſons qu'il avoit de partir. Il eſt bien doux pour l'amitié de l'emporter ſur elles !

LUCINDE, *bas à Célie.*

Vous voyez comme on vous remercie de la peine que vous vous êtes donnée : on n'y penſe ſeulement pas.

LE MARQUIS, *bas au Chevalier.*

Ah, Chevalier ! je crois avoir fait une délicieuſe découverte en ta faveur.

LE CHEVALIER, *bas.*

Quoi donc ?

LE MARQUIS, *bas.*

Mon ami, l'on t'aime.... J'oſerois preſque en répondre.... Lucinde.... Mais, paix....

LE CHEVALIER.

O Ciel !

CÉLIE, *à Lucinde, pendant que le Chevalier & le Marquis s'entretiennent toujours tout bas.*

Mais concevez-vous que je ne puiſſe en arracher un mot d'honnêteté ?.... Un ſeul mot ! en vérité, cela eſt étrange !

LUCINDE.

Voyez, je vous prie, la politesse avec laquelle ils parlent-là tout bas devant nous. (*à part.*) Ah! je n'imagine que trop ce qu'ils peuvent se dire.

LE MARQUIS, *haut.*

Non, Chevalier, je n'oublierai jamais cette preuve de votre amitié.... Oui, l'amitié est le plus précieux de tous les sentimens, le plus vrai, le plus....

CÉLIE.

Vous avez raison, j'approuve cette façon de penser; c'est la mienne: & pour l'amour, je ne veux plus en entendre parler.

LE MARQUIS, *à part.*

On veut me piquer, c'est bon signe. (*Haut.*) Vous voyez l'empire que vous avez sur moi; vous ne voulez plus connoître que l'amitié, & j'abjure tout autre sentiment.

CÉLIE.

Les amans sont odieux, insupportables; n'en convenez-vous pas?

LUCINDE.

LUCINDE.

Ah ! je le défie de prouver le contraire.

LE MARQUIS, *malicieusement.*

Et vous aussi, belle Lucinde, êtes-vous déchaînée contre l'amour ?

LE CHEVALIER, *quittant sa place, & s'approchant de Lucinde, d'un air tendre & confiant.*

A quoi vous serviroit d'en dire du mal ? C'est la seule chose que vous ne puissiez persuader.

LUCINDE, *en regardant le Marquis.*

Je n'essayerai jamais de tirer d'erreur ni la malignité, (*en regardant le Chevalier*) ni la fatuité ; l'un & l'autre ridicule m'amuse ; & je ne sais pas m'en fâcher.

LE CHEVALIER, *du ton le plus piqué.*

Je comprends peu le sens d'un tel discours ; mais je n'ai pas la curiosité de chercher à l'approfondir. (*Il va reprendre sa première place.*)

LE MARQUIS, *à Célie.*

Vous avez l'air bien rêveur ? .... Vous ne remarquez pas que le Chevalier & Lucinde viennent de se quereller ?

LUCINDE, *vivement.*

Cette expression....

CÉLIE.

Oui, je rêvois... je réfléchissois à l'inconstance des hommes, à leur fausseté, à leur perfidie.

LUCINDE.

Eh, mon Dieu ! ils ne sont qu'inconséquens & vains.

LE MARQUIS.

Et les femmes ?

LE CHEVALIER.

Ne les peignons pas, la revanche seroit trop cruelle.

LUCINDE, *à Celie.*

Sentez-vous le prix de cette générosité ?

CÉLIE, *avec emportement.*

C'en est trop ; sortons.... Venez, Lucinde ; je suis outrée.... (*Au Marquis*). Et vous, Monsieur, je vous défends de paroître jamais à mes yeux.

LE MARQUIS, *l'arrêtant.*

Quel est mon crime ? daignez le dire.

LUCINDE.

En vérité, ce n'est pas de la colère qu'il mérite.

CÉLIE, *au Marquis.*

Laissez-moi, vous dis-je.

LE CHEVALIER.

On m'a retenu pour me rendre témoin d'une jolie scène : mais je vais demander mes chevaux.

LUCINDE.

Vous vous emportez-là à de terribles menaces!

LE CHEVALIER.

Je ne prétends punir personne, mais seulement renoncer à une complaisance qui ne peut être agréable.

LE MARQUIS, *à Célie.*

De grace, Madame....

CÉLIE.

La patience m'échappe à la fin. Cette violence est inouie : elle met le comble à vos procédés.

LE MARQUIS.

Quoi! vous me défendez de vous suivre?

CÉLIE.

C'est le dernier ordre que vous recevrez de moi.

LE MARQUIS.

Dussé-je être la victime de ma soumission ! quand vous commandez, je ne sais qu'obéir.

CÉLIE.

Odieuse fausseté !.... C'est donc ainsi.... Mais il faut mieux se taire. Venez, ma chère Lucinde, venez.

LUCINDE.

Calmez-vous; que ne puis-je vous voir aussi tranquille que moi sur toutes ces petites choses. (*Elles sortent.*)

SCÈNE IV.

LE MARQUIS, LE CHEVALIER.

LE CHEVALIER, *après un moment de ſilence.*

EH bien, Marquis ?

LE MARQUIS.

Eh bien, voilà une ſcène de dépit & de colère ; c'eſt tout ce que je deſirois : à préſent, je me crois aimé, j'en ſuis même ſûr.

LE CHEVALIER.

Je vous félicite de vos ſuccès ; pour moi je pars dans l'inſtant. Adieu.

LE MARQUIS.

Chevalier, un moment. Écoutez-moi ; aimez-vous encore Lucinde ?

LE CHEVALIER.

A quoi bon cette queſtion ?

LE MARQUIS.

Répondez-y de bonne-foi.

LE CHEVALIER.

Je ſuis certain qu'elle me déteſte ; ne l'avez-vous pas vu tout-à-l'heure ?.... Et vos prétendues découvertes ſont des chimères.

LE MARQUIS.

Oui, Chevalier, vous êtes aimé, j'en répondrois. Lucinde, dans un autre genre, eſt tout auſſi romaneſque, tout auſſi métaphyſicienne que Célie ; elle m'a dévoilé ſon ſyſtême : un inſtant de vérité l'a trahie. Si vous euſſiez pu voir ſon trouble, ſon embarras, percer à travers toutes les reſſources que peuvent fournir l'eſprit & l'adreſſe, vous penſeriez comme moi. Reſtez, mon ami, reſtez, je vous en conjure....

LE CHEVALIER, *vivement.*

Eh ! quelle eſt cette fureur, de me retenir malgré moi ? Je veux partir, il le faut. Ceſſez de m'abuſer, & de chercher à me ſéduire par de vaines illuſions. Je ne ſuis plus à moi-même ; ma tête ſe trouble, ma raiſon s'égare. Si vous m'aimez, au lieu de m'arrêter, arrachez-moi d'ici, vous le devez. Par pitié, laiſſez-moi fuir ;

cette maison m'est funeste.... Dans la confusion de mes idées, je ne sais plus quel parti prendre.... Marquis, vous m'avez perdu.

LE MARQUIS.

O Ciel ! dans quelle agitation je vous vois, Chevalier ! Non, vous ne partirez point ; il s'agit de votre bonheur : laissez l'amitié y travailler.

LE CHEVALIER.

Elle me hait, vous dis-je, elle me hait.

LE MARQUIS.

Il faut trouver un moyen qui puisse vous découvrir ses sentimens, & j'y rêve.

LE CHEVALIER.

Ah, mon ami ! ils ne me sont que trop connus. Encore une fois, laissez-moi fuir.... Vous serez tous heureux. Vous voyez l'effet qu'a produit ma présence ; elle a troublé la douceur & le charme de votre société.... Je porte le malheur avec moi.

LE MARQUIS.

Il me vient une idée. Allons-les trouver l'une

& l'autre. Ne parlons plus de départ; cherchons au contraire à les appaiser; cela ne sera pas difficile, & quand on croira que tout est oublié.... Mais, venez, l'on peut nous surprendre ici. Venez, je vous expliquerai mon dessein. Il faut les tromper l'une & l'autre.

LE CHEVALIER.

Mais Lucinde me pardonnera-t-elle?

LE MARQUIS.

Elle aura beau se fâcher; quand une fois vous aurez lu dans son cœur, malgré elle, vous y verrez encore le pardon d'un artifice dont l'amour seul sera la cause.

LE CHEVALIER.

Et si je m'assure davantage de son indifférence, & peut-être de sa haine?

LE MARQUIS.

Ne craignez rien, je suis sûr du contraire.

LE CHEVALIER.

Allons, mon cher Marquis, je m'abandonne à vous. (*Ils sortent.*)

Fin du second Acte.

ACTE III.

SCÈNE PREMIÈRE.

(Le Théâtre change, & représente l'appartement de Lucinde.)

LUCINDE *seule, arrive vis-à-vis d'une table, sur laquelle sont posés deux bougies & quelques livres. Elle tient un livre, & paroît plongée dans une profonde rêverie : après quelques momens de silence.*

JE ne pouvois rester dans le sallon ; je ne puis lire, je ne puis m'occuper ici. Ma distraction me suit par-tout. Que j'ai souffert ! Quelle cruelle journée ! Avec quelle malignité le Marquis m'observe ! Il m'est impossible de soutenir ses regards. Il ne prend même pas le soin de me cacher ses soupçons. N'ai-je pas été témoin de la confidence qu'il m'a faite ! N'ai-je pas vu l'orgueil y croire & en triompher ! Je me flatte cependant de les avoir dissuadés, & je n'en suis pas plus tranquille. Après trois ans d'absence & d'oubli, il arrive, il me retrouve sans me chercher : & le jour même l'espoir renaît dans son cœur ! Dans son cœur ! que dis-je ? ah ! c'est la vanité seule qui l'éclaire... Quand il m'aimoit, trop occupé du sentiment qu'il éprouvoit, l'amour même le trompoit sur les miens. On ose à peine espérer un bien dont on attend le bonheur de sa vie ; on se flatte aisément du succès d'une fantaisie légère.... Ah ! comment lui pardonner sa présomption ? Qui, moi ? l'objet d'un caprice ! Quelle humiliante idée ! J'aimerois cent fois mieux sa haine : oui, la haine est une passion. Il seroit agité ; je l'occuperois du moins d'une manière violente.... O Ciel ! & n'ai-je pas desiré son indifférence ! Ne serai-je jamais d'accord avec moi-même ! Mais qui vient ici me troubler ? Seroit-ce ?.... Hélas ! je ne puis penser qu'à lui, & je ne puis soutenir sa vûe.

SCENE II.

LUCINDE, LE MARQUIS.

LUCINDE, *à part, en voyant le Marquis.*

C'EST le Marquis. Quelle odieuse importunité!

LE MARQUIS.

Madame, pardonnez-moi d'oser troubler votre solitude : mais la nouvelle que je vais vous apprendre vous sera si agréable, qu'elle doit m'excuser auprès de vous.

LUCINDE.

Quoi donc! expliquez-vous?

LE MARQUIS.

J'avoue qu'abusé par ma tendresse pour un ami, j'ai pu me flatter un instant que vous n'étiez pas insensible à sa passion. J'essayai de ranimer son espoir; vous nous avez tantôt cruellement détrompés l'un & l'autre. Applaudissez-vous de votre ouvrage : vous l'avez rendu le plus malheureux de tous les hommes, &

vous ne ſerez plus importunée de ſa préſence & de ſes plaintes.

LUCINDE.

Que voulez-vous dire ?

LE MARQUIS.

Soyez contente, Madame, le Chevalier eſt parti.

LUCINDE.

Il eſt parti ?

LE MARQUIS.

Oui, Madame, il eſt parti.... Célie & moi nous avons fait de vains efforts pour le retenir. Il a ſaiſi le ſeul moyen de vous plaire, qui lui ſoit reſté ; il éloigne de vous un objet odieux ; il n'a pas eu la force de vous dire adieu, & m'a chargé....

LUCINDE.

L'avez-vous vu partir ? Êtes-vous bien sûr ?....

LE MARQUIS.

Je le vois ; vous n'oſez encore vous en flatter ; mais ce doute peut être aiſément éclairci. Toute la maison l'attestera; il ne va point à Paris, il a pris la route de l'Auvergne; il court s'enfermer dans une Terre à deux cents lieues de vous; cette distance suffira-t-elle à votre haine?

LUCINDE.

Il s'ennuyoit, il est parti. Je ne vois rien là d'extraordinaire ni d'intéressant.

LE MARQUIS.

Ah! c'en est trop: du moins soyez juste. Il vous a aimée dès qu'il vous a connue; vous étiez libres l'un & l'autre: il vous a rendue l'arbitre de sa destinée. Vous avez rejeté ses offres, dédaigné son amour. Il prit alors le parti qu'il prend aujourd'hui, celui de l'absence & de l'éloignement: mais ni le temps, ni la dissipation ne purent vous arracher de son cœur. Au bout de trois ans, il vous retrouve: sa fatale passion se rallume avec plus de force que jamais, & c'est dans ce moment que vous l'accablez de l'indifférence la plus rigoureuse, & du mépris le plus affreux. Votre pitié eût adouci ses maux; vous la lui refusez avec une cruauté dont, je l'avoue, je ne vous aurois jamais cru capable : & c'est moi qui suis la cause innocente de ses malheurs; c'est moi qui le rappelle ici ; c'est moi qui cherche à faire naître ses espérances ; je dois me reprocher tous les tourmens qu'il éprouve ! L'amitié est pour lui aussi funeste que l'amour. Je sens combien ces plaintes sont inutiles ; je trouve cependant de la douceur à vous parler de lui, à vous reprocher votre injustice ; vous êtes l'objet qu'il aime le mieux au monde ; malgré votre ingratitude, il semble que ce soit un lien qui m'attache à vous malgré moi.

LUCINDE.

Marquis, je l'avoue, vous me touchez infiniment ; je suis peu sensible aux transports de l'amour, mais l'amitié a des droits puissans sur mon cœur. Celle que vous avez pour le Chevalier m'intéresse, m'attendrit. Vous le voyez, & je ne m'en défends pas. (*Elle tire son mouchoir, & détourne la tête.*) (*A part.*) Ah ! comment lui dérober l'excès de mon trouble !

LE MARQUIS, *à part.*

Le prétexte n'est pas mal-adroit. Mais continuons. (*Haut.*) Ah! Lucinde! Lucinde! quel amant vous avez perdu! De quel bonheur nous aurions pu jouir ici! l'amour & l'amitié auroient enchanté tous les momens de notre vie.

LUCINDE.

Le Chevalier m'oubliera sûrement encore; sa tête est vive & légère; d'ailleurs il emploiera toute sa raison à se guérir. Sans doute il vous l'a bien promis.

LE MARQUIS.

L'expérience l'a trop détrompé pour oser s'en flatter encore.

LUCINDE.

Écoutez-moi, mon cher Marquis; Célie vous aime certainement, il faut la décider aujourd'hui même à vous épouser. Quand vous serez unis, je m'éloignerai: vous rappellerez votre ami, vous le consolerez: vous lui direz.... que je le plains, que son sort m'intéresse vivement; enfin vous adoucirez ses peines, & vous pourrez les lui faire oublier. Allez retrouver Célie: j'irai bientôt vous rejoindre l'un & l'autre.

LE MARQUIS.

Votre ame n'est donc pas inaccessible à la pitié.

LUCINDE.

Je vous laisse voir ma sensibilité; vous devez connoître qu'elle est vraie. Marquis, ce jour qui me prouve toute celle dont votre ame est susceptible, ce jour m'attache à vous pour la vie.

LE MARQUIS.

Hélas ! dans ce moment le malheureux Chevalier s'éloigne & fuit, le désespoir dans le cœur.

LUCINDE.

Allez, Marquis, laissez-moi seule : ma vue ne fait qu'irriter vos regrets : vos reproches m'affligent, laissez-moi.

LE MARQUIS.

Je vous obéis : mais c'est avec une peine extrême que je vous quitte. (*Il lui baise la main. Elle doit paroître attendrie au dernier point. Elle veut parler, s'arrête, & dans ce moment, le Marquis*

Marquis la quitte, sans avoir l'air de remarquer les différens mouvemens dont elle est agitée. Il dit à part en s'en allant.) Courons avertir le Chevalier d'un bonheur dont il n'est plus possible de douter.

SCÈNE III.

LUCINDE, *seule.*

ENFIN me voilà seule, & débarrassée d'une contrainte cruelle! Ah! qu'ai-je fait! Victime d'une fausse délicatesse, j'ai donc sacrifié sans retour le bonheur de toute ma vie. J'ai mérité mon sort, je ne dois pas m'en plaindre; mais le malheureux objet de tant d'injustice, que va-t-il devenir? Quel prix il reçoit d'un amour si tendre & si fidèle! Hélas! qu'il est bien vengé! Je n'ai jamais cessé de l'aimer: oui, je l'aimerai toujours. Eh quoi! tout peut encore se réparer. Je vais écrire.... le rappeller.... je le dois. Mais se démentir, avouer mes bizarreries: je ne puis m'y résoudre; & je le perds, & je me condamne à d'éternels regrets. Quel parti prendre! Que je suis malheureuse! (*Elle se laisse tomber dans un fauteuil, son visage appuyé sur ses deux mains, & caché par son mouchoir.*)

SCÈNE IV.

LUCINDE, LE CHEVALIER.

(*Le Chevalier paroît au fond de la chambre. Il avance doucement, & s'arrête à deux pas de Lucinde, qui ne peut le voir.*)

LE CHEVALIER.

O CIEL! elle pleure & gémit!

(*Lucinde entend du bruit, tourne la tête, apperçoit le Chevalier, fait un cri, se lève & se laisse retomber dans son fauteuil. Le Chevalier se jette à ses pieds.*)

Ah! Lucinde, pardonnerez-vous à l'amant le plus passionné un artifice?....

LUCINDE.

Quoi! vous m'avez trompée? Quoi! vous m'écoutiez?

LE CHEVALIER.

Non, je ne vous ai point écoutée; mais je vous vois, & cet instant est le plus doux de ma vie.

LUCINDE, *à part.*

Il n'a rien entendu.... Je pourrois....(*Elle rêve.*)

LE CHEVALIER.

Vous détournez les yeux, Lucinde. Ah, ma chère Lucinde! Accordez-moi ma grace, ou je vais mourir à vos pieds.

LUCINDE.

Levez-vous. (*A part.*) Je suis jouée; mais du moins je puis me venger, & l'éprouver en même temps.

LE CHEVALIER.

Hélas! je n'ose vous parler, vos regards me troublent, m'intimident.... votre colère m'accable.... O Ciel! j'ai lu dans votre ame, & je suis encore malheureux!

LUCINDE, *à part.*

Quelle présomption! il faut l'en punir.... il faut apprendre à le connoître.

LE CHEVALIER.

Votre silence me désespère....

LUCINDE, *haut.*

Je ne vous fais point de reproches; vous devez sentir vous-même à quel point votre procédé est offensant. Non-seulement vous employez avec moi l'artifice & le mensonge: mais vous épiez les secrets de mon cœur, & vous les découvrez malgré moi. Vous avez vu mon désordre & mes pleurs: il n'est plus temps de dissimuler.

LE CHEVALIER, *voulant encore se jeter à ses pieds.*

Ah, Lucinde! faut-il que ce secret soit arraché! C'est en vous offensant, c'est en me rendant coupable, que je vais vous connoître enfin. Hélas! au milieu des transports qui m'agitent, le regret de ma faute l'emporte sur tout autre sentiment.

LUCINDE.

J'ai une grace à vous demander; c'est de me laisser parler sans m'interrompre. Me le promettez-vous?

LE CHEVALIER.

Vos ordres ſont des lois ſacrées.

LUCINDE.

Écoutez-moi, & n'oubliez pas ma prière. Je ſuis entrée dans le monde avec la prévention la plus déſavantageuſe contre les hommes; elle me fut inſpirée dès mon enfance: les nœuds mal aſſortis qu'on me fit former, fortifièrent encore mon opinion. Devenue libre, je ne la perdis pas. Je mépriſois l'amour, & je fus long-temps ſans le craindre: cette ſécurité me perdit. Sous le voile de l'amitié, l'on ſéduiſit mon cœur & ma raiſon; je connus bientôt toute la tyrannie de la plus violente des paſſions. J'en devins la victime: la jalouſie ſe gliſſa dans mon ame; j'en éprouvai toute l'horreur. Enfin, livrée aux plus affreux tourmens, je tentai de me guérir. Cet eſpoir ſoutint mon courage; mais je l'ai perdu: & ſûre de n'être point aimée, je ſens qu'il faut ou mourir ou parler.

LE CHEVALIER.

Sûre de n'être point aimée!.... Quoi! vous pourriez douter?....

LUCINDE.

Nous ne nous entendons point, Chevalier. Vous avez passé près de trois ans sans me voir, sans me donner de vos nouvelles ; vous m'avez fait entendre aujourd'hui même que vous ne m'aimez plus.

LE CHEVALIER.

Et vous croyez que j'ai pu cesser un instant de vous adorer ?

LUCINDE.

Oui, je le crois ; j'en suis persuadée, & cette idée me console.

LE CHEVALIER.

O Ciel ! & par quelle bisarrerie ?....

LUCINDE.

Ne m'entendrez-vous jamais ! J'aime, j'aime passionnément un ingrat.... Je n'ai point à me plaindre, il ne m'a jamais promis que de l'amitié. Le plus léger retour de sa part feroit mon bonheur ; mais je n'ose l'espérer, & j'ose encore moins me déclarer à lui-même. M'entendez-vous mieux à présent ?

LE CHEVALIER.

Chaque mot que vous prononcez me fait naître une idée nouvelle.... Je commence à ne vous plus entendre, & je ne puis supporter l'obscurité de vos discours. Parlez ; tirez-moi d'un état qui me fait mourir.

LUCINDE, *à part.*

Achevons.... Voyons s'il est véritablement généreux.... S'il est enfin digne de moi.... (*Haut.*) Vous m'avez surprise en pleurs ; vous m'avez arraché mon secret ; vous êtes honnête & sensible. Frémissez de mes malheurs. C'est votre ami que j'aime.

LE CHEVALIER.

Lui ! le Marquis !....

LUCINDE.

Lui-même.

LE CHEVALIER.

Ah, cruelle ! avec quelle barbarie vous avez enfoncé le poignard jusqu'au fond de mon coeur !.... Non, cette fatale confidence n'est qu'un artifice inventé pour me désespérer. Que dis-je ? malheureux ! hélas ! vous l'aimez ! Je n'en suis que trop sûr. Mais pourquoi me choisir pour m'avouer ce fatal secret ?

LUCINDE.

Comme l'ami le plus cher de ce que j'aime. D'ailleurs, je ne vous ai jamais cru pour moi une passion véritable.

LE CHEVALIER.

Ah ! je n'ai jamais cessé de vous aimer. Vainement j'ai voulu me distraire d'un sentiment si cher ; du moins je vous croyois insensible. Comment ai-je pu m'abuser si long-temps ?.... Mais je vais fuir ; je vais m'éloigner à jamais : vous ne me reverrez plus. Pourquoi vous ai-je revue ? Fatal voyage !

LUCINDE.

Vous m'étonnez, je ne vous croyois pas une ame si sensible. Mais enfin, s'il est vrai que vous m'aimiez véritablement, sacrifiez votre bonheur au mien. Songez que vous m'avez surpris mon secret, & que vous ne devez pas en abuser, en m'accablant d'un nouveau malheur.

LE CHEVALIER.

Quoi ! vous ne m'avez jamais aimé ? Et depuis quand cette fatale passion vous occupe-t-elle ?

LUCINDE.

Depuis que j'en connois l'objet.

LE CHEVALIER.

Et Célie ?

LUCINDE.

Je ne me suis liée avec elle d'une manière si intime, que pour mieux m'abreuver du poison qui me tue. Mais concevez-vous le tourment horrible d'avoir toujours sa rivale sous les yeux ; de la voir adorée, d'être en tiers entr'elle & son amant, confidente de l'un & de l'autre, & de renfermer au fond de son ame les passions les plus violentes, l'amour, la haine, la jalousie ; témoigner de l'indifférence à ce que j'adore, & de l'amitié à ce que je déteste ! Voilà depuis deux ans quelle est ma situation.

LE CHEVALIER.

Vous me faites frémir : & dans cet instant, la pitié l'emporte sur les regrets. Parlez, Madame, que faut-il que je fasse ? Qu'exigez-vous de moi ? Je suis prêt d'obéir.

LUCINDE.

Le pourrez-vous ?

LE CHEVALIER.

Oui, j'en fais le serment.

LUCINDE.

Eh bien, parlez pour moi ; expliquez des sentimens que je ne puis avouer sans rougir.

LE CHEVALIER.

O Ciel ! vous voulez que j'apprenne moi-même à mon rival qu'il est aimé ?

LUCINDE.

Me refusez-vous ?

LE CHEVALIER.

Mais, Madame, songez-vous chez qui nous sommes ? Avez-vous oublié quel engagement inviolable & sacré l'unit à Célie ?

LUCINDE.

Elle ne l'aime point : elle vous l'a dit elle-même.

LE CHEVALIER.

Et moi-même, n'ai-je pas dit aujourd'hui que je ne vous aimois plus ?

LUCINDE.

Je ne puis vaincre votre délicateſſe, je le vois ; adieu, Chevalier.

LE CHEVALIER.

Arrêtez, arrêtez. Ah, cruelle ! à quoi me réduiſez-vous ? Du moins prenez pitié de l'état où je ſuis. Conſolez-moi, plaignez-moi, & j'obéirai.

LUCINDE, *à part.*

Dois-je pourſuivre encore ?

LE CHEVALIER.

Vous détournez la vue ! A quel excès vous me haïſſez !

LUCINDE, *à part.*

Que mon trouble eſt extrême ! (*Haut.*) Je vous plains... je... ne puis rien de plus.

LE CHEVALIER.

Adieu, Madame; je vais chercher le Marquis, & travailler à votre bonheur. Quand il saura qu'il est aimé, vous n'aurez plus de rivale, & moi, je n'aurai plus d'ami. Adieu; puissiez-vous être heureuse! Adieu. (*Le Marquis arrive, & l'arrête.*)

SCÈNE V.

LUCINDE, LE CHEVALIER, LE MARQUIS.

LE MARQUIS.

OU courez-vous, Chevalier?

LE CHEVALIER.

Vous m'avez retenu malgré moi: vous saviez sans doute le sort qui m'attendoit... Oui, je suis trop malheureux, pour n'être pas encore trahi par l'amitié. Oubliez un rival infortuné; connoissez votre bonheur: il doit vous être assez doux de l'apprendre par moi. Appréciez-le; jouissez-en, s'il en est dans le sein de la plus noire ingratitude. (*Il veut sortir.*)

LUCINDE.

Arrêtez.

LE CHEVALIER, *s'arrête un instant, & sort avec impétuosité.*

LE MARQUIS, *à part.*

Voilà, je l'avoue, une scène qui me surprend, mais elle ne peut m'en imposer. (*Haut à Lucinde*). Vous avez beau faire, il ne partira pas aujourd'hui; j'y ai mis ordre, & il ne trouvera ni chevaux, ni voiture.

LUCINDE, *à part.*

Ah! je suis rassurée. (*Ils gardent, l'un & l'autre, quelques momens le silence.*

LE MARQUIS.

Eh bien, Madame, votre passion pour moi a donc enfin éclaté. A vous dire le vrai, je m'en étois toujours un peu douté. Il n'y a qu'une chose qui m'étonne, c'est le Confident que vous avez choisi. Mais c'est un triomphe de plus que vous avez voulu me procurer, en humiliant mon rival. Je sens toute la délicatesse de ce procédé, & m'a reconnoiſſance m'en rend digne. Votre manière d'aimer me touche, me pénetre, & me fixe enfin. Célie eſt plus incertaine que jamais ; moi, je me décide : &, charmante Lucinde, c'eſt pour vous. Vous ne répondez rien ? Ce ſilence a de quoi me ſurprendre.

LUCINDE.

Dites-moi, Marquis ; croyez-vous que je puiſſe vous pardonner jamais le tour que vous m'avez joué ce ſoir ?

LE MARQUIS.

Et c'eſt le moment que vous avez choiſi pour faire l'aveu de vos ſentimens pour moi ! Quelle grandeur d'ame ! Parlez-moi donc, quittez ce modeſte & touchant embarras ; livrez-vous ſans contrainte aux tranſports qu'un inſtant ſi doux doit inſpirer.

LUCINDE.

Je ne puis comprendre pourquoi je ne vous déteſte pas.

LE MARQUIS.

Vous l'avez dit tantôt ; ce qui vous attache

à moi, c'eſt que je ſuis ami vrai, zélé : voilà le titre qui ſollicite ma grace. L'obtiendra-t-il ? Ah ! comme vous rougiſſez !

LUCINDE.

Ah, Marquis ! mon ſort eſt changé, & c'eſt vous que j'en remercie : c'eſt à vous ſeul que je le dois.

LE MARQUIS.

Chere Lucinde ! plus de ſyſtême, de la franchiſe, du ſentiment ; laiſſez parler votre cœur, & nous allons tous être heureux.

LUCINDE.

On vient. Ciel ! c'eſt Célie & le Chevalier. Mon ami, ne m'abandonnez pas.

LE MARQUIS.

Écoutons-les avant de nous expliquer.

SCÈNE VI.

LE MARQUIS, LUCINDE, LE CHEVALIER, CÉLIE.

LE CHEVALIER, *à Lucinde.*

VOUS me renvoyez, Madame, mais c'est pour la dernière fois. Recevez mes éternels adieux. Je suis l'objet de votre haine : vous avez fait le malheur de ma vie. Je pars assuré du bonheur de la vôtre. Adieu.

CÉLIE.

Vous ne répondez rien ? vous baissez les yeux l'un & l'autre, & vous gardez le silence. Chevalier, je voulois tout-à-l'heure vous retenir, & calmer votre fureur. Je ne pouvois vous croire, & même à présent je ne puis me persuader ce que je vois. (*Au Marquis.*) O Ciel ! vous n'êtes pas déjà justifié... Un mot, hélas ! vous suffisoit pour l'être... Il n'est pas prononcé... Ingrat ! est-il possible ? (*Elle tombe dans un fauteuil, accablée de douleur*).

LE MARQUIS, *très-froidement.*

De quoi vous plaignez-vous, Madame? Vous ne m'aimez pas, je ne vous l'ai pas reproché. Je me soumettois à vos rigueurs, je l'avoue: ce moment-ci m'en console.

CÉLIE.

Je ne vous aimois pas !... Ah, cruel ! vous ne l'avez jamais cru. Vous me connoissiez mieux que moi-même. Trop de sentiment, un excès de délicatesse, voilà mes crimes : ils me coûtent votre cœur.... votre cœur & la vie. (*A Lucinde.*) Et vous, Madame, vous n'avez donc paru vous attacher à moi que pour mieux me percer le sein... Un même instant m'a tout ravi ! Où porterai-je ma plainte ? Qui pourra me consoler ? Partez, partez l'un & l'autre ; dérobez-vous à l'horreur de me voir. J'en mourrai, je le sens ; mais vos remords me vengeront.

LE CHEVALIER.

Où suis-je, grand Dieu ! O jour de malheur, de haine & de perfidie !

LUCINDE, *au Chevalier, très-froidement.*

De quoi vous plaignez-vous, Monsieur? vous ai-je jamais promis de l'amour? Manqué-je à ma parole, à mes sermens? parlez.

LE MARQUIS, *courant se jeter aux pieds de Célie.*

La feinte est trop affreuse & trop longue, mon cœur ne peut la soutenir davantage.

CÉLIE.

Est-il possible?

LUCINDE, *au Chevalier, en lui donnant la main.*

Chevalier, si je m'applaudis de n'avoir rien promis, c'est pour prendre aujourd'hui l'engagement le plus doux & le plus cher.

LE CHEVALIER.

Ah! Lucinde! est-il bien vrai?

LUCINDE.

Oui, Chevalier, je vous aime depuis le premier instant que je vous ai connu ; la fierté, le caprice vous éloignèrent, l'amour en triomphe aujourd'hui. La reconnoissance, l'estime, tout me parle pour vous ; mais croyez que l'amour le plus tendre & le plus vrai m'auroit seul décidée sans le secours de la raison.

LE CHEVALIER.

Lucinde ! ma chère Lucinde ! puis-je croire enfin à cet excès de félicité ?

CÉLIE.

Et nous les accusions.... & nous avons pu les croire coupables !

LE CHEVALIER, *embrassant le Marquis.*

Quelle étoit mon erreur ! j'ai douté de ton amitié : je te dois trop pour n'être pas sûr encore d'être pardonné. Mais qui peut réparer mon crime ?

LE MARQUIS.

Votre bonheur, celui dont nous allons tous jouir.

LUCINDE.

Ma chère Célie, oublions à jamais la Métaphysique, les fausses Délicatesses, & les Systêmes : un sentiment fidèle & vrai vaut mieux que tous les vains raisonnemens de l'esprit.

FIN.

LA TENDRESSE MATERNELLE,

COMÉDIE EN UN ACTE.

PERSONNAGES.

LA MARQUISE DE ROZANNE.

LE COMMANDEUR DE ROZANNE, Beau-frère de la Marquise.

LA VICOMTESSE DE BLÉMONT, Cousine de la Marquise.

L'ABBÉ DURAND, Précepteur du Comte de Rozanne, fils de la Marquise.

VICTOIRE, Femme-de-chambre de la Marquise.

MARGUERITE, vieille femme, pauvre.

La Scène est à Paris, chez la Marquise.

LA TENDRESSE MATERNELLE, COMÉDIE.

SCÈNE PREMIÈRE.

L'ABBÉ DURAND, VICTOIRE.

L'ABBÉ.

MADAME la Marquise est sortie !....

VICTOIRE.

Mon Dieu, oui, pour la troisième fois du jour.

L'ABBÉ.

La troisième fois, il n'est pas midi !....

VICTOIRE.

La pauvre femme, peut-elle tenir en place

depuis le départ de M. le Comte. . . . Ah! c'eſt une mère celle-là. . . .

L'ABBÉ.

Son inquiétude eſt naturelle. . . . à la veille d'une bataille, qui peut-être va lui ravir un fils unique, le meilleur ſujet.... le mieux né... ce n'eſt pas parce qu'il eſt mon élève, mais il eſt certain que je ne vois point de jeunes gens qu'on puiſſe lui comparer. . . . A quinze ans il ſavoit le latin comme moi.

VICTOIRE.

Et puis il aime Madame . . . . Ah, mon Dieu, que leurs adieux furent touchans. . . . M. le Comte, qui n'avoit jamais vu la guerre, étoit bien aiſe d'y aller.... Mais il quittoit Madame pour la première fois de ſa vie, &, malgré la gloire, il avoit le cœur bien gros. Madame, de ſon côté, vouloit ne pas pleurer, mais on voyoit qu'elle étouffoit.... auſſi, après qu'il fut ſorti de ſa chambre, elle penſa mourir.

L'ABBÉ.

Cependant je l'ai vue pendant la paix deſirer

vivement la guerre, afin que M. le Comte de Rozanne pût avoir des occasions de se distinguer.... Elle paroissoit alors aimer tant la gloire....

VICTOIRE.

Oui, mais de loin seulement.... car de près je vous assure qu'elle la trouve beaucoup moins belle.

L'ABBÉ.

Elle n'est pas la première de cet avis.

VICTOIRE.

Ce n'est pourtant pas qu'elle manque de courage; je vous assure que si elle avoit pu suivre M. le Comte, & partager tous les périls qu'elle redoute pour lui, elle se seroit trouvée bien heureuse....

L'ABBÉ.

Dites-moi donc, Mademoiselle Victoire, où est-elle à présent?....

VICTOIRE.

Chez son amie Madame la Maréchale, pour savoir s'il n'y a pas quelques nouvelles. Leurs deux enfans sont à l'armée, ils sont amis l'un

& l'autre, voilà ce qui fait cette grande liaison....

L'ABBÉ.

Et puis Madame la Maréchale est plus à portée qu'une autre de savoir des nouvelles, elle est sœur du Ministre....

VICTOIRE.

Il couroit hier un bruit sourd que la bataille étoit donnée.... mais cela ne s'est pas confirmé.... Ah, si cette incertitude dure encore quelques jours, je crains que Madame n'y succombe à la fin.... l'inquiétude & la douleur la tuent....

L'ABBÉ.

Il est vrai qu'elle est bien changée.

VICTOIRE.

Son caractère est encore plus changé que sa figure; elle qui est naturellement si douce, si égale, je ne la reconnois plus depuis que M. le Comte est parti.... un rien l'aigrit, la met en colère.... & puis elle a toutes sortes de foiblesses qu'elle méprisoit elle-même avant ce moment.... Elle croit aux songes; quand elle a fait un mauvais rêve, la voilà de mauvaise humeur pour toute la journée. Hier matin j'ai cassé son miroir, elle en a presque pleuré. M. l'Abbé, vous qui êtes si savant, expliquez cela si vous pouvez.

L'ABBÉ.

Cela est tout simple, Madame la Marquise, comme toutes les femmes, n'a jamais fait d'études, elle est ignorante & crédule, & ces deux choses conduisent à la superstition.

VICTOIRE.

Mais je la sers depuis quinze ans, & je l'ai toujours vue, jusqu'à cet instant, à mille lieues de toutes ces misères; elle s'en moquoit même, & m'en a corrigée, moi qui vous parle. Dans le temps de sa grande maladie, quel courage n'a-t-elle pas montré!.... elle regrettoit son mari & son fils; car feu Monsieur vivoit encore.... mais elle disoit: je laisse à mon fils un bon père, je meurs tranquille; vous en souvenez-vous?

L'ABBÉ.

Oh, comme d'hier.

VICTOIRE.

Eh bien, elle n'avoit pourtant pas fait plus d'études alors qu'à présent, & elle étoit ce que vous appelez Philosophe, & de plus, jeune & jolie; comment arrangez-vous cela?

L'ABBÉ.

Il y a long-temps qu'un Sage a dit, que l'histoire du cœur humain est inexplicable & incompréhensible, & cette sentence regarde particulièrement les femmes.

VICTOIRE.

Je ne me soucie guère de votre Sage, puisqu'il est aussi ignorant que moi.

L'ABBÉ.

Mon enfant tout le fruit de la science, c'est le doute ou l'incertitude.

VICTOIRE.

Pourquoi donc se tant fatiguer sur des livres, puisqu'un Docteur ou moi c'est la même chose.... Mais quelqu'un vient....

L'ABBÉ.

C'est peut-être Madame.

VICTOIRE.

Oh, non, c'est sa cousine la Vicomtesse de Blémont.

L'ABBÉ.

Oh! je m'en vas, elle est trop bruyante pour moi. C'est une étourdie.... une coquette....

VICTOIRE, *en riant.*

Vous lui en voulez de plus loin.... Elle s'entend à tourner les têtes. M. le Comte de Rozanne pourroit en dire des nouvelles....

L'ABBÉ.

C'est une pernicieuse femme! Heureusement que l'empire, usurpé par toutes celles qui lui ressemblent, n'est jamais de longue durée....

VICTOIRE.

Paix donc, la voilà.... (*L'Abbé sort.*)

SCÈNE II.

VICTOIRE, LA VICOMTESSE.

LA VICOMTESSE, *parlant de la porte.*

ALLONS, je vais l'attendre ici.... Victoire, je vous en prie, donnez-moi un fauteuil, je suis lasse à mourir.

VICTOIRE.

Madame ne tardera pas....

LA VICOMTESSE.

Je suis venue hier, mais on me dit qu'elle étoit malade, & ne voyoit personne....

VICTOIRE.

Mon Dieu oui, & pour un sujet qu'on ne devineroit jamais, parce qu'elle avoit entendu tirer le canon des Invalides; car le Roi est venu hier à Paris....

LA VICOMTESSE.

Eh bien! après....

VICTOIRE.

Eh bien Madame, j'étois seule avec elle dans sa chambre ; elle paroissoit assez tranquille, lorsque tout-à-coup, en entendant ce maudit cano.., elle a tressailli, & s'est écriée : *qu'est-ce que c'est que cela ?*.... C'est le Roi qui passe, Madame.... Ah ! quel affreux bruit, a-t-elle répondu !.... Et puis elle s'est mise à fondre en larmes, ce qui a duré jusqu'au soir.

LA VICOMTESSE.

Ah ! j'en suis charmée ; je ne suis donc pas la seule personne à qui le canon fasse une impression aussi forte ! Depuis la guerre je ne puis l'entendre sans éprouver des frémissemens intérieurs.... des agacemens de nerfs.... une certaine oppression !.... On ne peut définir cela.... Enfin, je suis bien-aise que Madame de Rozanne soit comme moi, cela me prouve que je ne suis pas folle.... Comment se porte-t-elle aujourd'hui ?

VICTOIRE.

Oh ! toujours de même ; elle ne dort point.

LA VICOMTESSE.

Qu'eſt-ce qui dort pendant la guerre ? On eſt ſi agitée.... Savez-vous, Victoire, ſi Madame de Rozanne a ſa loge aujourd'hui ?

VICTOIRE.

Je l'ignore ;... car depuis la déclaration de la guerre, Madame n'a pas mis le pied aux Spectacles.

LA VICOMTESSE.

Quelle folie !.... Mais cela diſſipe.... Moi, ſans la Comédie je ſerois morte.... Plus on eſt ſenſible, plus on a beſoin de diſtraction... Je me laiſſe traîner au Bal, à l'Opéra : aſſurément ce n'eſt pas mon goût qui m'y conduit, mais c'eſt la raiſon.

VICTOIRE.

Sans doute. A quoi bon tomber malade.

LA VICOMTESSE.

Victoire, comment trouvez-vous ma robe ?

VICTOIRE.

Charmante ; mais Madame eſt habillée de bien bonne-heure.

LA

LA VICOMTESSE.

Oh ! c'eſt que je ne dois pas rentrer chez moi de la journée.... Je hais ma maiſon....

VICTOIRE.

Depuis l'abſence de M. le Vicomte de Blemont ?

LA VICOMTESSE.

Elle me paroît un tombeau.... C'eſt une cruelle choſe que la guerre... Craindre pour un mari, des frères, des parens, des amis....

VICTOIRE, *à part.*

Et même un amant....

LA VICOMTESSE.

Victoire, il y a bien long-temps que vous êtes à Madame de Rozanne ?

VICTOIRE.

Oui, Madame, ſept ou huit ans avant votre mariage, à-peu-près.

LA VICOMTESSE.

C'eſt une bonne femme que Madame de Rozanne ; elle a été belle, à ce que l'on dit.

VICTOIRE.

Elle l'eſt bien encore....

LA VICOMTESSE.

On prétend qu'elle ſe peint les ſourcils.... mais je n'en crois rien.

VICTOIRE.

Si cela eſt, je ne ſuis point dans la confidence ; mais ce qu'il y a de certain, c'eſt que la choſe qui l'occupe le moins, c'eſt ſa figure ; & dans aucun temps elle n'a paru s'en ſoucier, pas même du vivant de Monſieur....

LA VICOMTESSE, *riant.*

Du vivant de Monſieur.... Vous croyez donc qu'une veuve doit renoncer à plaire?... Et qu'on ne peut avoir cette prétention que pour un mari?.... *Du vivant de Monſieur* eſt charmant, je m'en ſouviendrai.... Quel âge avez-vous Victoire?

VICTOIRE.

Trente & un ans, Madame.

LA VICOMTESSE.

Trente & un ans?... Vous avez beaucoup

d'innocence pour votre âge.... Mon Dieu mon enfant, donnez-moi ce tabouret, car j'ai les pieds si enflés.... Ce maudit Bal d'hier....

VICTOIRE.

Madame a dansé cette nuit?....

LA VICOMTESSE.

Eh mon Dieu oui.... On dit que la danse est un exercice si sain.... Il est bien vrai qu'à moi elle m'est nécessaire. Il me faut du mouvement, de l'action.... sans cela je tombe dans des vapeurs si noires....

VICTOIRE.

Oserai-je demander à Madame le nom de son Médecin?....

LA VICOMTESSE.

Pourquoi?

VICTOIRE.

C'est que je voudrois le prendre; car il me semble que ses remèdes ne sont pas fâcheux... Et le régime qu'il prescrit à Madame, lui réussit si bien; elle est si fraîche....

LA VICOMTESSE.

Je suis bien maigre pourtant.... Et puis j'ai la manie de ne point mettre de rouge le matin, & je suis pâle comme la mort.

VICTOIRE.

Réellement, Madame, vous n'avez point de rouge ?

LA VICOMTESSE.

Pas l'apparence.

VICTOIRE.

Assurément on ne l'imagineroit pas. (*A part.*) Aussi je n'en crois rien.

LA VICOMTESSE.

Mais Madame de Rozanne ne vient point.

VICTOIRE.

En effet, cela est singulier.... Mais apparemment qu'en sortant de chez Madame la Maréchale, elle aura été à la Conciergerie ou aux Enfans-Trouvés.

LA VICOMTESSE.

Comment! Qu'est-ce que c'est que cela ?

VICTOIRE.

Oh ! c'est que Madame va de temps en temps délivrer des Prisonniers, & porter de l'argent aux Enfans-Trouvés, & puis quelquefois la pitié la saisit au point pour quelques-uns de ces petits infortunés, qu'elle s'en charge tout-à-fait. Et à ma connoissance j'en sais quatre qu'elle fait élever ; elle est bien charitable.

LA VICOMTESSE.

J'aime cela.... J'aime la bienfaisance.... Victoire, voyez si mes gens sont-là, je vous en prie ; car il faut que je m'en aille. Vous direz à Madame de Rozanne que je suis au désespoir de n'avoir pu l'attendre plus long-temps ; mais je reviendrai ce soir A-t-elle eu des nouvelles de son fils lundi dernier ?

VICTOIRE.

Oui, Madame, mais point depuis.

LA VICOMTESSE.

Je partage bien toutes ses inquiétudes assurément, je l'aime de toute mon ame, & son fils aussi....

VICTOIRE.

Madame, en effet, doit un peu d'amitié à M. le Comte.

LA VICOMTESSE.

Parce qu'il est mon cousin, n'est-ce pas Victoire?....

VICTOIRE.

Enfin, Madame, je m'entends.

LA VICOMTESSE.

M. de Rozanne m'intéresse beaucoup.... Il n'est pas mon ami, mais je sens qu'il le sera. Présentement il est trop jeune encore....

VICTOIRE.

Mais, Madame, il a vingt-deux ans.

LA VICOMTESSE.

Mais savez-vous, Victoire, que je suis très-vieille, moi, j'ai un an de plus que lui.

VICTOIRE, *à part.*

Bon, elle se rajeunit de quatre ans. (*Haut.*)

En vérité, Madame, vous n'en paroissez pas avoir plus de vingt.

LA VICOMTESSE.

Il est vrai que je pourrois facilement cacher mon âge; mais je le dis bonnement. Adieu donc, ma chère Victoire.... A propos, n'oubliez pas de demander à Madame de Rozanne sa loge à la Comédie Françoise, si elle n'en a pas disposé.

VICTOIRE.

Oui, Madame.

LA VICOMTESSE.

Vous m'enverrez le billet, je vais laisser ici un de mes gens pour l'attendre.

VICTOIRE.

Je vais appeler les gens de Madame.

LA VICOMTESSE.

Non, non, cela n'est pas nécessaire; mais seulement ressouvenez-vous de la loge....

VICTOIRE.

Vos ordres seront exécutés, Madame.

LA VICOMTESSE.

Adieu, Victoire; en vérité, vous êtes fort aimable : mais envoyez-moi mon billet, & faites-le écrire devant vous; car quelquefois Madame de Rozanne est si légère, qu'elle pourroit fort bien l'oublier. Mon Dieu, je me sauve, il est midi trois quarts. (*Elle sort.*)

SCÈNE III.

VICTOIRE, *seule.*

VOILA une bonne tête.... Elle est jolie.... mais bien folle.... Grand Dieu quel chagrin elle a pensé donner à Madame.... J'ai vû le moment où M. le Comte, séduit par ses coquetteries, alloit s'y attacher tout de bon.... heureusement que cela n'a pas duré. Mais j'entends un carosse.... Oh, pour le coup, c'est sûrement Madame.

SCÈNE IV.

VICTOIRE, L'ABBÉ.

VICTOIRE.

EH bien, Monsieur l'Abbé, est-ce Madame? ....

L'ABBÉ.

Oui, la voilà. (*La Marquise arrive.*)

VICTOIRE.

Elle a l'air encore plus triste qu'à son ordinaire.

LA MARQUISE.

Mon Beau-frère est-il venu?

VICTOIRE.

M. le Commandeur?.... Non, Madame.

L'ABBÉ.

Eh bien, Madame, point de nouvelles? ....

LA MARQUISE.

Non. La Maréchale a fait partir ce matin un de ses gens pour Versailles, il n'est pas encore revenu.... Aussi-tôt qu'il le sera elle m'enverra la réponse de son frère. J'ai laissé chez elle Lapierre pour l'attendre....

VICTOIRE.

A quelle heure Madame veut-elle dîner?

LA MARQUISE.

Je pense que Lapierre est une bête.... J'aime mieux charger Saint-Jean de cette commission.

L'ABBÉ.

Mais, Madame, il ne faut pas beaucoup d'esprit pour apporter une lettre.

LA MARQUISE.

Enfin, je veux que Saint-Jean y aille, Victoire courez le lui dire.... Écoutez donc: qu'il fasse seller un cheval, afin de pouvoir revenir plus vîte.

VICTOIRE.

Seller un cheval; Madame la Maréchale demeure à deux pas d'ici.

LA MARQUISE.

Ce ne sont pas des conseils que je vous demande.... faites ce que je vous dis, sans tant raisonner.

VICTOIRE, *à part.*

Seller un cheval, pour aller au bout de la rue.... Allons.... (*Elle veut sortir.*)

LA MARQUISE, *la rappelant.*

Mademoiselle, vous direz qu'on n'ôte pas mes chevaux, parce que je peux sortir d'un moment à l'autre.

VICTOIRE.

Oui, Madame. (*Elle sort.*)

LA MARQUISE.

L'Abbé, je vous prie de demander ma liste, j'en veux rayer quelques personnes, qui sûrement ne me donneroient pas de nouvelles.

L'ABBÉ.

Je vais vous la chercher. (*Il sort.*)

LA MARQUISE, *seule.*

O mon fils !.... mon fils !.... Quelle situation que la mienne.... Tout ce qui m'entoure me devient odieux. Hélas ! il semble que personne ne ſente comme moi, excepté la Maréchale cependant : auſſi comme je l'aime ! . . . combien elle m'eſt devenue chère !... (*Elle s'aſſied.*) Je ſuis aujourd'hui d'un accablement.... Je ne puis me ſoutenir.... Je ne ſais ce que j'ai.... cela n'eſt pas naturel.... Mon Dieu, ſi c'étoit un preſſentiment.... Ah, mon fils.... (*Elle tombe la tête appuyée ſur ſes mains.*)

SCÈNE V.

LA MARQUISE, L'ABBÉ, (*tenant la liſte.*)

LA MARQUISE.

EH bien ! l'Abbé, Saint-Jean eſt-il parti?

L'ABBÉ.

Oui, Madame, il monte à cheval... (*Il lui donne la liſte.*) Voilà la liſte que vous avez demandée.

LA MARQUISE.

Voyons, liſez.

L'ABBÉ, *lisant.*

M. le Président d'Arcy....

LA MARQUISE.

Ah ! rayez celui-là.... J'ai pris tous les gens de robe en aversion.... Ils sont trop heureux pour moi.

L'ABBÉ.

Mais Monsieur le Président est votre oncle.

LA MARQUISE.

Eh que m'importe !....

L'ABBÉ.

Je cherche mon crayon.... Ah le voici. (*Il efface.... Il lit.*) Hom... Monsieur votre beau-frère, cela va sans dire.... Passons. (*Il lit.*) M. le Baron d'Erville....

LA MARQUISE.

Ah ! laissez celui-là, le pauvre homme est aussi affligé que moi ; son neveu, comme mon fils, fait sa première campagne....

L'ABBÉ.

Le Baron d'Erville.... c'est celui qui est si

vieux, si sourd?. . Vous avez bien changé pour lui; car je me souviens qu'autrefois il vous ennuyoit cruellement.

LA MARQUISE.

Après.

L'ABBÉ.

Madame la Duchesse de Ponteuil.

LA MARQUISE.

Effacez-la.

L'ABBÉ.

Mais, Madame, elle étoit votre amie.

LA MARQUISE.

Mon amie.... une femme en procès avec ses enfans,.... une femme qui les a vu partir l'un & l'autre avec une indifférence, une dureté....

L'ABBÉ.

De tout temps l'intérêt a divisé les hommes. Quand on a un peu lu, on sait....

LA MARQUISE.

Ah! faites-moi grace de vos citations, M. l'Abbé, je vous en prie.

L'ABBÉ, *à part.*

Quelle humeur! (*Haut, il lit*) Madame de Senantes.

LA MARQUISE.

Effacez, effacez... Elle est veuve; elle n'a ni enfans ni frères, elle ne prend d'intérêt à rien.

L'ABBÉ *lit.*

Madame la Vicomtesse de Blémont.

LA MARQUISE.

Laissez celle-là.... quoiqu'il y ait quinze jours que je n'en aie entendu parler.

L'ABBÉ.

Par exemple, celui-là m'étonne. Une coquette qui vous a donné tant de chagrin, qui est cause que M. le Comte a refusé l'établissement le plus avantageux: une évaporée que je vous ai vu craindre, & même haïr.....

LA MARQUISE.

Tout cela n'existe plus... Au fond, elle n'a pas un mauvais cœur.... Elle aimoit mon fils....

L'ABBÉ.

Elle l'aimoit.... Elle l'aimoit, & c'est-là le titre....

LA MARQUISE.

Mon Dieu! l'Abbé, il y a des foiblesses qu'il faut condamner, mais qu'on doit plaindre.... D'ailleurs vous savez comme moi, qu'il n'y a eu que de l'étourderie dans sa conduite. La Vicomtesse est légère, mais elle est honnête;... & si elle a eu le malheur d'être sensible,.... puis-je lui refuser la consolation de venir s'attendrir avec moi.... Non, non, si son ame souffre en secret,.... qu'elle vienne, qu'elle vienne ici, elle y sera bien reçue.

L'ABBÉ.

En vérité, Madame, vous à qui j'ai toujours reconnu des principes si purs & si délicats, je l'avoue, vous me surprenez infiniment.

LA MARQUISE.

Je vous surprends.... Ah! cela doit être.... Il faudroit avoir un cœur semblable au mien pour me comprendre, mais achevez.

L'ABBÉ.

L'ABBÉ.

Voilà tout....

LA MARQUISE.

On vient... Mon Dieu ! c'est peut-être Saint-Jean.... Voyez.... Non, j'y vas. (*Elle se lève.*)

SCÈNE VI.

LA MARQUISE, L'ABBÉ, LE COMMANDEUR.

LE COMMANDEUR.

BON jour, ma sœur.... Vous paroissez bien agitée....

LA MARQUISE.

Eh ! puis-je être autrement ? Mon frère, ne savez-vous rien de nouveau ?

LE COMMANDEUR.

Non. Je sors de chez le Marquis de Blezac, qui doit être instruit, comme vous savez....

LA MARQUISE.

Eh bien !

LE COMMANDEUR.

Je dis qu'il doit être instruit, puisque son neveu commande l'armée.

LA MARQUISE.

Eh bien, l'avez-vous vu?

LE COMMANDEUR.

Il est dans la bouteille à l'encre celui-là.

LA MARQUISE.

Que vous a-t-il dit?

LE COMMANDEUR.

J'ai donc été chez lui; je comptois le trouver, parce qu'il a la goutte; & point du tout, il venoit de partir pour Versailles.

LA MARQUISE.

Partir pour Versailles.... malgré la goutte.... Cela veut dire quelque chose.... mon frère....

LE COMMANDEUR.

Eh bien après....

LA MARQUISE.

L'Abbé, envoyez encore chez la Maré-

chale.... Non, envoyons plutôt à Versailles....
Mon frère....

LE COMMANDEUR.

Mais tout cela est inutile... Calmez-vous...

L'ABBÉ.

Madame la Maréchale vous a promis....

LA MARQUISE.

L'Abbé, mon cher Abbé.... de grace, allez chez elle....

LE COMMANDEUR.

Mais quelle folie !....

LA MARQUISE.

J'ai envie d'y retourner....

LE COMMANDEUR.

Parbleu, écoutez-moi donc.... J'ai mon Valet-de-chambre à Versailles, moi.... Il est établi chez Blezac, avec ordre exprès, de ma part, de revenir sur le champ s'il apprend quelque chose de nouveau. C'est Dumont, vous le connoissez, vous savez s'il est intelligent & expéditif....

LA MARQUISE.

Mais s'il revient, il ira chez vous....

LE COMMANDEUR.

Eh non, non, comme je ne compte pas vous quitter, je lui ai dit de revenir ici, parce qu'il est plus vraisemblable qu'il m'y trouvera, que chez moi.

LA MARQUISE.

Vous ne me quitterez pas?.... Mon frère, qu'est-ce que cela signifie.... Mon Dieu! sauriez-vous?.... Mon frère, vous me cachez peut-être....

LE COMMANDEUR.

A qui diable en avez-vous?...

LA MARQUISE.

Vous ne savez rien....

LE COMMANDEUR.

Mais quoi?....

LA MARQUISE.

De la bataille... Vous ne répondez pas?.... Elle est donnée.... Mon fils.... (*Elle tombe dans un fauteuil.*)

LE COMMANDEUR.

Ma ſœur, ma ſœur.... vous me feriez devenir fou ; je ne ſais rien de nouveau, je vous le répète, je vous le jure... Parbleu, vous avez une rude tête.

LA MARQUISE.

Ah ! je reſpire.... Ah ! mon frère, pardonnez-moi.... Hélas ! qui m'excuſera, ſi ce n'eſt vous ?

LE COMMANDEUR.

Non, je ne vous excuſe pas, vous êtes trop extravagante auſſi. Que diable, votre fils eſt mon neveu, il eſt le dernier de notre nom ; croyez-vous qu'il ne me ſoit pas auſſi cher qu'à vous ?....

LA MARQUISE.

Ah ! ne nous comparons point.

LE COMMANDEUR.

Que diantre je ne vous reconnois plus....
Souvenez-vous donc combien de fois vous avez, avec moi, ſouhaité la guerre....

LA MARQUISE.

Ce souhait étoit inhumain, insensé : le Ciel, en l'exauçant, me punit assez cruellement d'avoir pu le former....

LE COMMANDEUR.

Ah parbleu, je crois que si vous pouviez trouver un moyen de faire revenir votre fils, vous l'emploieriez bien vîte, &....

LA MARQUISE.

O Ciel ! qu'osez-vous penser !.... Ah que vous me connoissez mal !.... Soyez bien sûr que sa gloire m'est encore plus chère que sa vie....

LE COMMANDEUR.

Ah ! voilà comme une Françoise doit parler....

L'ABBÉ.

Il est deux heures.... Madame ne songe pas à dîner.

LE COMMANDEUR.

Allons, allons, venez vous mettre à table, ma sœur.

LA MARQUISE.

Non, je ne dînerai point aujourd'hui.

LE COMMANDEUR.

Je ne souffrirai pas cela... Voulez-vous vous tuer ?....

LA MARQUISE.

Non, mon frère.... Mais en vérité c'est que j'ai trop soupé hier.... Allez, de grace, laissez-moi, je vous en conjure....

LE COMMANDEUR.

Allons, venez l'Abbé; il n'y a que nous deux de raisonnables dans la maison.

(*Ils sortent.*)

LA MARQUISE, *seule.*

Mon fils, *le dernier de son nom*, voilà ce qui le frappe.... Ah, Dieu, comment cette idée peut-elle occuper?.... Que l'orgueil est vil & méprisable, il détruit tout autre sentiment.... Je ne suis bien que seule.... qu'entiérement livrée à moi-même.... On contraint ma douleur, mais on ne peut m'en distraire un moment..... Je ne vis pas.... non.... chaque matin je voudrois être à la fin de la journée.... L'incertitude, l'attente.... l'espoir me font compter tous les instans. Insensée que je suis, peut-être.... Oui, peut-être que la situation cruelle où je me trouve est heureuse en comparaison de celle qui m'attend!.... Quelle réflexion désespérante! Hélas, je demande des nouvelles, & c'est peut-être l'arrêt de ma mort que je desire.... Si je suis réservée au plus affreux des malheurs, c'est du moins une consolation que la certitude de n'y pouvoir survivre.... Moi, vivre alors.... & comment, & pour qui?.... ô, mon fils!.... je n'existe que pour toi.... ta destinée sera la mienne.

(*Elle tombe le visage caché par ses mains & par son mouchoir, & les coudes appuyés sur une table qui doit être à côté d'elle.*)

SCÈNE VII.

LA MARQUISE, VICTOIRE.

LA MARQUISE, *se levant précipitamment, quand elle entend venir Victoire.*

Qui vient ? que me veut-on ?

VICTOIRE.

Ce n'est rien, Madame ; .... c'est Marguerite, cette vieille femme, que vous avez tirée de la misère, qui vient pour vous remercier.

LA MARQUISE.

Quelle importunité, dans l'état où je suis.... que ne l'avez-vous renvoyée.

VICTOIRE.

Je voulois prendre les ordres de Madame.

LA MARQUISE.

Et bien dites-lui que je ne puis voir personne....

VICTOIRE.

Cette pauvre femme est bien dans la peine aussi....

LA MARQUISE.

Si elle a encore besoin d'argent qu'on lui en donne....

VICTOIRE.

Oh, ce n'est pas cela. Mon Dieu, grace à Madame, elle se trouve assez riche à présent; mais c'est qu'elle a un fils....

LA MARQUISE.

Elle a un fils !....

VICTOIRE.

Oui; elle a un fils soldat, &c....

LA MARQUISE.

Elle a un fils soldat !.... Ah, la pauvre femme, que je la plains.... Qu'on ne la renvoye pas, Victoire, je veux la voir....

VICTOIRE.

Son fils, justement, est soldat dans le régiment de M. le Comte....

LA MARQUISE.

Qu'elle vienne, qu'elle vienne....

VICTOIRE.

Je vais la chercher... elle ſera bien contente... (*Elle ſort.*)

LA MARQUISE, *ſeule.*

Il me ſera doux de voir cette pauvre femme, de l'entendre, de pleurer avec elle.... Mais, la voici.... (*Victoire revient avec Marguerite ; la Marquiſe ſe levant & allant au-devant d'elle.*) Approchez, approchez : Victoire, laiſſez-nous. (*Victoire ſort.*)

MARGUERITE.

Pardon, Madame....

LA MARQUISE.

Venez....

MARGUERITE.

Ah, Madame, vous m'avez ſauvé la vie, par vos généreux ſecours.... Pardonnez-moi, Madame, ſi je ne parois pas contente à vos yeux.... & ſi, malgré moi....

LA MARQUISE.

Vous pleurez, pauvre femme !..... qu'elle m'attendrit !....

MARGUERITE.

Hélas ! Madame, c'eſt que j'ai un fils....

LA MARQUISE.

Oui, je le ſais.... Comment s'appelle-t-il ?

MARGUERITE.

La Tulipe, Madame, c'eſt ſon nom de guerre ; il eſt dans le régiment de M. le Comte.

LA MARQUISE.

Quel âge a-t-il ?....

MARGUERITE.

Vingt-ans, Madame ; c'étoit toute ma conſolation.... Juſqu'au jour de la guerre, j'étois ſi heureuſe, Madame.... je me portois bien, je pouvois travailler, j'avois de quoi vivre.

LA MARQUISE.

Ma chère bonne-femme, ſoyez tranquille, vous ne manquerez plus de rien.

MARGUERITE.

Oh, Madame, vous m'avez donné bien au-delà de mes beſoins.... mais mon fils.... Hélas,

Madame, s'il périt, tout ce que vous avez fait pour moi me ſera peut-être inutile.... Je crois bien que le chagrin....

LA MARQUISE.

Non, non, ma chère amie, le Ciel aura pitié de vous, de moi.... il daignera nous rendre nos enfans.

MARGUERITE.

Ah ! je le prie pour le vôtre comme pour le mien.

LA MARQUISE.

Vous priez Dieu pour mon fils ! ....

MARGUERITE.

Ah ! oui, Madame, tous les jours; j'ai même commencé une neuvaine.

LA MARQUISE, *tirant ſa bourſe & lui donnant de l'argent.*

Tenez, mon enfant....

MARGUERITE.

Madame.... en vérité.... je n'étois pas venue pour cela....

LA MARQUISE.

Prenez, prenez.... gardez cet argent pour votre fils, vous le lui donnerez à son retour....

MARGUERITE, *s'essuyant les yeux.*

Oh, mon pauvre la Tulipe!.... Excusez, Madame.... vous savez ce que c'est que d'être mère....

LA MARQUISE.

Écoutez-moi.... j'écrirai à mon fils pour lui recommander le vôtre, & pour qu'il m'en donne des nouvelles.... Je lui écrirai dès ce soir....

MARGUERITE.

Ah! Madame, que vous me soulagez; car si mon fils est blessé, qui est-ce qui en prendroit soin?

LA MARQUISE.

Ah Dieu! quelles funestes idées... Et si le mien lui-même!....

MARGUERITE.

Pourvu qu'il ne soit que blessé encore!.... Car hélas! quand on va à la guerre, il n'y a que Dieu qui ſache ſi l'on en reviendra.... Et par malheur c'eſt le plus brave qui y trouve le plus de dangers... Et mon garçon eſt ſi hardi, ſi entreprenant !....

LA MARQUISE.

Allez mon enfant, allez.... reſtez dans ma maiſon, je vous logerai, je prends ſoin de vous, je vous garderai toujours chez moi.... Vous reviendrez me voir ; mais dans ce moment, allez.... j'ai beſoin d'être ſeule.

MARGUERITE.

Dieu vous bénira... Oui, Madame... vous reverrez votre fils, vous le reverrez bientôt en bonne ſanté.... mon cœur me le dit....

LA MARQUISE.

Ah ! pauvre femme.... vous me ranimez ; voilà le premier moment de conſolation que je goûte... Embraſſez-moi...

MARGUERITE.

Eh ! Madame, Madame....

LA MARQUISE.

Ma chère amie, quand mon fils reviendra, je lui demanderai le congé du tien ; je l'établirai, je le marierai, je te le promets.

MARGUERITE, *se jetant à ses pieds.*

Est-il possible Madame?

SCÈNE VIII.

LA MARQUISE, MARGUERITE, LE COMMANDEUR.

LE COMMANDEUR.

MA foi j'ai bien dîné... Mais en voici bien d'un autre.... Que diable fait-là ma sœur?....

LA MARQUISE, *relevant Marguerite.*

Allez, ma chère Marguerite, ce n'est pas la dernière fois du jour que nous nous verrons ; allez.

MARGUERITE, *en s'en allant*, (*à part.*)

O mon Dieu! vous êtes juste, sauvez son fils. (*Elle sort.*)

LE COMMANDEUR.

Eh bien, ma sœur, vous voilà toute en larmes.... Sur mon honneur, vous devenez tout-à-fait folle.

LA MARQUISE.

Que voulez-vous mon frère, je ne puis me changer.

LE COMMANDEUR.

Parbleu, l'Abbé vient de me conter un trait de vous, qui m'enchante.

LA MARQUISE.

Quoi donc ?

LE COMMANDEUR.

Vous rayez tout le monde de votre liste, & vous y laissez Madame la Vicomtesse de Blémont, & cela à cause des jolis desseins qu'elle a eu sur votre fils.... Quand je me rappelle toutes les jérémiades que vous m'avez faites sur elle, vos craintes.... vos gémissemens, vos sanglots. Ah ! morbleu, je regretterai toute ma vie, & ma sotte pitié, & tant de nuits passées à vous remettre la tête. Madame la Vicomtesse de Blémont, une folle... décriée... perdue, une impertinente, dont j'ai, moi personnellement, toutes les raisons du monde de me plaindre....

LA MARQUISE.

Avez-vous tout dit?

LE COMMANDEUR.

Non, non, vous m'entendrez jusqu'au bout. Ah ça, ma sœur, je vous passe votre motif; mais s'il étoit aussi peu fondé qu'il est extravagant, qu'auriez-vous à répondre?

LA MARQUISE.

Comment?

LE COMMANDEUR.

Oui, la Vicomtesse n'a ses entrées ici, que parce que vous supposez qu'elle aime encore mon neveu, n'est-ce pas?

LA MARQUISE.

Eh bien, après?

LE COMMANDEUR.

Eh bien, moi je vous dis qu'elle ne songe non plus à lui qu'au grand Turc.

LA MARQUISE.

En vérité, mon frère, je puis penſer ſans aveuglement qu'il eſt poſſible d'aimer mon fils : il eſt certain qu'elle a eu du penchant pour lui ; & la ſituation où il eſt, ſon danger, doivent ranimer des ſentimens qui n'ont jamais été parfaitement détruits.

LE COMMANDEUR.

Des ſentimens !... Vous me faites rire... Oui, la Vicomteſſe eſt bien une femme à ſentimens... Votre fils eſt jeune, joli, bien tourné ; je crois ſans peine qu'elle a eu pour lui une fantaiſie aſſez vive....

LA MARQUISE.

Quelles idées.... & quelles expreſſions !

LE COMMANDEUR.

Ne vous en choquez-vous pas ? Ah ! je vous conſeille de faire la prude.... le jour même où vous voulez recevoir à bras ouverts une femme qui.... Ne me faites pas parler.... Mais venons au fait. Eh bien, Madame la Marquiſe, je vous ſoutiens donc, moi, que votre Vicomteſſe de

Blémont n'a nul besoin de venir s'attendrir avec vous.

LA MARQUISE.

Vous ne me ferez pas changer d'opinion.

LE COMMANDEUR.

Si fait parbleu, je vous en ferai changer. Écoutez-moi....

LA MARQUISE.

Mon Dieu, mon frère, laissons ce discours.

LE COMMANDEUR.

Je n'ai plus qu'un mot à dire. Elle est venue ce matin vous voir, la Vicomtesse.

LA MARQUISE.

Ah ! elle est venue, on ne me l'a pas dit.

LE COMMANDEUR.

Eh bien elle est venue.

LA MARQUISE.

Eh bien ! vous voyez que je n'en suis pas oubliée.

LE COMMANDEUR.

Mais savez-vous pourquoi ?... devinez...

Allons, allons, je m'en vais vous le dire : elle est venue pour vous demander votre loge... Ah ! qu'en pensez-vous de celui-là ? Et puis historiquement elle a conté à Victoire qu'elle étoit lasse à mourir, parce qu'elle a dansé toute la nuit... Hem ? ... vous ne dites mot. Voilà cette femme affligée, cette femme victime d'un sentiment qui n'a jamais été détruit.... Que diable, ma sœur, connoissez donc mieux vos gens ; il n'est pas permis à trente-huit ans d'être de la crédulité dont vous êtes...

LA MARQUISE.

Ah ! mon frère, j'entends bien du bruit là-dedans... Ce sont sûrement des nouvelles.

LE COMMANDEUR.

C'est peut être Dumont.

LA MARQUISE.

Voyez... Voyez... Ah ! mon frère !...

SCENE IX.

LA MARQUISE, LE COMMANDEUR, VICTOIRE, L'ABBÉ.

VICTOIRE, *accourant*.

MADAME, voilà une lettre....

LA MARQUISE.

Une lettre.... Et de qui?...

VICTOIRE.

De Madame la Maréchale.

LA MARQUISE.

Ah, donnez.... (*Elle tombe dans son fauteuil.*)

L'ABBÉ, *bas, au Commandeur.*

Nous avons gagné la bataille, je ne sais pas d'autres détails.

LE COMMANDEUR.

O Ciel!... Mais paix....

LA MARQUISE, *lisant, après avoir décacheté la lettre, ce qui a été un peu long à cause de son saisissement.*

Hélas! Madame, je suis au désespoir. (*Elle s'interrompt.*) Ah! mon fils... Je me meurs.... (*Elle tombe évanouie.*)

LE COMMANDEUR.

Ah, grand Dieu! ma sœur...

VICTOIRE, *lui prenant le bras.*

Elle est sans connoissance.

L'ABBÉ.

Il faut la secourir.

LE COMMANDEUR.

De l'eau, de l'eau.... Défaites son collier.... L'Abbé, appelez ses gens.... (*L'Abbé amène plusieurs domestiques qui s'empressent.*)

VICTOIRE.

Hélas! elle est comme morte....

LE COMMANDEUR, *à Victoire.*

La tenez-vous bien?...

VICTOIRE.

Oui, Monſieur.

LE COMMANDEUR.

Voyons donc cette funeſte lettre... & s'il eſt bien vrai.... *Pendant qu'on ſécoure la Marquiſe, il prend la lettre, & lit tout bas : après avoir lu il s'écrie :* l'Abbé, l'Abbé, mon neveu ſe porte bien, il a fait des merveilles, & il n'a pas reçu la moindre bleſſure.

L'ABBÉ.

O Ciel !...

VICTOIRE.

Ah ! M. le Commandeur, venez donc rendre Madame à la vie....

LE COMMANDEUR.

Elle n'avoit lu que les premiers mots de la lettre... Diable ſoit des femmes, qui commencent toujours par s'évanouir.... Elle m'a bouleverſé moi.... Je n'en puis plus....

VICTOIRE.

Je crois qu'elle revient un peu.

L'ABBÉ.

Un moment, je fais une réflexion. Si, quand elle aura repris sa connoissance, nous allons lui dire sur le champ la vérité, c'est risquer de lui causer la plus funeste révolution. Il y a beaucoup d'exemples de femmes mortes de joie, témoin cette célèbre Lacédémonienne...

LE COMMANDEUR.

Que diable, l'Abbé, il s'agit bien ici de Lacédémone....

VICTOIRE.

M. le Commandeur, je crois que M. l'Abbé a raison, ... il faudroit absolument préparer un peu Madame.

LE COMMANDEUR.

A la bonne heure ;... mais vous la préparerez donc, vous autres, car moi je n'entends rien à cela...

L'ABBÉ.

Oui, oui, laissez-moi faire.... & ne parlez que lorsque je vous ferai signe.

LE COMMANDEUR.

Oui, mais que cela ne ſoit pas long...

VICTOIRE.

Sa pâleur ſe diſſipe un peu...

L'ABBÉ.

Elle revient.... elle revient.... Monſieur le Commandeur, mettez-vous là, un peu derrière elle ; car ſi elle voit votre viſage, tout eſt dit....

LE COMMANDEUR.

Allons, allons ; mais dépêchez.

LA MARQUISE, *ouvrant les yeux.*

Mon fils... Mon fils...

L'ABBÉ.

Madame, rappelez votre courage.

LA MARQUISE.

Mon fils... Qu'on me laiſſe... Qu'on me laiſſe mourir....

L'ABBÉ.

Mais, Madame, cette lettre, vous ne l'avez pas achevée, & nous l'avons lue.... Il vous reſte quelque eſpoir...

LA MARQUISE.

Il vit encore ?....

LE COMMANDEUR.

Oui, oui, il vit....

LA MARQUISE.

Ah ! mon frère, mon cher frère,... Mais il est blessé mortellement ?....

LE COMMANDEUR.

Non, non...

LA MARQUISE, *se jetant à genoux.*

O mon Dieu !,... Mon Dieu, je voulois mourir, pardonnez-moi.... Mon Dieu, sauvez mon fils....

LE COMMANDEUR.

C'est assez préparé.... l'Abbé.

L'ABBÉ.

Encore un moment....

LA MARQUISE.

Mon frère,... mes amis,... mon fils n'est pas mortellement blessé... Ne me trompez-vous pas ?....

LE COMMANDEUR.

Eh! ma sœur....

L'ABBÉ.

Calmez-vous, Madame, & remerciez le Ciel....

LA MARQUISE.

Je dois le remercier.... Ah Dieu! O mon Dieu! je vous consacre ma vie si mon fils m'est rendu.

LE COMMANDEUR.

Que diable, l'Abbé, si vous ne finissez, elle va faire le vœu de renoncer au monde; encore une préparation, & la voilà Carmelite. Ma sœur, écoutez-moi donc: séchez vos larmes, vous n'en devez répandre que de joie. M'entendez-vous?....

LA MARQUISE.

De joie.... Mais mon fils est blessé....

LE COMMANDEUR.

Et non, vous dis-je, il ne l'est pas....

LA MARQUISE, *se levant, & se jetant au col de son frère.*

Qu'entends-je! Ah mon frère! se peut-il...

LE COMMANDEUR.

Il se porte mieux que vous & moi.

LA MARQUISE, *embrassant son frère.*

O Ciel!.... mon frère....

L'ABBÉ.

Oui, Madame.

VICTOIRE.

Ma chère Maîtresse, rien n'est plus vrai....

LA MARQUISE.

Mais cette lettre....

LE COMMANDEUR.

La Maréchale vous mande qu'elle est au désespoir, parce que son fils est blessé, mais légèrement; il lui a même écrit pour lui donner de ses nouvelles & de celles de mon neveu, qui, dit-il, s'est distingué de la manière la plus brillante....

LA MARQUISE.

Il s'est distingué... Ah! je n'en doutois pas;... mais il vit,.... & il n'est point blessé....

LE COMMANDEUR.

Et la bataille est gagnée.... & elle est décisive, & la paix en sera le fruit....

LA MARQUISE.

La paix,.... la paix.... Mais qu'ai-je fait pour mériter tant de bonheur? Mon fils! je te reverrai après tant de tourmens & de pleurs. Tu vas m'être rendu.... Mon frère, embrassez-moi donc, & vous aussi, mon cher Abbé,... & toi, ma pauvre Victoire.... Félicitez donc tous la plus heureuse des mères. (*Le Commandeur, l'Abbé, l'embrassent; Victoire lui baise les mains.*)

LA MARQUISE.

Ma lettre,.... où est-elle, que je la lise....

LE COMMANDEUR.

La voilà. (*Elle la prend.*) Quel jour que celui d'une bataille gagnée.... Cela fait regretter d'avoir quitté le service..... & de n'avoir pas tenu bon, malgré l'âge, la goutte, & les passe-droits.

LA MARQUISE, *après avoir lu.*

Ah! mon fils, mon cher fils!... quelle félicité est égale à la mienne!.... Mais cette pauvre Maréchale.... Allons, mon frère, la consoler, & nous enfermer avec elle.

LE COMMANDEUR.

Son fils lui écrit lui-même que sa blessure n'est rien.

LA MARQUISE.

Ah! je sais si le cœur d'une mère est difficile à rassurer! Venez, mon cher frère, ne me quittez pas; & sur-tout modérons devant elle l'excès d'une joie qui, peut-être, aigriroit sa peine. (*Ils sortent.*)

FIN.

1 2 3 4 5 6 7 8 9 10 11
12
13
14
15
16 17 18 19 20 21 22 23 24
Miejskie Przeds. Kom. Wrocław
NORMALNY TRAMWAJOWY
zł 0,50
459817
Ser. 15
Zachować dla kontroli

LA CLOISON.

LA CLOISON,

COMÉDIE

EN UN ACTE.

PERSONNAGES.

Le Baron DE TERVILLE.

ORPHISE, Sœur du Baron.

SOPHIE, Fille du Baron.

Le Chevalier DE TERVILLE, Frère de Sophie.

CLÉANTE, Ami du Baron.

LINDOR, Amant de Sophie.

MARTON, femme-de-Chambre de Sophie.

La Scène est dans le Château du Baron.

LA CLOISON,

COMÉDIE.

SCÈNE PREMIÈRE.

Le Théâtre représente un Salon.

LE BARON, CLÉANTE.

LE BARON.

VOUS nous voyez tous depuis une heure dans une grande agitation; je vais vous dire naturellement ce qui la cause.

CLÉANTE.

Qu'eſt-il donc arrivé?

LE BARON.

Vous l'allez ſavoir. Je vous ai promis ma fille, elle ne ſera jamais à un autre: notre ancienne amitié, nos terres qui sont voisines, toutes ces convenances.....

CLÉANTE.

Mais à quoi donc tend ce discours; de grace, au fait, mon cher Baron.

LE BARON.

Eh bien, le fait est que Sophie est aimée par un jeune étourdi, que j'aime aussi beaucoup, moi; car c'est Lindor mon neveu.

CLÉANTE.

Et pourquoi ne lui donnez-vous pas la préférence?....

LE BARON.

Vous moquez-vous? Lindor est de l'âge de Sophie, ils sont nés précisément le même jour, & dans ce même Château....

CLÉANTE.

Je trouve cela touchant........

LE BARON.

Oui, fort touchant; vous voilà comme ma sœur....

CLÉANTE.

De tout cela je conclus que je dois me retirer : à nos âges, il ne faut point lutter contre l'amour & la jeunesse réunis.....

LE BARON.

Quel radotage !... Croyez-vous que j'eusse formé le dessein de vous donner ma fille, si je n'étois par sûr que son cœur est parfaitement libre.

CLÉANTE.

Je sens tout le prix des graces & des charmes de Sophie, j'en attache infiniment à une alliance qui doit resserrer les nœuds de notre amitié ; mais je suis dans l'âge où la raison doit préserver de l'amour ; & le rival qui se présente.....

LE BARON.

Beau rival, qui n'a que dix-sept ans, un écolier !...

CLÉANTE.

Voilà ceux qui sont à craindre !...

LE BARON.

Je vous répète que Sophie ne pense point à lui, & qu'elle est trop raisonnable....

CLÉANTE.

Vous me le dites, & cela me suffit, je n'ai nulle inquiétude ; mais encore une fois je ne conçois pas comment la passion de ce jeune homme ne vous a pas décidé en sa faveur.

LE BARON.

Parce qu'il est trop jeune, & point assez riche ; mon frère mangea une partie de son bien, & me laissa cet enfant dont je me chargeai ; Sophie & lui furent élevés ensemble dans ce château.

CLÉANTE.

Elevés ensemble, nés le même jour dans ce château ! vous conviendrez qu'il semble que la destinée les ait faits l'un pour l'autre.

LE BARON.

Oh ! c'est la sagesse des pères qui fait la destinée des enfans.... Enfin donc Lindor, sans le savoir lui-même, devint amoureux de Sophie; comme j'ai de bons yeux, je m'en apperçus, & je l'envoyai à Strasbourg; il est entré au service, il y a un an, & il y en a deux qu'il n'a vu sa cousine, il avoit quinze ans quand il la quitta; vous concevez ce que c'est que cette belle passion, & comme cela doit être solide; mais le petit garçon a la tête vive, il est naturellement impétueux & bouillant..... Il apprend à Strasbourg que je dois marier Sophie; l'étourdi part sur le champ, & il vient d'arriver tout-à-l'heure; voilà ce que je voulois vous dire.

CLÉANTE.

Comment! il est ici?

LE BARON.

Oui, il est ici..... Il est descendu secrettement à l'appartement de mon fils, qui me l'a fait dire; je n'ai pas voulu le voir, je lui ai envoyé ma sœur pour lui laver la téte d'importance, & le faire repartir sur le champ. Car enfin vous épousez ma fille demain, il faut nécessairement nous défaire de lui aujourd'hui.

CLÉANTE.

Et Sophie sait-elle ?...

LE BARON.

Elle ne sait pas le plus petit mot de tout ceci; mais j'entends la voix d'Orphise, nous allons savoir si Lindor s'est décidé de bonne grace à partir.

SCÈNE II.

LE BARON, CLÉANTE, ORPHISE.

LE BARON.

EH bien, ma sœur ?

ORPHISE.

Ah! le pauvre enfant, le pauvre enfant!

LE BARON.

Eh bien, est-il parti ?

ORPHISE.

Pas encore, mais je lui ai parlé avec une autorité, une force, qui le décideront certainement avec un peu de réflexion. Au reste, il m'a fait saigner le cœur en apprenant que sa Cousine se marioit demain; il s'est trouvé mal, & puis il est entré en fureur, tour-à-tour il pleure, il s'emporte; enfin je l'ai laissé avec votre fils qui tâche de l'appaiser, & j'ai chargé Marton de nous amener Sophie ici, afin qu'elle ne puisse pas rencontrer ce jeune insensé.

LE BARON.

Ah çà, que ferons-nous? s'il reste il fera mille folies.....

CLÉANTE.

Et si vous lui ordonnez décidément de partir, il se cachera aux environs....

LE BARON.

Oh, je ne suis pas facile à attraper de mon naturel;... mais il me vient une excellente idée, tenez voici ce que j'imagine.... (*à Cléante*) Au lieu d'épouser Sophie demain, mariez-vous ce soir. Rien n'est plus aisé, le contrat est prêt......

CLÉANTE.

Eh bien, qu'en résultera-t-il?

LE BARON.

Ah ! le voici. Je vais aller trouver mon neveu, je l'engagerai doucement à partir, mais à condition que je lui donnerai pour l'escorter & le reconduire à Strasbourg, un Valet de chambre dont je suis sûr.

ORPHISE.

Oui, la Fleur ?

CLÉANTE.

Fort bien, mais s'il ne veut point d'escorte ?

LE BARON.

Oh ! alors j'userai de violence, & j'enferme le rebelle dans le pavillon neuf jusqu'à demain.

ORPHISE.

Voilà un moyen bien rigoureux.

CLÉANTE.

Ah, oui, cette extrémité seroit fâcheuse.

LE BARON.

Cela sera cependant, je vous en réponds....

ORPHISE.

Ah ! mon frère !....

LE BARON.

Ah, ma sœur, je sais bien que Lindor est votre enfant gâté, mais il s'agit de prévenir des extravagances dont les suites pourroient être beaucoup plus dangereuses qu'une captivité de vingt-quatre heures.

ORPHISE.

Mais si on l'enferme, il va faire un train...

LE BARON.

Oh, tant qu'il lui plaira, il ne sera entendu de personne; ce pavillon ferme bien, il n'est point habité, la cour & le jardin nous en séparent, ainsi.....

ORPHISE.

A la bonne heure, allez donc lui parler; mais sur-tout mettez tous vos soins à lui persuader de partir.

LE BARON.

Oh, il me craint, & j'espère que je saurai le réduire. Adieu; vous, ma sœur, veillez sur Sophie, qu'elle ignore tout ceci, il est inutile qu'elle en soit instruite. (*Il sort.*)

SCÈNE III.

ORPHISE, CLÉANTE.

CLÉANTE.

LA passion de ce jeune homme est intéressante, elle paroît si vraie, si violente ! Croyez-vous, Madame, que si Sophie apprenoit à quel point elle en est aimée, son cœur pût y être tout-à-fait insensible ?

ORPHISE.

Elle ! Sophie !.... Elle est si simple, si indolente !

CLÉANTE.

Elle n'a jamais rien su de l'amour de son Cousin ?

ORPHISE.

Ah, je puis vous répondre qu'elle est, à cet égard, dans la plus parfaite ignorance ; je l'ai élevée, je la connois mieux que je ne me connois moi-même, car je l'ai étudiée avec un soin particulier, & vous savez que je ne manque pas de pénétration. Sophie est bonne, douce, soumise, mais tous ses sentimens sont foibles & modérés ; elle ignore, grace à mes soins, presque jusqu'au nom de l'amour, & je vous proteste qu'elle n'est pas susceptible d'en éprouver jamais.

CLÉANTE.

Elle en sera plus heureuse.

ORPHISE.

Elle a tout ce qu'il faut pour faire le bonheur d'un homme raisonnable : je vous dirai même que si Lindor avoit eu six ou sept ans de plus, j'aurois décidé mon frère à lui donner Sophie, & en faveur de ce mariage, il m'eût été fort doux de leur assurer tout mon bien ; mais mon Neveu en peut faire un beaucoup meilleur ; il a un beau nom, une figure charmante, je veux lui faire épouser une riche héritière, & j'ai même des vûes sur la fille d'un Financier..... Mais j'entends, je crois, la voix de Sophie, je vais lui annoncer que la noce sera pour ce soir.

CLÉANTE.

Je vous laisse avec elle ; mais sur-tout ; Madame, songez à ne contraindre en rien son inclination. (*Il sort.*)

ORPHISE, *seule.*

Oh, je ne permets pas qu'elle ait d'autre inclination que celle de faire ma volonté ; je ne lui ai jamais souffert, avec moi, ni raisonnemens ni explications ; & voilà comme il faut élever les jeunes personnes. Mais la voilà.

SCÈNE IV.

ORPHISE, SOPHIE, MARTON.

ORPHISE, *à part.*

SACHONS d'abord si elles n'ont entendu parler de rien. (*Haut.*) Approchez, Sophie ; vous avez bien tardé à vous rendre ici : n'avez-vous rencontré personne ?

SOPHIE.

Non, ma Tante.

ORPHISE.

Et vous, Marton?

MARTON.

Je viens de rencontrer M. Cléante, qui a l'air bien triste & bien rêveur pour un homme qui est à la veille de son mariage.

ORPHISE.

Ah ça, ma Nièce, j'ai une bonne nouvelle à vous apprendre; vous deviez vous marier demain.....

MARTON.

Son mariage est rompu?

ORPHISE.

Taisez-vous...... (*À Sophie.*) Nous avons décidé que vous vous marieriez ce soir?

SOPHIE.

Ce soir!.... (*À part.*) O ciel!.....

MARTON.

Et toujours avec M. Cléante?

ORPHISE.

Quelle sotte question! avec qui donc?

MARTON.

Dame, vous avez dit que vous alliez annoncer une bonne nouvelle!

ORPHISE.

Il y a long-temps, Marton, que je suis lasse de vos impertinences; j'y mettrai ordre, à la fin.

SOPHIE.

Ce soir!.... Je vous avoue, ma Tante, que cette précipitation me surprend.

ORPHIRE.

Je suis persuadée qu'elle ne vous fait point de peine; vous épousez le plus honnête homme du monde, le plus aimable....

MARTON.

Oh!....

ORPHISE.

Hem?....

MARTON.

Je ne dis rien, Madame.

ORPHISE.

Vous connoissez vos devoirs; l'obéissance est

le

le premier de tous : ainsi, le lien que vous allez former ne coûtera sûrement rien à votre cœur.

MARTON, *à part.*

Belle & spirituelle conclusion.

ORPHISE.

Je vais donner les ordres nécessaires pour les préparatifs de la noce ; restez ici l'une & l'autre, & n'en sortez point que je ne vous le fasse dire...., entendez-vous, Marton ?

MARTON.

Oui, Madame, j'entends ; mais je ne comprends pas pourquoi vous nous mettez ici aux arrêts.....

ORPHISE.

Je ne donne jamais de raisons de ce que j'ordonne, vous devez le savoir.

MARTON, *à part.*

Louable & douce habitude !.....

ORPHISE.

Adieu ; tâchez de vous égayer un peu, je vous prie ; & ne nous apportez pas ce soir ce visage sombre, qui ne convient nullement à votre situation. (*Elle sort.*)

SCÈNE V.

MARTON, SOPHIE.

MARTON.

OUI, oui, ne nous donnez pas de raiſons; nous ſavons à quoi nous en tenir.....

SOPHIE.

Ah! Marton....

MARTON.

Eh bien, Mademoiſelle; voyons, que ferons-nous? Tenons conſeil; Lindor eſt ici: ſi nous pouvions le ſubſtituer adroitement à M. Cléante....

SOPHIE.

Ah! je ſuis au déſeſpoir.

MARTON.

Vous faites votre charge, cela eſt dans la règle; mais moi qui ai plus de ſang-froid, je puis délibérer & réfléchir..... Dites-moi un peu, Mademoiſelle; c'eſt donc M. votre frère qui vous a conté tous les détails de cette subite arriv.e?

SOPHIE.

Je te l'ai déjà dit; mon frère m'instruit de tout j. . un billet.

MARTON.

Vous m'avez dit tout cela en si peu de mots, & si à la hâte!....

SOPHIE.

Lindor est chez mon frère, qui le presse envain de partir....

MARTON.

Mais M. le Chevalier, qui vous aime tant, auroit bien dû vous faciliter une petite entrevue; rien n'étoit plus facile, pendant que votre Père, votre Tante & le Prétendu étoient ici.

SOPHIE.

Mon frère avoit donné sa parole à ma Tante, que Lindor ne sortiroit point de chez lui; mais voyant son malheureux Cousin au désespoir, il n'a pu refuser à ses prières & à ſes larmes, la foible conſolation de m'écrire ; & il m'a fait remettre ſa lettre.

MARTON.

C'eſt toujours quelque choſe.

SOPHIE.

La voilà, cette lettre ſi touchante & ſi paſſionnée ; il m'eſt encore permis de l'arroſer de pleurs ; je ſuis libre encore ; mais ce ſoir, juſte Ciel ! il faudra étouffer juſqu'au ſouvenir d'un amour auſſi tendre que malheureux.

MARTON.

En vérité, vous déclamez à merveille : qui ne croiroit, à vous entendre, que vous aimez véritablement ? cependant, il n'en eſt rien.

SOPHIE.

Comment ?

MARTON.

Eh ! ſi vous aimiez, Mademoiſelle, ſeriez-vous aſſez timide pour n'oſer le déclarer à vos parens, & pour ſacrifier votre amant ſans la moindre réſiſtance ?

SOPHIE.

Que veux-tu que je fasse ? on ne m'a donné que deux préceptes, qui ont été toute la base de mon éducation : obéir & me taire ; je les suivrai, mais j'en mourrai.

MARTON.

Pardi, voilà deux vilains préceptes, & bien peu faits pour une femme.

SOPHIE.

Ma Tante ne m'a jamais permis un seul instant de confiance avec elle....

MARTON.

Oui, elle n'aime ni la réplique, ni les raisonnemens ; & quand elle a bien sermoné, elle interdit la réponse, afin de la faire elle-même à son gré. Je suis sûre, dit-elle, que vous pensez cela ; je ne doute pas que ce ne soit-là votre opinion ; & ce qu'il y a de plus drôle, c'est qu'elle ne devine jamais juste ; & que si elle laissoit parler, on répondroit toujours exactement le contraire.....

SOPHIE.

Auſſi, il me ſeroit impoſſible de lui ouvrir mon cœur. Ah! qu'il m'eût été doux de pouvoir la regarder comme une amie, de la consulter, de lui avouer mes foibleſſes, de la prendre pour guide, de ſuivre enfin des conſeils donnés avec douceur & tendreſſe!....

MARTON.

Eh, conſolez-vous, Mademoiſelle! les choſes ſont bien mieux arrangées pour vous & pour moi. Si Madame votre Tante étoit votre amie, je ne ſerois pas votre confidente; & les conſeils que je vous donnerai, ſeront certainement plus conformes à vos inclinations, que ceux que vous recevriez d'elle.

SOPHIE.

J'entends quelqu'un...... Ah! mon Dieu, c'eſt mon frère.....

MARTON.

Oui, juſtement.

SCÈNE VI.

SOPHIE, MARTON, LE CHEVALIER.

SOPHIE.

AH! mon frère..... Eh bien, Lindor?

LE CHEVALIER.

Mon père est venu le trouver pour l'engager à partir; mais Lindor, avec une obstination inconcevable, a déclaré que rien au monde ne pourroit l'y déterminer: que vous étiez libre encore, qu'il vouloit vous voir, vous parler, enfin mille extravagances.

SOPHIE.

Et quel parti prend mon père?

LE CHEVALIER.

Ah! un parti qui vous paroîtra violent, mais qui cependant au fond.....

SOPHIE.

Comment donc mon frère?

LE CHEVALIER.

Eh, calmez-vous ! J'ai donné ma parole de ne point faciliter à Lindor les moyens de vous voir ; je vous ai promis, depuis long-temps, une entière confiance ; je ferai fidèle à tous mes engagemens. Voici donc la vérité : mon père a fait dire à Lindor de venir lui parler dans le pavillon neuf ; c'est-là qu'ils ont eu cet entretien où Lindor, par son opiniâtreté, a poussé mon père à bout.

SOPHIE.

Eh bien ?.....

LE CHEVALIER.

Eh bien, tout-à-coup mon père est sorti brusquement, il a tiré sur lui la porte du cabinet, l'a fermée à double tour ; & le pauvre Lindor s'est trouvé prisonnier.

SOPHIE.

Comment, prisonnier ?

MARTON.

En voici bien d'un autre.

LE CHEVALIER.

Oui, prisonnier, seulement jusqu'à demain; car, ma sœur, vous épousez ce soir Cléante; &, votre mariage fait, Lindor aura la clef des champs; & sûrement alors il desirera lui-même de s'éloigner.....

SOPHIE.

Le malheureux! sensible & violent comme il l'est, quelle doit être sa colère! O Ciel! & mon père, & ma tante, n'en craignent pas les effets?

LE CHEVALIER.

La Fleur est avec lui....

MARTON.

Ah! tant pis; la Fleur est un butor incorruptible.

LE CHEVALIER.

Sophie, vous pleurez!

SOPHIE.

Ah! je ne m'en défends pas.... O Lindor! infortuné jeune homme, vous que j'ai si long-temps regardé comme un frère; c'est donc moi qui cause toutes vos peines. Ma pitié, hélas!

est tout ce qui lui reste, & il n'en peut jouir; que dis-je? peut-être me croit-il complice de ce complot odieux, qui lui ravit jusqu'à la liberté...... ah! demain elle lui sera rendue; & moi, & moi, grand Dieu!.... (*Elle tombe sur une chaise, & se cache le visage avec son mouchoir.*)

LE CHEVALIER.

Ma sœur, au nom du Ciel, rappelez votre raison, votre courage; si l'on vous surprenoit dans l'état où vous êtes.....

SOPHIE.

Ah! du moins, laissez-moi parler pour la dernière fois.

LE CHEVALIER.

Depuis plus d'un jour, je lis dans votre cœur.

SOPHIE.

Non, vous ne connoissez pas toute ma foiblesse; j'étois aimée, j'aimois; j'ai fait plus, j'osai l'avouer.....

LE CHEVALIER.

Quoi! Lindor sait qu'il est aimé?

SOPHIE.

En partant pour Strasbourg, il m'écrivit ; je fus six mois sans lui répondre, enfin....

MARTON.

La correspondance s'établit avec une exactitude égale de part & d'autre, je puis vous en répondre.

LE CHEVALIER.

J'admire la discrétion de Lindor ; il ne lui est pas échappé un mot, qui put faire soupçonner.....

SOPHIE.

Il suit mes ordres ; lorsque mon père m'annonça, il y a huit mois, qu'il me destinoit à Cléante, j'écrivis à Lindor pour lui ôter tout espoir ; mais, par un ménagement que je crus nécessaire, je lui mandai que les vûes qu'on avoit pour mon établissement, ne pourroient se réaliser que dans deux ou trois ans ; j'exigeai de lui qu'il ne fit aucune démarche, & je lui annonçai que je cesserois de lui écrire.

LE CHEVALIER.

Comment Lindor, naturellement si violent, si impétueux, a-t-il pu se soumettre à ce que vous exigiez de lui ?

SOPHIE.

Ah ! sa sensibilité tempère toujours sa violence ; la crainte de me déplaire ou de me compromettre peut tout sur lui, & mes volontés sont pour lui des ordres sacrés ; d'ailleurs il se flatta que le temps pourroit changer les dispositions de mon père ; ... mais en apprenant que j'allois épouser Cléante, le désespoir & l'amour l'ont conduit ici ; il ne vouloit sans doute que me voir, il venoit réclamer les droits que je lui ai donnés sur mon cœur.... Hélas, c'étoit-là son unique dessein : il pouvoit tout découvrir à mon père ; lui montrer mes lettres, & cependant cette crainte ne m'a pas troublée un instant. Ah ! je connois Lindor, il est furieux, désespéré, je le sacrifie, mais il saura se taire ; & jamais, sans mon consentement, il ne divulguera nos secrets.

MARTON.

Ma foi, Mademoiselle, je voudrois qu'il parlât, M. Cléante lui céderoit la place, & son imprudence nous seroit beaucoup plus utile que sa discrétion.

LE CHEVALIER.

Ah! ma sœur, pourquoi n'ai-je pas su plus tôt....

SOPHIE.

Vous étiez absent, & vous n'êtes revenu que lorsqu'il n'étoit plus temps de vous ouvrir mon ame; j'étois promise à Cléante....

LE CHEVALIER.

Eh, comment n'avez-vous pas prévu que l'extrême jeunesse de Lindor, & la médiocrité de sa fortune, seroient des obstacles invincibles?....

SOPHIE.

Je l'aime depuis que je me connois; je le lui ai dit avant de savoir moi-même le nom du sentiment qu'il m'inspiroit....

MARTON.

Et puis quand on le ſait, on ſe tait, on n'oſe plus rien dire; mais le ſilence parle, l'amant devine, queſtionne, preſſe, s'impatiente, s'alarme, s'afflige; on ne veut pas mentir, & l'on fait partir pour Strasbourg une lettre ingénue qui détruit tous les doutes.

LE CHEVALIER.

Ma chère Sophie! que je vous plains!.... mais Lindor eſt ſi jeune!.... croyez, telle que ſoit ſa paſſion pour vous, que la perte totale de ſes eſpérances anéantira bientôt juſqu'au ſouvenir des peines qu'il a ſouffertes. Pour vous, ma ſœur, la tendreſſe d'une famille dont vous allez combler tous les vœux, ſoutiendra votre courage dans ces premiers momens. La vertu récompenſe toujours des ſacrifices qu'on fait pour elle; vous l'éprouverez, chère Sophie; d'ailleurs Cléante a mille bonnes qualités, il n'eſt pas de la première jeuneſſe, mais il a de l'eſprit, de la douceur, & ſur-tout le plus grand deſir de vous rendre heureuſe.

SOPHIE.

Je l'estime, & je lui rends justice;... mais puis-je espérer d'être jamais heureuse?... Vous dites, mon frère, que Lindor m'oubliera; hélas! je le souhaite pour son bonheur, mais je ne puis le croire!

LE CHEVALIER.

Songez qu'il a dix-sept ans.

SOPHIE.

Est-ce une raison? ne sommes-nous pas de même âge!...

MARTON.

Paix, paix, je crois qu'on vient....

SOPHIE.

Ah! Ciel!....

LE CHEVALIER.

Comme vous voilà tremblante!... Ma sœur rassemblez toutes vos forces....

SOPHIE.

N'entends-je pas la voix de Cléante...

MARTON.

Non, non, ce n'est que Madame Orphise.....

SOPHIE.

Ah ! mon frère, ne m'abandonnez pas !

LE CHEVALIER.

Sur-tout feignez bien d'ignorer tout ce que je viens de vous apprendre.

MARTON.

Oh, ne craignez rien, nous sommes timides, mais nous savons fort joliment dissimuler.

SCÈNE VII.

SOPHIE, MARTON, LE CHEVALIER, ORPHISE.

ORPHISE, *à Sophie.*

SOPHIE, votre père vous demande, allez lui parler sur le champ.

SOPHIE.

Quoi, ma Tante..... seroit-ce déjà ?....

ORPHISE,

ORPHISE.

Eh bien, que signifie cet air effaré ; que croyez-vous ? répondez donc.

SOPHIE.

Est-ce pour la signature....

ORPHISE.

Eh quand cela feroit ?... Ne savez-vous pas qu'on vous marie ce soir.... Oh ! des pleurs ; en vérité vous êtes d'une enfance....

LE CHEVALIER.

Eh, ma Tante, parlez-lui plus doucement.

ORPHISE.

Non, elle m'impatiente.... (*à Sophie*) Vous êtes charmée de vous marier ; vous sentez tout l'avantage de l'établissement qu'on vous procure.... & vous pleurez..... cela n'est pas raisonnable. Allons, essuyez ces larmes, voilà les dernières que je vous verrai répandre, j'en suis sûre ; allons je ne suis plus fâchée, embrassez-moi.

SOPHIE.

Ma Tante, mon Père est-il seul ?

ORPHISE.

Oui, il est seul, il vous attend. Allez Sophie, Marton suivez-la.

SOPHIE, *à part en s'en allant.*

Ah ! comment cacher des peines que chaque instant augmente... (*Elle sort.*)

SCÈNE VIII.

ORPHISE, LE CHEVALIER.

ORPHISE.

IL n'est pas facile de conduire ces jeunes têtes-là, & il faut toute mon expérience pour en venir à bout.

LE CHEVALIER.

Eh bien, ma Tante, que fait Lindor ?

ORPHISE.

Un vacarme épouvantable.... il est réellement dans un état affreux ; il y a quelque chose là-dessous, moi je suis convaincue qu'il se croit aimé..... à cet âge on ne doute de rien.

LE CHEVALIER.

Bon, vous pensez cela ?

ORPHISE.

Il a été élevé avec Sophie, il en a reçu beaucoup de preuves d'amitié, & je parie qu'il a la folie de s'imaginer qu'elle partage son amour.

LE CHEVALIER.

Et vous êtes persuadée qu'il s'abuse ?

ORPHISE.

Oh ! j'ai élevée votre sœur, je suis sans inquiétude, je l'ai tenue de si près....

LE CHEVALIER.

Et Sophie est si bien née.....

ORPHISE.

D'ailleurs l'éducation fait tout.

LE CHEVALIER.

Oui, cela est certain, & si Sophie avoit pu s'égarer, on auroit dû n'en accuser que vous.

ORPHISE.

Oh, cette opinion est bien la mienne. Ah-ça, mon Neveu, je connois votre raison & votre sagesse, & je vais vous confier encore un nouveau secret, mais donnez-moi votre parole d'honneur de n'en parler à qui que ce soit, pas même à Cléante.

LE CHEVALIER.

Je vous la donne.

ORPHISE.

Vous n'êtes point un enfant, on peut vous parler vrai.

LE CHEVALIER.

De quoi s'agit-il donc ?

ORPHISE.

Eh bien, dans cet instant, votre père conte tout à Sophie, & il lui dit de plus, que ce qui rend Lindor très-coupable, c'est que depuis trois mois il étoit décidé à épouser une fille de la province où il est en garnison; que cette jeune personne est riche & jolie, qu'enfin tout étoit arrangé, lorsqu'en apprenant le mariage de Sophie, Lindor n'a pu se défendre d'un dépit extravagant; & qu'en un mot, par des motifs que nous ne concevons pas, tout-à-coup il est arrivé....

LE CHEVALIER.

Mais, ma Tante, quel est le but de toute cette histoire.

ORPHISE.

Ah, vous allez voir....... Sophie est simple & crédule, elle croira tout cela, ensuite mon frère ajoutera que je suis furieuse contre Lindor, que je le déshériterai, parce que j'imagine que pendant que j'arrangeois son mariage, il écrivoit à votre sœur des lettres d'amour, & que pour me dissuader & faire rendre la liberté à Lindor, il faut qu'elle vienne me dire qu'elle sait la folie qu'il a faite, qu'elle ne la conçoit pas, parce que jamais elle n'a eu lieu de s'en croire aimée, & que la preuve en est, qu'elle n'a aucun penchant pour lui, & qu'elle épouse avec plaisir Cléante.

LE CHEVALIER.

Eh bien, Sophie vous dira tout cela, mais à quoi bon ?

ORPHISE.

Elle me parlera ici.... A côté de ce fallon vous avez un cabinet, je vous en demande la clef, j'y ferai conduire Lindor; à travers cette cloison il entendra notre entretien, il se convaincra que Sophie n'a nul goût pour lui, & alors perdant une folle espérance, il se décidera facilement à partir. Que pensez-vous de cet expédient, il n'est pas mal-adroit?

LE CHEVALIER.

Mais, ma Tante, vous ne croyez pas sérieusement que Lindor ait écrit à ma soeur ?

ORPHISE.

Vraiment, ce n'est que pour motiver, dans l'esprit de Sophie, la prétendue colère où je suis contre mon Neveu.... Sophie recevoir des lettres d'amour, sans que je m'en fusse apperçue ! je ris moi-même de cette idée.... Ah ! une fille confiée à ma garde est bien gardée, je vous en réponds ; & puis, soit dit entre nous, votre sœur est si niaise !.....

LE CHEVALIER.

Et vous, ma Tante, si clairvoyante !

ORPHISE.

Oh ! je n'en tire pas vanité ; la pénétration est un don du Ciel, indépendant de l'esprit & de l'expérience ; je suis née comme cela..... Mais ne perdons point de tems ; donnez-moi votre clef.

LE CHEVALIER, *lui donnant la clef.*

Je souhaite que ce stratagême vous réussisse au gré de vos desirs ; mais, je ne sais, je crains que tout cela ne tourne mal.

ORPHISE.

Ne vous inquiétez pas ; je ne suis jamais en peine du succès des choses dont je me mêle.... Adieu : attendez-moi ici, je reviens dans un moment. (*Elle sort.*)

SCÈNE IX.

LE CHEVALIER, *seul.*

ELLE me fait rire avec sa pénétration !..... Si elle avoit voulu n'être que ce qu'elle est, une bonne femme, Sophie l'auroit aimée, & la confiance l'auroit préservée des embarras où la plonge une intrigue condamnable..... Pauvre Sophie ! une mauvaise éducation a seule produit vos malheurs & vos fautes !..... Quelle sera la fin de tout ceci ?.... Que je crains la sensibilité de ma sœur, & l'impétueuse violence de son amant ! comme il l'aime ! qu'il est intéressant par l'excès de sa passion ! Ce qui m'étonne le plus en lui, c'est sa discrétion & son extrême délicatesse ; avec un caractère si bouillant, joindre tant de réserve !.... ah ! sans doute l'amour, quand il est véritable, éclaire l'esprit, forme le cœur & fait donner de nouvelles vertus...... Mais j'entends déjà la voix de ma Tante ; je ne me trompe point, c'est elle-même : la voilà bien essoufflée.

SCÈNE X.

LE CHEVALIER, ORPHISE.

LE CHEVALIER.

EH bien, va-t-il venir?

ORPHISE.

Oui, dans l'inſtant...... Il faut que vous ſachiez qu'il a déjà fait mille tentatives pour ſéduire la Fleur; & j'en ſuis charmée, parce que je ſais tirer parti de tout, comme vous allez voir.... J'ai parfaitement inſtruit la Fleur, qui lui dit, dans ce moment: qu'enfin, touché de ſa ſituation, il conſent à lui procurer le plaiſir d'entendre Sophie; qu'elle eſt dans le ſallon, &c......

LE CHEVALIER.

Fort bien; la Fleur le conduira dans le cabinet: mais croyez-vous qu'une fois ſorti de ſa priſon, Lindor conſente à y rentrer?

ORPHISE.

Oh! j'ai tout prévu..... Cette tête-là, mon

Neveu, en vaut bien une autre..... La Fleur lui dira donc que c'eſt-là l'unique conſolation qu'il puiſſe lui offrir; enſuite il exigera, pour condition & pour prix de cette complaiſance, la parole d'honneur de Lindor, qu'au bout d'une demi-heure il rentrera dans le Pavillon.

LE CHEVALIER.

Ah! ma Tante, voilà ce que je ne puis approuver; Lindor a dix-ſept ans, il eſt amoureux, il manquera à ſa parole!.....

ORPHISE.

Eh! voilà ce que je crains un peu, je vous l'avoue..... Cependant, la Fleur lui fera bien ſentir les riſques qu'il court pour l'obliger, la confiance qu'il a en ſa promeſſe.....

LE CHEVALIER.

La jeuneſſe, l'amour & le déſeſpoir peuvent aiſément faire oublier les diſcours de la Fleur.....

ORPHISE.

Cela eſt vrai..... voilà le ſeul point de mon inquiétude......

LE CHEVALIER.

Mais c'est le point essentiel..... Il est fâcheux d'exposer Lindor a manquer à sa parole...... Mon Dieu ! ma Tante, vous qui êtes si fertile en expédiens, n'en pourriez-vous trouver un autre ? en vérité, l'on doit rejeter celui qui peut compromettre l'honneur.

ORPHISE.

Oh ! il n'est plus temps ; à présent la Fleur a parlé, la chose est faite.....

LE CHEVALIER.

Tant pis, cela m'afflige.

ORPHISE.

Il n'y a point de remède ; il n'y faut plus penser. Mais, que nous veut-on ?.... Ah, c'est sûrement pour m'avertir....

UN LAQUAIS.

Madame, c'est la Fleur qui m'envoye.....

ORPHISE.

Sont-ils sortis du Pavillon ?....

LE LAQUAIS.

Oui, Madame ; ils viennent....

ORPHISE.

Il suffit : allez ; vous reviendrez me dire quand Lindor entrera dans le cabinet. (*Le Laquais sort.*) Votre sœur devroit être ici ; allez vîte la retrouver, & envoyez-la moi sur le champ.

LE CHEVALIER.

Tenez, justement, la voilà ; je vous quitte..... mais le dénouement de tout ceci me fait trembler...... (*Il sort.*)

SCÈNE XI.

ORPHISE, SOPHIE.

ORPHISE, *à part.*

COMME elle a l'air triste !

SOPHIE, *rêvant.*

Lindor me tromper !.... ô Ciel !.... Ah ! ma Tante, je vous cherchois.

ORPHISE.

Eh bien..... Mais attendez, j'ai un mot

à dire..... (*Elle s'approche d'un Laquais qui survient; le laquais lui dit un mot à l'oreille. Elle continue :*) C'est bon; laissez-nous. (*à part.*) Il est dans le Cabinet, il faut s'approcher de la Cloison. (*Elle s'assied contre la Cloison; Sophie, plongée dans la rêverie, ne voit aucun de ces mouvemens; & reste à sa place.*)

ORPHISE.

Eh bien! Sophie, venez donc..... que me voulez-vous?

SOPHIE, *se rapprochant.*

Ma Tante, je sais que Lindor est ici; qu'il est renfermé dans le Pavillon neuf.

ORPHISE, *parlant très-haut.*

Ah! ah! qui vous a dit cela?

SOPHIE.

C'est mon père.

ORPHISE.

Eh bien, quelle est votre opinion là-dessus?

SOPHIE.

Mais, ma Tante, je n'y comprends rien.

ORPHISE.

Apparemment que Lindor eſt amoureux de vous.

SOPHIE.

Oh non, ma Tante..... il ne m'a jamais aimée, j'en ſuis très-ſûre.

ORPHISE.

Mais cependant ſa conduite ſemble prouver le contraire, je pourrois croire que vous étiez d'intelligence, &....

SOPHIE.

Mais, ma Tante, ce qui doit vous convaincre que nous ne nous aimons ni l'un ni l'autre, c'eſt que j'obéis à mon Père ſans réſiſtance....

ORPHISE, *très-haut.*

Il eſt vrai que vous avez paru charmée du choix que nous avons fait de Cléante; mais vous nous trompiez peut-être: parlez-moi naturellement, votre mariage n'eſt pas fait encore, épouſerez-vous Cléante avec joie?....

SOPHIE, *à part.*

Quelle épreuve....

ORPHISE, *plus bas.*

Répondez donc.

SOPHIE, *d'un air très-contraint.*

Oui, ma Tante.... avec joie....

ORPHISE, *très-haut.*

Voilà ce qui s'appelle un oui prononcé de bon cœur, & avec une expression, un air qui me persuade ; allons je vous crois, mais dans ce cas il faut que Lindor soit d'une folie, d'une inconséquence....

SOPHIE.

Ah, certainement il n'y a dans sa conduite que de l'inconséquence & de l'étourderie...... Mais, mon Dieu, quel bruit viens-je d'entendre ?....

ORPHISE.

Qu'avez-vous donc, vous pâlissez ?.....

SOPHIE.

Je ne sais quel son de voix au moment même....

ORPHISE.

Oh, c'est dans ce cabinet..... votre frère sans doute....

SOPHIE.

Je ne comprends pas l'émotion qui m'a saisie !....

ORPHISE, *à part.*

Ce que c'est que l'instinct !.... Allez, Sophie, dans votre chambre, quand il en sera temps je vous ferai avertir....

SOPHIE.

Ma Tante, c'est donc toujours pour aujourd'hui ?......

ORPHISE.

Oui, ce soir à minuit, vous épouserez Cléante, c'est-à-dire dans quatre heures.

SOPHIE, *à part.*

Hélas !

ORPHISE.

Je suis très-contente de votre franchise & de votre raison, allez ma chère enfant.

SOPHIE, *à part en s'en allant.*

Dans quatre heures, ô ciel !.... (*Elle sort.*)

ORPHISE, *seule.*

Lindor n'est sûrement plus dans le cabinet, allons savoir .... Mais voici mon frère.

SCÈNE

SCÈNE XII.

ORPHISE, LE BARON, LE CHEVALIER.

ORPHISE.

EH bien, Lindor?....

LE BARON.

Le pauvre enfant, fidèle à sa parole, est retourné comme un agneau dans sa prison.

ORPHISE.

Oh, j'en étois sûre, je l'avois bien prévu.

LE CHEVALIER.

Pour moi, j'avoue que je craignois fort le contraire, & ce dernier trait de Lindor m'attache véritablement à lui.

LE BARON.

Nous écoutions aussi de notre côté; Lindor est sorti furieux: n'avez-vous pas entendu l'exclamation qui lui est échappée.

ORPHISE.

Parfaitement, & Sophie aussi, mais elle ne

se doute de rien, elle est entièrement résignée à vos volontés; & enfin, graces à mes soins, nous voilà hors de tout embaras.

LE BARON.

J'ai dit à la Fleur de bien enfermer mon Neveu dans sa chambre, & de le laisser seul, nous lui donnerons deux heures pour faire ses réflexions, ensuite après le souper, j'irai le retrouver, & certainement je le déciderai à partir de bonne grace. Car vous aviez raison, sûrement il se croyoit aimé; ce qui le prouve, c'est le désespoir que lui cause l'entretien que vous venez d'avoir avec Sophie.

LE CHEVALIER.

On peut lui pardonner de se croire aimé, car il mériteroit bien de l'être. Et toute réflexion faite, je ne conçois pas, mon père, comment l'amour de ce jeune homme ne vous intéresse pas, Sophie seroit si heureuse avec lui.

LE BARON.

Vous parlez suivant votre âge, & j'agis selon le mien; voulez-vous que je manque à ma parole, que je fasse un affront à un ami de dix-huit ans ; que je sacrifie un établissement avantageux pour ma fille, & tout cela par une sotte condescendance, pour la folie d'un enfant qui sera consolé dans quinze jours.

LE CHEVALIER.

Mais, mon père....

LE BARON.

Mais, je n'aime pas les représentations ; vous devriez savoir que je suis invariable, & que l'on ne me fait pas changer de dessein... Allons, ma sœur, allons retrouver Cléante, signer le contrat, & présider aux derniers préparatifs de la noce. Venez.

ORPHISE.

Je vous suis. (*Ils sortent.*)

LE CHEVALIER, *seul.*

J'étois au moment de tout découvrir à mon père, mais la crainte de compromettre inutilement Sophie, m'a retenu. D'ailleurs ce secret n'est pas le mien, je dois le garder. Si Sophie pouvoit vaincre sa timidité, se jeter aux pieds de mon père, lui tout avouer, peut-être..... mais j'entends sa voix..... c'est elle; comme elle a l'air triste, consternée.

SCÈNE XIII.

LE CHEVALIER, SOPHIE.

SOPHIE.

AH! mon frère!.... (*Elle regarde autour d'elle*) personne ne peut-il nous entendre?

LE CHEVALIER.

Non, nous sommes seuls.

SOPHIE.

Je vais donc jouir encore de la consolation d'ouvrir mon cœur!.... Ah! que ce cœur est profondément blessé! l'auriez-vous cru, mon frère? Lindor me trompoit!.... mais sans doute vous savez tous ces cruels détails?

LE CHEVALIER.

Oui, ma sœur....(*A part.*) Ah! que ne m'est-il permis de la désabuser!....

SOPHIE.

Vous m'avez vûe tantôt au désespoir.... & je me croyois aimée uniquement; hélas! j'ignorois encore la plus sensible de toutes les peines!... maintenant je n'en dois plus craindre de nouvelles..... Ah! mon frère, que je suis malheureuse!

LE CHEVALIER.

Mais si vous croyez Lindor capable de légèreté, si vous ne l'estimez plus; comment pouvez-vous le regretter encore?

SOPHIE.

Si je pouvois, en perdant son cœur, lui conserver mon estime, le temps me consoleroit peut-être...... mais en m'écrivant des lettres si tendres, consentir en secret aux desseins de ma Tante, me le cacher, m'abuser!.... Ah! sans doute il connoît ce nouvel objet auquel il doit s'unir; il l'aime, j'en suis sûre; mon frère, vous le savez, avouez-le moi....

LE CHEVALIER.

Je vois, à vos craintes, chère Sophie, l'excès

de la passion qui vous domine ; en croirez-vous mes conseils, il en est encore temps, avouez tout à mon père ; venez, je vais vous conduire à ses pieds....

SOPHIE.

Que dites-vous, grand Dieu ! quoi, dans l'instant où j'ai découvert la plus cruelle trahison.... je ferois pour Lindor ce que je n'osai risquer quand je le croyois fidèle.... Eh bien, mon frère, lisez donc dans mon ame, il faut que la perfidie de Lindor m'ait appris à connoître à quel point je l'aime ; oubliée, trahie, moi que vous avez vue si timide, s'il m'étoit possible de penser qu'il put revenir à moi, j'irois trouver mon père, oui, j'en aurois le courage..... mais mon père est inflexible, tous mes efforts seroient superflus.

LE CHEVALIER.

Non, non, espérez tout de sa tendresse ; venez ma sœur.

SOPHIE.

Je ne le puis, ce seroit trop m'avilir......

Ah ! mon ſort eſt fixé ſans retour, l'amour n'en doit plus diſpoſer ; Lindor, Lindor, lui-même, a briſé tous les nœuds qui m'attachoient à lui.

LE CHEVALIER, *à part.*

Elle me perce l'ame.

SOPHIE.

C'eſt ma Tante qui fit tomber le choix de mon Père ſur Cléante, c'eſt elle qui m'arracha mon conſentement, c'eſt elle qui toujours abuſant de ſon autorité, ſans conſulter Lindor peut-être, arrangea ſon fatal mariage ; après tout, eſt-il plus coupable que moi, il me fallut renoncer à lui, il obéit comme moi.... mais du moins j'étois incapable de le tromper.... Oui, s'il m'eût tout avoué, nos ſituations ſeroient ſemblables ; mon frère, croyez-vous que j'en ſois encore aimée ; quels pourroient être les motifs de ce voyage, de cette arrivée ſubite !.... Le déſeſpoir qu'il a témoigné vous parut ſi vrai, je vous en ai vu ſi touché !.... Victimes du devoir & de l'obéiſſance, peut-être ſommes nous l'un & l'autre également à plaindre !.....

Ah ! s'il étoit vrai...... doit-on subir un joug cruel & tyrannique ; le pensez-vous, mon frère ?

LE CHEVALIER.

L'obéissance, ma sœur, n'a de mérite que dans le sacrifice.

SOPHIE.

Mais ma Tante, mon Père même, ont-ils le droit affreux de forcer ma bouche à prononcer un serment démenti par mon cœur.

LE CHEVALIER.

Si vous épousez Cléante, & si votre ame est vertueuse, vous ne promettrez rien que vous ne puissiez tenir.

SOPHIE.

J'obéirai donc, mais j'en mourrai.....

LE CHEVALIER.

Encore une fois, ma sœur, venez trouver mon père..... mais que nous veut-on ?.... C'est Marton ; que signifie cet air effrayé, & que va-t-elle nous apprendre ?

SCÈNE XIV.

LE CHEVALIER, SOPHIE, MARTON.

MARTON, *accourant précipitamment.*

AH! Mademoiſelle.... je n'en puis plus.....

SOPHIE.

Qu'eſt-il donc arrivé?

LE CHEVALIER.

Parlez.

MARTON.

Je ne ſaurois, je ſuis ſi ſaiſie.... Lindor.

SOPHIE.

Lindor, eh bien?.....

MARTHON.

Il s'eſt ſauvé de ſa priſon.

SOPHIE.

Il eſt parti.

MARTON.

Oh, non.

SOPHIE.

Où eſt-il?

LE CHEVALIER.

Achevez donc, Marton.

MARTON.

Il m'a fait une peur !.... j'ai peine à m'en remettre.... voici ſon hiſtoire.....Cet imbécile de la Fleur l'a laiſſé dans ſa chambre tout ſeul, afin, lui a-t-il dit, qu'il put réfléchir tout à ſon aiſe; Lindor, un moment après, a caſſé un des verres de bohême de la fenêtre, & enſuite il a leſtement ſauté dans le jardin.....

SOPHIE.

O ciel ! il auroit pu ſe tuer !

MARTON.

Bon, un ſaut de dix pieds, voilà une belle choſe pour un amoureux.... il eſt tombé doucement ſur le gazon, s'eſt trouvé dans le jardin, a franchi le mur, & alors ſe voyant dans la baſſe-cour, il a pris ſes jambes à ſon cou & ne ſavoit où donner de la tête, lorſque heureuſement je l'ai rencontré au commencement de la terraſſe.

SOPHIE.

Eh bien.

MARTON.

Eh bien, quoiqu'il faſſe déjà nuit, j'ai vu un beau jeune homme qui couroit de bonne grace, je vous aſſure ; juſtement il venoit à moi, je l'examine, je crois le reconnoître, enfin je le nomme ; il s'arrête avec un peu de défiance d'abord, enſuite reconnoiſſance entière, ſaiſiſſement, grande joie de part & d'autre, il me conjure de lui procurer un aſyle ; je ſuis bonne, il étoit preſſant, je me laiſſe toucher & je l'emmène dans ma chambre.

SOPHIE.

Il eſt dans votre chambre ?

MARTON.

Oui, Mademoiſelle. A préſent, voyez, que voulez-vous que j'en faſſe ; le pauvre enfant, il eſt bien triſte ; il voudroit, m'a-t-il dit, vous parler pour la dernière fois, enſuite il partira.

LE CHEVALIER.

Il eſt impoſſible que cette grace lui ſoit accordée.

MARTON.

Impossible ! mais je ne vois rien de plus aisé, moi.

SOPHIE.

Non, je ne dois point le voir...... Cependant, mon frère, pour la dernière fois !.....

LE CHEVALIER.

J'ai donné ma parole de ne vous en point faciliter les moyens....

MARTON.

Mais, Monsieur, nous nous passerons à merveille de vous : restez ici, Mademoiselle n'a qu'à venir dans ma chambre.....

SOPHIE.

Non, je voudrois que mon frère fût présent à cet entretien...... mais il me vient une idée..... Mon frère, ce cabinet est à vous ; si j'osois..... Ah ! mon frère, prenez pitié de l'agitation où je suis.....

LE CHEVALIER.

Eh bien, expliquez-vous.

SOPHIE.

On pourroit conduire Lindor dans ce cabinet; je resterois ici, je lui parlerois à travers cette cloison..... Vous riez, mon frère, cette idée vous paroit extravagante. Ah, si vous m'aimez, ne me refusez pas, songez que de cette manière je pourrai lui parler sans craindre de surprise; je ne veux que lui dire un éternel adieu.....

LE CHEVALIER, *à part.*

La rencontre est plaisante. (*Haut*) Sophie, & ma parole ?

MARTON.

Mais vous n'y manquerez pas, ils ne se verront point.

SOPHIE.

Mon frère, au nom de notre amitié, accordez-moi cette dernière consolation.

LE CHEVALIER, *à part.*

Allons, je ne veux plus servir qu'eux. (*Haut.*) Eh bien, Sophie, j'y consens.

SOPHIE.

Ah! mon frère!

LE CHEVALIER.

Marton, donnez-moi la clef de votre chambre, je vais aller chercher Lindor & le conduire dans le cabinet (*Marton donne la clef.*)

SOPHIE.

Les momens nous sont chers; mon frère, dépêchez-vous.

LE CHEVALIER.

Soyez tranquille. (*Il sort.*)

SCÈNE XV.

MARTON, SOPHIE.

MARTON.

OH, Monsieur le Baron & Madame Orphise sont encore occupés pour une bonne heure. On arrange la chapelle, on prépare une illumination dans les bosquets........

SOPHIE.

Quels préparatifs, ô ciel!.... & pendant ce temps j'accorde un entretien secret, à qui?....

Je tremble...... que lui dirai-je...... que je devrois le haïr..... que je l'oublirai, que je renonce à lui pour toujours....

MARTON.

Je vous prédis, Mademoiselle, que tout ceci tournera bien; le prisonnier est échappé, voilà l'essentiel; je ne sais, mais j'ai de bons pressentimens.......

SOPHIE.

Et moi, je n'en ai que d'affreux....... Je me reproche cette dernière démarche, elle me trouble, m'inquiéte....... Ah! sans la cruelle sévérité de mes parens, je n'aurois point à rougir de cet excès d'imprudence & de foiblesse....

MARTON.

Je n'ai jamais vu des amans si plaintifs, car Lindor, de son côté, pleure & se désole.

SOPHIE.

Il pleure!.....

MARTON.

Si vous saviez à quel point il est touchant; premièrement il est beau comme le jour, il est grandi, embelli....

SOPHIE.

Mon Dieu !..... n'entends-je pas du bruit.....

MARTON.

Eh ! vous allez vous trouver mal...... quelle pâleur ! ....

SOPHIE *tombe sur une chaise.*

Je ne puis me soutenir....

MARTON.

Ah ! voilà Monsieur le Chevalier.

SOPHIE.

O ciel ! .....

SCENE XVI.

MARTON, SOPHIE, LE CHEVALIER.

LE CHEVALIER.

NE perdez point de tems, ma sœur..... Lindor est dans le cabinet....

SOPHIE.

Quoi, Lindor ! .....

LE CHEVALIER.

LE CHEVALIER.

Pour prévenir ses étourderies, je l'ai enfermé...... Expliquez-vous en liberté, je vous laisse......

MARTON.

Eh, qui fera le gué en cas de surprise?

LE CHEVALIER.

Vous, Marton..... Adieu, ma sœur. (*A part.*) Il se croyent trahis l'un & l'autre, l'explication sera vive.

SOPHIE.

Non, mon frère, ne me quittez pas....

LE CHEVALIER.

Je vous génerois peut-être; adieu... (*A part en s'en allant.*) Allons prévenir mon père. (*Il sort.*)

SCÈNE XVII.

SOPHIE, *elle reste immobile à sa place, & regarde la Cloison.*

IL est là!.... & je n'ose avancer..... Dieu!... j'entends sa voix!... il m'appelle!... (*Elle fait quelques pas & s'arrête.*) Comme le cœur me bat!.. (*Elle s'approche tout près de la Cloison & s'assied.*) [1]===== Qu'entends-je? ==== quoi c'est vous qui croyez avoir le droit de me faire des reproches? ===== Je ne vous ai jamais aimé! ==== Oui, j'ai donné ma parole == oui, ce soir. ==== Je devrois ne vous pas regretter..... (*plus haut encore.*) Je devrois ne vous pas regretter.=====

1 Les tirets simples & doubles marqués dans cette Scène, indiquent les silences plus ou moins longs que doit observer Sophie pendant qu'elle écoute. Elle doit aussi parler beaucoup plus haut, & quitter absolument le ton ordinaire de la conversation. Cette Scène, qui ne peut produire aucun effet à la lecture, est d'une illusion singulière à la représentation; mais il est essentiel que le visage de l'Actrice ait de l'expression, & qu'il peigne bien les différens sentimens qu'elle doit éprouver en écoutant.

Hem. ═══ Parlez donc plus haut. ════ Vous, fidèle?.... Osez-vous me le dire?.... ════ Eh bien..... eh bien, c'est donc moi qui suis injuste, ingrate? ════ Comment? ══ ah, par exemple..... — une autre.... une autre à ma place vous haïroit ════ Non — mais du moins de mon indifférence (*à part.*) Hélas— (*elle pleure.*) (*à part.*) Je ne puis lui répondre, il verroit ma folie. ═══ (*en pleurant.*) Non, je vous entends, je suis toujours là —— Je n'ai rien.——— (*en pleurant toujours.*) Je vous dis que je n'ai rien. ——— (*à part.*) A genoux, ô Ciel! ——— Relevez-vous donc. ——— Relevez-vous donc je vous en conjure....—— Quels sont vos torts? ——— Epargnez-moi la peine de vous les détailler. ------ Ah!... vous les connoissez mieux que moi.... ----- Vous ne deviez pas vous marier?---- Vous marier?--- Quoi! vous me nierez?.... ---- Ma Tante n'avoit pas reçu votre parole?---Ma Tante...--- O ciel! se pourroit-il?---- Mais mon Père--- oui mon Père me l'a dit lui-même... ═══ Grand Dieu! m'auroit-on abusée?.... —Ah! Lindor, voudriez-vous encore me tromper ? .... ═══ Quoi ! tantôt dans ce même cabinet ---- dans ce même cabinet ----- vous écoutiez----- vous écoutiez ? ---- Mon Père m'avoit prescrit ce cruel langage ! .... ---- On nous abusoit l'un & l'autre ! .... ----- Ah ! Lindor..... ---- quoi ! vous m'aimez toujours ! .... ---- & moi, plus que ma vie ! .... ---- oui, j'ose vous le dire---- oui, Lindor, je vaincrai ma timidité ----- j'avouerai tout à mon Père ; ---- mais, partez--- partez, je l'exige : ---- non, évitez sa colère dans ces premiers momens ; ----- ce n'est qu'à cette condition : ----- eh quoi, ne comptez-vous pas sur moi ? .... ----- Ah ! je vous crois .... ----- L'amour & le temps..... ---- Partez, retournez à Strasbourg, & chargez-moi seule du soin de travailler à notre bonheur .... ----- Hélas ! il le faut .... il le faut.----- Vous me le promettez donc ? .... ═══ Ah ! que vous dites bien tout ce que je sens !.... ----- Comment ? (*elle sourit.*) (*à part.*) Quelle folie ! ..... Que j'appuye ma main sur le mur ! ..... ----- que j'ôte mon gant ! ... ----- Mais comment vous indiquer la place ?.... ---- en frappant...... En vérité je n'ose ---- je n'ose....... ---- Allons, allons, ne vous fâchez pas. ---- (*à elle-même.*) C'est d'une folie, d'une enfance!.... ---- Mais attendez donc que j'aye ôté mon gant!.... ---- (*elle appuye sa main sur le mur, en frappant doucement....*) Eh bien, entendez-vous, elle y est, elle est là, là.... (*elle retire sa main vivement.*) Ah! c'est singulier.... mais, c'est comme s'il avoit réellement baisé ma main; je l'ai senti.... ---- Je ne disois rien, j'ai rougi..... Mais, en vérité, je crois que vous me voyez!.... ---- Ah! sûrement, je le voudrois..... ---- Hélas! dans un instant il faudra nous quitter..... ---- nous quitter! ---- (*Orphise paroît dans le fond du Théâtre & dit:*) Elle parloit...... (*Orphise écoute & s'arrête.*)

SOPHIE, *ne la voyant point.*

Si vous m'aimez, soyez sans inquiétude, comptez sur mes promesses.....

ORPHISE, *s'avançant.*

Mais, elle est folle!..... Qu'entends-je? la voix de Lindor!....

SOPHIE, *appercevant sa Tante.*

Ah! grand Dieu! ma Tante!...... (*Elle retombe sur sa chaise.*)

ORPHISE.

Je crois rêver!.....

SOPHIE, *se jetant aux pieds de sa Tante.*

Ah! ma Tante, daignez me pardonner; & si jamais je vous fus chère.....

ORPHISE.

Ah, ah, je découvre donc vos petites intrigues; vous aviez mis Mademoiselle Marton en sentinelle; mais ce n'est pas moi qu'on abuse: j'ai vu roder Marton, je lui ai défendu de rentrer ici, & je vous surprends.... Vous avez donc fait évader Lindor; il est dans ce cabinet? Oh bien, Mademoiselle, préparez-vous à partir pour le couvent......

SOPHIE.

Ma Tante.....

ORPHISE.

Ah, vous vouliez me tromper; l'entreprise

étoit un peu forte..... (*Elle l'écoute.*) A l'autre à présent..... (*Elle écoute.*)

SOPHIE.

Vous l'entendez, ma Tante.....

ORPHISE.

Eh! paix donc..... (*Elle écoute.*) Comment! il a sauté par la fenêtre du Pavillon?....... (*Elle écoute. A part.* (Il m'attendrit, en vérité.

SOPHIE.

Eh! ma Tante, résisterez-vous à nos prières, à nos pleurs?.....

ORPHISE.

Mais Cléante; mais ce mariage?.....

SOPHIE.

Vous pouvez tout sur mon Père; nous n'espérons qu'en vous.

ORPHISE.

Vous m'étourdissez l'un & l'autre, on ne sait auquel répondre; ils parlent tous les deux à la fois.... Paix, voici votre Père; taisez-vous, laissez-moi arranger tout cela.

SOPHIE.

Ma chère Tante!.....

SCÈNE XVIII.

SOPHIE, ORPHISE, LE BARON, LE CHEVALIER.

LE BARON, *entre en disant au Chevalier :*

ALLEZ, allez, mon Fils, délivrer le prisonnier.

LE CHEVALIER.

J'y cours..... & vous, Sophie, ma chère Sophie, remerciez le meilleur des Pères......

(*Il sort.*)

SOPHIE.

Ah ! mon Père....... (*Elle fait un mouvement pour se jeter aux pieds du Baron qui l'embrasse.*)

LE BARON.

Il faut bien leur pardonner : n'est-ce pas ma Sœur ?.....

ORPHISE.

Le Chevalier vous avoit donc instruit ?.....

LE BARON.

Oui ; & Cléante m'a rendu sa parole de la meilleure grace.

ORPHISE.

Il me semble que le Chevalier auroit dû s'adresser à moi !.....

LE BARON.

Allons, plus de rancune...... mais voici notre étourdi !.....

SCÈNE XIX & dernière.

SOPHIE, LE BARON, ORPHISE, LINDOR, LE CHEVALIER, *tenant Lindor par la main.*

SOPHIE, *à part.*

QUE mon trouble est extrême ! il égale ma joie.

LINDOR.

Sophie..... où est-elle ? (*Il s'arrête & com-*

temple Sophie, qui le regarde avec timidité; les autres Personnages les examinent l'un & l'autre: ensuite Lindor se précipitant aux pieds du Baron & d'Orphise, qui sont l'un auprès de l'autre:) Ah! que ne vous dois-je pas?....

ORPHISE.

Le pauvre enfant!.... qu'il me touche!....

LE CHEVALIER.

Quel heureux jour!

SOPHIE.

Ah! mon Frère.....

LE BARON.

Avancez, Sophie.... Eh bien! mes enfans, regardez-vous; ne vous trouvez-vous pas bien vieillis, bien changés?..... vous pouvez vous dédire encore....

LINDOR.

Quoi! je revois Sophie!...... quoi! je ne la retrouve que pour ne m'en plus séparer!..... vous me donnez Sophie.... C'est ici que je reçus le jour, & c'est ici que je reçois le seul bien qui puisse m'attacher à la vie!..... Ah! ma Tante, & vous, mon Oncle, guidez ma jeunesse, instruisez-moi, formez-moi, rendez-moi, s'il est possible, digne de vos bienfaits, digne de Sophie..... L'amour & la reconnoissance sont encore mes seules vertus; mais, pour justifier votre choix & mériter Sophie, en est-il qu'on ne puisse acquérir?

LE BARON.

Va, ce desir les promet toutes.

ORPHISE.

Allons faire dresser un nouveau contrat; mon Frère, gardez la dot de Sophie, je me charge de sa fortune; j'adopte Lindor & Sophie, & je vais leur assurer tout mon bien.

SOPHIE.

Ah, Lindor! n'oublions jamais tant d'indulgence & de bonté.

LE BARON.

Soyez heureux, mes enfans, vous serez quittes envers nous.

LINDOR.

Ah! l'excès de mon bonheur ne peut ni se peindre ni se concevoir......

SOPHIE, *montrant le Chevalier.*

Et l'amitié le partagera.....

LINDOR, *embrassant le Chevalier.*

Et saura l'augmenter encore.

LE BARON.

Conservez, mes chers enfans, des sentimens si touchans & si naturels; & croyez que si l'on ne trouve point dans sa famille les amis les plus tendres & les plus sûrs, on ne doit point espérer d'en acquérir ailleurs.

Fin du Tome premier.